개팔자

소설 **개팔자**

초판 1쇄 인쇄일_2014년 8월 22일
초판 1쇄 발행일_2014년 8월 28일

지은이_홍상기
펴낸이_최길주

펴낸곳_도서출판 BG북갤러리
등록일자_2003년 11월 5일(제318-2003-00130호)
주소_서울시 영등포구 국회대로 72길 6 아크로폴리스 406호
전화_02)761-7005(代) | 팩스_02)761-7995
홈페이지_http://www.bookgallery.co.kr
E-mail_cgjpower@hanmail.net

© 홍상기 글, 그림 2014

ISBN 978-89-6495-070-8 03810

이 도서의 국립중앙도서관 출판시도서목록(CIP)은 e-CIP홈페이지
(http://www.nl.go.kr/ecip)와 국가자료공동목록시스템(http://www.nl.go.kr/kolisnet)에서 이용
하실 수 있습니다.(CIP제어번호 : CIP2014024331)

장편실화소설

개팔자

홍상기 글·그림

BG 북갤러리

차례

제1장

추방

🐰 나는 공주님

거울 속의 나는 손바닥만 한 얼굴에 토끼처럼 쫑긋한 귀를 지녔고, 앞에서 본 몸매는 물론 미끄러질 듯 휘어진 뒤태까지 마치 하늘에서 내려온 선녀와 같았지요. 나의 도톰한 입술과 하얀빛 치아는 사람들의 가슴을 설레게 했고, 흑요석 빛나는 코에 윤기가 흘렀으며, 영롱한 눈동자에 모두들 넋을 잃었어요.

내가 입을 벌리면 연홍빛 혀에서 천상의 노래가 흘렀고, 몸을 움직일 때마다 털들이 선녀처럼 춤을 췄어요. 내 노래에 빠진 생명체는 숨을 죽였고, 내가 춤을 추면 하늘의 달과 별 그리고 은하수까지 빛을 잃었지요.

인간들은 나를 암캉아지라고 불렀어요. 나는 강아지로서의 자존심이 대단했지요. 나는 강아지로되 보통의 강아지가 아닌, 하늘의 선택을 받은 아름다운 강아지였으므로……

내가 사는 집은 겨울엔 따뜻하고 여름에는 시원했는데, 옷과 장신구를 보관하는 수납장도 붙어있어서 상당히 편리했어요. 인간들은 그런 내 집을 개집이라고 불렀지요.

개집은 최고급 원목으로 지어져 나무향이 은은하게 배어나왔고, 친환경 자재를 사용한 침대와 방수원단으로 만든 바닥매트가 잘 결합된 것이었어요. 내 취향에 꼭 맞도록…….

개집은 세종특별자치시의 한 고대광실에 위치했어요. 개집이 위치한 고대광실은 아파트의 꼭대기에 위치하였으므로, 테라스에서 새파란 하늘과 빌딩숲이 내려다보였어요. 인간들은 조망이 좋은 이 고대광실을 펜트하우스라 불렀지요.

나는 이곳에서 귀하게 살았어요. 이곳에는 나를 돌봐주는 시종이 있고, 시종들은 나에 대한 충성심이 대단했어요. 날이면 날마다 내 밥과 간식을 대령했고, 밤마다 잠자리도 챙겼으며, 그때그때 내가 싼 똥을 치웠어요. 남녀로 된 두 명의 시종은 이 일을 영광으로 알아 서로 맡으려했지요.

그 덕분에 나는 수시로 목욕을 하고 향수를 뿌려, 몸에서 항상 좋은 냄새가 났어요. 그 깨끗한 몸에 리본이 달린 예쁜 옷을 차려입고, 목에는 반짝이는 '목찌'까지 둘렀지요. 그렇게 우아한 나를 시종들은 공주님이라고 불렀어요.

내가 팔자가 좋은 공주일지라도 일은 하고 살았어요. 공주님인 나는 비단금침에서 자고 일어나, 목과 허리를 흔들며 간단히 몸을 푼 다음, 고급사료를 먹고 물을 마시는 것으로 아침을 시작했어요.

내가 하는 일은 공주님이 아니면 하지 못하는 아주 어려운 일이었어요. 내 발톱과 털을 다듬고, 거실에 있는 장식장과 창가에 있는 화분을 둘러본 다음, 시종들이 맡은 일을 제대로 하고 있는지 감독하는 일이었어요. 신분이 높을수록 솔선수범을 해야 하니까…….

내가 일을 마치면, 시종들이 내 입맛에 맞는 쿠키를 만들어 대령했어요. 내가 그것을 먹는 동안 시종들은 나의 머리를 쓰다듬었고, 쿠키를 다 먹고 나면 나를 가슴에 안아 주었지요. 아주 흡족했어요. 나의 시종들이 맡은바 임무에 충실했으므로…….

그럴 때마다 생각했어요. 이런 특권은 하늘의 선택을 받아 태어난 공주만이 누릴 수 있는 것이라고…….

말썽쟁이 '뽀삐'

　　　나는 그곳에서 '뽀삐'라고 불렸고, 나 말고도 '예삐'라는 이름의 귀여운 동생이 있었어요. 강아지가 둘이 붙어서 매일 뭘 했겠어요! 장난치는 것밖에 더 있나요? 아파트 거실이 우리의 주된 활동무대였지요.

　식욕이 왕성해지면서 궁금한 것도 많아지고 호기심도 늘어, 이것저것 건들고 제멋대로 행동을 했으며, '예삐'와 잘 놀다가도 앙앙거리면서 다투기도 했어요. 하루가 멀다 하고 사고를 쳤지요. 질풍노도의 시기였기에…….

　내 나이 6개월이 넘어서던 때라 몸집이 컸고, 힘과 자신감이 충만했어요. 하늘은 오백 원짜리 동전크기로, 밟고 있는 세상은 강아지의 발바닥만 하게 보였지요. 인간이든 동물이든 모든 것들이 다 나보다 아래서열이었으니까…….

　이런 내가 못 할 일이 뭐가 있겠어요! 하면 하는 거지요. 거실 소파를 차지하고 있던 시종들이 전부 외출을 나간 어느 날, 내 동생 '예삐'와 씨름을 하고 놀다가, 호기가 발동하여 평상시에 하고 싶었던 일을 단행하였어요. 그것은 인간들이 가장 아끼는 물건을 망쳐 놓는 것이었죠.

　거실의 창가에 우뚝 자리하고 있는 화분을 향해 팔짝팔짝 뛰어가, 180도 회전을 하면서 뒷발치기를 해버렸어요. '탁!' 소리와 함께 그 화분이 바닥에 넘어지데요. 쏟아진 모래흙이 거실바닥에 흘어지자, '예삐'가 놀란 얼굴로 나를 쳐다보더군요. 나는 보란 듯이 바닥의 모래흙을 발로 헤집고 크게 소리쳤어요.

"멍, 멍, 멍!"

내 소리가 너무 크다싶은지 '예삐'가 겁먹은 표정으로 나를 한 번 보고 눈알을 좌우로 굴려 주변의 눈치를 봤어요. '예삐'는 주변에 인간이 아무도 없는 것을 확인하고, 혓바닥을 날름 내밀며 익살스런 표정을 짓더니, 곧 모래흙을 발로 차고 뒹굴면서 나를 따라 신나게 짖었어요.

"앙, 앙!"

"멍, 멍!"

'예삐'의 소리가 나보다 큰 것 같아 나도 지지 않으려 힘껏 소리쳤어요. 뒷발질로 '예삐'에게 흙을 뿌리자 '예삐'도 나를 향해 흙을 던지더군요. 거실바닥은 물론 나와 '예삐'의 얼굴이 흙투성이가 되었지요. 거실에서 흙장난 해보셨어요? 안 해보셨다고요? 한 번 해보세요! 얼마나 재미있다고요.

그 다음 목표는 분재였어요. 오래된 분재에 빨간 과일이 달려있었는데, 어제까지만 해도 내가 그것에 가까이 가려하면 인간들이 '꽥!' 소리를 쳤어요. 오늘은 그 과일들을 내 입으로 모조리 따버렸어요. 떨어진 과일들이 바닥에 구르는 것을 보고 있자니 온몸이 짜릿했지요. 그걸 보면서 크게 짖는 기분, 얼마나 좋은지…….

"멍, 멍! 앙, 앙!"

그곳에는 분재 말고도 동양란이 일정한 간격으로 나란히 놓여있었어요. 그것들 중 첫 번째 화분을 향해 박치기를 해버렸지요.

그 하나가 쓰러지며 그 옆의 화분을 밀어 도미노처럼 줄줄이 넘어지더군요. '쿵쿵쿵!' 넘어지는 소리를 따라 흥분한 내 심장이 콩닥거렸고, '예쁘'도 신이 났는지 이리저리 뛰면서 소리를 질렀어요.

"앙! 앙! 앙! 앙! 앙!"

나는 여기저기 넘어진 화분마다 오줌을 찔끔찔끔 갈겼고, '예쁘'는 거실 한가운데에 개똥을 한 무더기 싸질렀어요. 나보다 '예쁘'가 더 적극적이었지요. 우리는 서로의 얼굴을 바라보며 흐뭇한 표정을 지었어요. 이때 출입문이 열리는 소리가 나더군요.

"삐이익!"

시종인 인간들이 돌아왔다는 것을 직감한 나는 은근이 겁이 났

지만 거실에 그대로 서 있었어요. 뭐 엎질러진 물이요, 떠나간 기차니 어떻게 하겠어요. 시종들의 물건이 곧 내 물건이고, 나보다 서열이 낮은 시종들이 나를 어떻게 할 수 있는 것도 아니잖아요. 이윽고 거실로 들어선 인간들이 놀라는 소리가 들리데요.

"이런……."

"아니……?"

여자인간은 손에 들고 있던 종이가방을 놓치기까지 했어요. 벌어진 종이가방에서 나와 '예삐'가 입을 예쁜 옷이 보였지요. 인간들은 입을 딱 벌린 채 다물 줄을 몰랐고, 거실에 한동안 정적이 흘렀어요.

"……."

잠시 후, 여자인간이 일그러진 얼굴로 어깨를 들썩이며 거칠게 숨을 쉬더니, 거실 귀퉁이에서 효자손을 찾았어요. 나를 째려보는 그녀의 눈동자는 활활 타오르는 불길을 담고 있었지요.

"이것들이!"

바람소리를 내며 효자손이 나에게 날아왔어요. 그렇지만 그 정도의 효자손에 맞을 내가 아니었지요. 효자손보다는 내가 빨랐으니까……. 재빨리 옆으로 피하면서 반격을 했어요. 아니, 나의 아래 서열에 있는 인간이 감히?

"앙! 앙! 앙! 왕! 왕! 왕!"

늘어졌던 귀를 있는 대로 세우고 온갖 인상을 쓰면서 짖었어요. 인간은 만만한 하위서열이니까……. 순간, 여자인간이 놀라 뒤로 물러서네요.

"에고……."

옳거니 하고, 주춤하고 있는 여자인간을 향해 맹렬히 달려드는데, 갑자기 내 몸이 하늘로 쑥 올라가는 것 아닌가요? 무지막지한 힘을 가진 누군가가 내 등을 잡아 올린 것이었어요. 내 입에서 다급한 비명이 절로 나오데요.

"깽~!"

나는 등가죽이 쭉 늘어난 상태로 다리를 허우적거리며 허공에 대롱대롱 매달리는 꼴이 된 것이었어요. 막 여자인간을 제압하려는 순간에 남자인간으로부터 공격을 당해 포로가 된 것이었지요. 황당했다니까요.

　하극상에 의한 반란을 막지 못하고 이렇게 속절없이 당하다니 억울했어요. 더구나 2대 1의 싸움이었으니까요. 허공에 매달린 상황에서도 내 동생 '예삐'를 찾았지요. 힘을 합쳐 인간에게 이겨야 한다는 생각으로…….

　그런데, 조금 전까지만 해도 옆에 있던 '예삐'가 보이지 않는 것 아닌가요? 눈알을 굴려 찾아보니 소파 아래에 '예삐'의 꼬랑지가 보이는데, 머리를 안쪽으로 파묻고 있었어요. 어머나! 이럴 수가…….

　같이 일을 저질렀으면 책임도 함께 질 줄 알아야지, 나더러 두 명의 인간을 상대하도록 하고 숨어버리다니……. 이런 비겁한 겁쟁이……. '예삐'가 소파 밑에 숨지 않고 나와 함께 힘을 합쳤다면 충분히 인간의 반란을 진압할 수 있었을 텐데…….

　에이~!

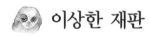 이상한 재판

　　　　　시종들의 반란으로 졸지에 포로가 된 나는 목

줄을 걸고 베란다에 갇히는 신세가 되었어요. 그 목줄은 내 목에 있던 목찌와 연결되어 내가 몸을 움직일 때마다 목을 옥죄어들었지요. 이럴 수가 있나요? 내 목을 예쁘게 하는 목찌가 목사리로 변해서 나를 묶다니…….

내가 뭘 엄청나게 잘못했다고, 내가 대단한 범죄를 저지른 것도 아닌데, 나를 보살펴야 할 시종들이 공주님인 나를 감히…….

"멍! 멍! 멍!"

성질이 올라서 마구 짖어대며 항의했지만 아무 소용이 없었어요. 내가 분을 삭이지 못해 씩씩거리면서 베란다에 있을 때, 내 동생 '예삐'가 거실의 개집 안에서 인간들을 쳐다보며 꼬랑지를 흔드는 것이 보였어요.

"저……. 저……. 저……. 어으, 어으, 어어……."

기가 막혔어요. 무슨 말을 하긴 해야겠는데, 입에서 말이 안 나오는 거예요. 내 동생이 나한테 어떻게 이럴 수가 있단 말인가요. 인간들에 대한 분노보다도 '예삐'의 배신이 나를 힘들게 했지요.

목에 굴레를 두르고 지내기를 며칠이 지난 어느 날, 나를 배신한 시종들이 다른 먼 곳에 사는 인간을 불러 자기들끼리 쑥덕거리데요. 아무리 그래도 내 귀가 듣지 못할 리 있나요. 귀를 쫑긋 세우고 엿들으면 그 정도는 다 들리지요.

"얘야! '뽀삐'는 도저히 안 되겠다. 네가 데려다 길러라."

"저야 좋지요, 엄마. 그런데, '예삐'는 어떻게 하려고요?

"예삐는 얌전하니까 괜찮다. 강아지 한 마리는 길러야지."

"그러세요. 잘됐네요. 그러잖아도 농장에 강아지 한 마리가 필요했는데……."

아니, 지금 뭐라는 건가요? 지금 나를 쫓아낸다는 거 맞지요? 내가 뭘 어쨌다고……. 내가 좀 놀았다고 해서 내 말은 들어보지도 않고 나를 어디론가 보내겠다니……. 이곳의 주인인 나를……. 이것들이 감히…….

나의 정당한 행위에 대해, 하찮은 시종들이 나를 재판하고 추방을 결정하다니 하극상 아닌가요? 이 재판에 대한 권한은 누가 부여했으며, 나의 권리는 어디로 갔단 말인가요. 적법절차도 거치지 않은 이 이상한 재판은 당연히 무효 아닌가요? 말도 되지 않는 일방적인 재판결과에 속이 부글부글 끓었어요.

나를 더욱 흥분하도록 만든 것은 '예쁘'였어요. 내 동생 '예쁘'가 나를 쫓아내겠다는 그 여자인간의 가슴에 폭 안겨 눈을 감고 있는 것 아니겠어요? 그런 '예쁘'의 머리를 여자
인간이 쓰다듬고 있군

요. 내 속이 터질 지경이었지요. '예삐'를 안고 있는 여자인간을 향해 다른 여자인간이 말을 하네요.

"엄마! 그런데, 얘들 어미인 '뽀미'는 어떻게 됐어요?"

"글쎄다. '뽀미'는 얘들이 젖 떨어지고 며칠 지나지 않아 없어졌어."

"아파트에서 어디로 가요?"

"그러게 말이다. 나갈 곳이 없는데 아무리 찾아봐도 이상하게 보이지 않는구나. 세 마리를 다 기르기 어려워, 한 마리를 누구에게 줘버릴까 했던 참에 마침 잘됐다싶어서 찾지 않았거든……."

아! 그렇지요. 나의 엄마 '뽀미'에 대한 이야기가 나오자 부글거리던 화가 좀 가라앉았어요. 따스한 엄마의 가슴……. 어느 날 갑자기 사라진……. 내가 까맣게 잊고 있던…….

"엄마……."

 추방

　　　결국, 그날의 사건으로 인해서 나는 세종시의 아파트에서 쫓겨나고 말았어요. 즉, 추방을 당한 것이지요. '예삐'랑 같이 쫓겨났느냐고요? 에이, '예삐'에 대한 이야기는 하지도 마세요. 그 계집애는 안 그런 척 시치미를 뚝 떼고 있었기 때문에 나만 쫓겨났다는 것 아니겠어요!

내가 그 아파트를 떠나던 날, 마지막으로 '예삐'를 한 번 보고 싶었으나 '예삐'는 나를 쳐다보지 않았어요. 끝내 나를 외면했지요. 내가 싫어서 그랬을까요? 아니면 나를 볼 면목이 없어서?

인간의 반란으로 인하여 졸지에 평민으로 전락한 나는 작은 종이상자에 넣어진 채 온몸이 굳어 있었어요. 생전 처음 타는 차라 그런지 어지럽고 속이 울렁거렸어요. 어느 곳으로 끌려가는 지 알 수도 없었지요.

"부우우우~ 부우우우웅~!"

종이상자에 나 있는 작은 숨구멍으로 바깥세상을 볼 수 있었어요. 그 구멍 사이로 자동차의 문짝이 보였고, 문짝 너머로 앙상한 가로수와 자동차가 빠르게 지나가곤 했어요.

차멀미가 나서 눈길을 바닥으로 옮겼지만 어지러움은 가시지 않았고 토할 것 같았어요. 초롱초롱하던 내 눈은 탁하게 흐려졌고, 초점 없는 공허한 눈빛이 되었지요. 아, 차에서 내려 내 의지로 달리면 좋으련만…….

그러길 얼마나 지났을까. 포장도로를 따라 일정하게 달리던 자동차가 좁은 길로 방향을 틀었어요.

"부웅~ 부우웅~!"

어디론가 끌려가고 있다는 생각에 얼마나 무서웠는지 노란 오줌을 찔끔찔끔 지렸어요. 막대기처럼 굳은 채…….

내 이름은 '복실이'

"끼익!"

차가 멈추면 멀미가 없어질 것이라 생각했는데 아니었어요. 자동차도 서 있고 나도 가만히 있는데 이번에는 땅이 달리고 있네요. 머리가 어지럽고 속이 울렁거려 구토를 했지만 나오는 것이 없군요.

차의 문이 열리며 운전을 하고 온 남자인간과 옆에 타고 있던 여자인간이 내렸어요. 남자인간은 보따리를, 여자인간이 내가 실린 상자를 들고 내린 것이지요. 도착한 곳의 주택에서 문이 열리며 여학생으로 보이는 소녀인간이 밖으로 나오고 있네요.

"엄마! 강아지 데려왔어요?"

"그래! 별 일 없지?"

소녀인간은 신이 나서 여자인간의 손에 들려있는 상자를 받아 바닥에 내렸고, 그녀의 손에 의해 상자 뚜껑이 벌어졌어요. 밖으로 나오니 매서운 겨울바람이 불어오고 있었지요.

"후우우웅~!"

털을 얼릴 정도로 차가운 겨울바람이 얼굴을 세차게 때렸어요.

그 겨울바람이 내 눈을 후벼 눈물이 났지요. 1시간이나 차멀미에 시달린 데다, 긴장으로 온몸이 굳어 서 있을 힘도 없었어요.

"아, 예쁘다!"

"호호, 귀엽지?"

"털이 하얀 것이면 더 좋았을 텐데, 아쉽네요. 그래도 예뻐요."

소녀인간이 손을 내밀어 내 머리를 쓰다듬으려하였으나 나는 그만 그 자리에 쓰러지고 말았어요. 나무토막이 중심을 잃고 쓰러지듯 내가 바닥에 넘어지자, 구경하던 세 사람의 눈이 휘둥그레졌나 봐요.

"어머? 얘가 왜 이래요?

"저런⋯⋯."

인간들이 깜짝 놀라더니 내 팔다리를 주무르고 난리가 났어요. 한참이 지나서야 굳어 있던 혈관의 피가 조금씩 풀려 겨우 정신을 차렸고, 나는 빨랫감처럼 흐물흐물 일어섰지요.

"휴~! 놀래라."

"하하하. 겁이 많은 강아지구나."

"괜찮다. 이제는 여기가 네 집이다."

겨우 정신을 가다듬어 주변을 살펴보니, 나를 해치려는 것은 아닌 것 같았어요.

"이름을 지어줘야지⋯⋯. 뭐라고 부를까?"

"털이 보슬보슬하고 많으니 '보슬이'가 어떤 가요?"

"보슬이? 털만 많으면 뭐하냐? 복을 주는 이름인 '복동이'가 좋지."

“복동이란 이름은 수캉아지 이름이잖아요.”

여자인간과 소녀인간의 말에 남자인간이 웃으며 결정을 하네요.

“그러면, ‘보슬이’와 비슷하고 ‘복동이’와 뜻이 같은 ‘복실이’라고 부르지.”

그리하여 나는 그때부터 ‘복실이’라는 이름을 가지게 되었어요. 그런데, 내 이름을 누가 제멋대로 바꾸나요? 내 이름을 내가 아닌 인간이 정하고 불러도 되는 건가요? 내 본 이름은 공주님인데…….

기분이 나빴지만 멀미가 계속되어 아무 소리도 하지 못했어요. 너울거리는 느낌에 눈을 감고 겨우 숨만 쉬었으니까…….

🐰 첫날

처음에는 바짝 얼어있었기에 몰랐는데, 정신을 차리고 생각해보니 이건 잘못돼도 너무 잘못된 것이었어요. 나를 거지같은 창고 안의 개집 앞에 내려놓고 사라져버린 인간들을 이해할 수 없었지요. 나는 아파트의 따뜻한 방에서 편히 있어야 할 공주님이 아니던가요.

판자로 만든 초라한 개집 한 채에, 그 개집 바깥에 놓인 칙칙한 개밥그릇이 하나, 그 개집 안쪽에 너저분하게 늘어진 방석도 하나, 도대체 어떻게 나더러 여기에서 먹고 자라는 것인지…….

최고급 원목으로 지은 내 집은 어디로 갔으며, 친환경 자재를 사용한 내 침대, 폭신한 전용쿠션과 방수원단으로 만든 바닥매트, 알록달록한 리본이 달린 모자와 각종 장신구, 내 재산을 관리하는 수납장, 그것들은 도대체 어떻게 되었단 말인가요.

"후우우우우~!"

사면팔방이 뻥 뚫린 농장의 창고는 바깥이나 진배없었고, 판자를 덧대어 못질을 한 개집은 벽에서 황소바람이 들어왔어요. 눈에는 잘 보이지 않을 정도로 미약한 틈새에서 들어오는 바람이 어찌 그리 세찬지 눈물이 다 났지요. 차가운 바람은 출입구에서도 들어왔어요. 에이, 개집에 문짝이나 좀 달 것이지…….

"휘이잉~ 휘이잉~!"

춥고 무서운데다 발까지 시려 몸을 둥그렇게 웅크리고 있어야 했어요. 바닥에서 축축한 습기도 느껴졌지요. 불과 하루 전만 해도 나는 공주님의 신분이었는데, 내 전체 재산이 거지같은 개집 하나뿐이라니, 나는 이제 극빈층 강아지란 말인가요.

산꼭대기에 걸린 태양이 창고 안 깊숙이 햇빛을 보낼 때까지 꼼짝 않고 있었어요. 내 심성이 아무리 착해도 그렇지, 이런 대우를 받고 어찌 기분이 상하지 않을 수 있겠어요. 여자인간이 개집 앞의 개밥그릇에 사료를 부었지만 눈길도 주지 않았죠. 사료에서 나는 냄새도 내 취향이 아닌 싸구려냄새가 풀풀 났어요.

"복실아! 저녁이다. 밥 먹어라."

여자인간이 쪼그려 앉으며 나에게 관심을 보였지만 내가 쉬운 강아지는 아니지요. 못들은 척했어요. 죽은 듯 가만히 있는데 여자인간의 손이 나의 털을 쓰다듬는 거예요. 기분이 나빠서 확 물어버릴까 생각했지만 그렇게 할 수가 없어서 일단은 참아보기로 마음먹었죠.

"어디 아픈 것은 아니지?"

간사한 여자인간의 목소리가 나를 꼬드겼어요. 내가 마음이 약한 것을 어떻게 알았을까요. 마음이 약해지면 지는 거라 생각이 들어 개집 안쪽으로 더 들어갔어요. 그러자 여자인간이 일어나 주택으로 들어가며 한 마디 더 하네요.

"집 잘 지켜야 한다."

뭐라고요? 지금 여자인간이 한 말이 나에게 한 것 맞나요? 아니, 누구의 집을 누구더러 잘 지키라고요? 인간의 집을요? 내가요? 어머나! 세상에……. 미쳤나봐!

 ## 이튿날

날이 밝아오네요. 산속으로 잠겨들었던 태양이

반대편의 산꼭대기로 떠올라 눈부시게 빛을 뿌렸어요. 새아침이 밝았지만 여전히 가슴이 부글부글 끓어올랐고, 머리에서는 생각이 정리되지 않았지요.

나에게 먹으라고 놓고 간 사료가 눈앞에 보이네요. 그것을 보니 더 화기가 솟았어요. 싸구려 사료를 내게 먹으라고 주다니, 하찮은 것들이 감히 나를 어떻게 보고…….

분노가 치밀어 식욕도 일어나지 않아 눈을 감았어요. 까짓것 굶으면 되니까……. 좀 굶는다고 죽을 일은 아니잖아요. 나를 버린 인간들에 대한 분노, 나를 거지만도 못하게 취급하는 새로운 인간들에 대한 미움이 꾸물꾸물 올라왔어요.

눈을 뜨면 눈동자에서 독기가 뿜어졌고, 입만 벌려도 욕이 튀어나왔으며, 누구든지 걸리기만 하면 머리를 짓밟아 뭉개버리겠다고 생각했지요. 내 목을 옥죄고 있는 쇠줄만 아니었으면 그냥 확…….

심장이 가슴에만 있는 줄 알았는데, 머릿속에도 있나봐요. 머리가 쿵쿵쿵 규칙적으로 울렸고, 가슴에 있는 심장은 그것대로 두근두근 박자를 맞췄어요. 들숨보다 날숨이 더 세고 길게 뿜어졌으며, 분노가 콧구멍을 박차고 나왔지요.

얼마나 시간이 지났을까요. 해가 저물도록 앞에 놓인 사료를 입에 대지도 않았는데, 여자인간이 다가오더니 그 사료를 건너편 논두렁에다 확 쏟아버리네요. 김이 다 빠져서 맛도 없을 것이니 품질 좋고 새로운 사료를 주려나요? 뭐, 사료를 다시 준다고 먹을 내가 아니지만…….

🐶 사흘날

　　　　　　새로운 날이 밝아오는군요. 이곳에 온지 벌써 사흘째……. 그러니까 내가 사흘간이나 굶었다는 말이 되네요. 뱃속에서 꼬르륵 소리가 나고 머릿속이 윙윙거렸어요. 그런데, 똥이 마려웠지요. 목줄에 묶여 멀리 가지 못하는 처지라, 개집 옆의 아무렇게나 놓인 포대종이에 엉덩이를 조준했어요.

엉거주춤한 상태에서 뱃살에 힘을 잔뜩 주고 뱃속의 찌꺼기를 밀어내는데, 잘생긴 내 얼굴가죽이 늘어졌다 펴지기를 반복하였으나 똥구멍만 아프고 똥은 나오지 않았어요. 뱃속에 똥이 없는 것일까요? 그렇지만 똥은 마려우니 어쩌겠어요! 관자놀이에 혈관이 불거지고 눈알에 핏발이 서도록 밀어내기를 계속할 수밖에…….

이윽고, 좁은 똥구멍을 비집고 똥이 얼굴을 내미는군요. 똥을 누는 것이 어찌나 힘 드는지 내 똥구멍이 아주 찢어지는 줄 알았어요. 포대종이의 똥도 평상시에 나오던 똥이 아니라 손가락처럼 아주 가늘었고, 불에 탄 것처럼 새까만 것이 반질반질하군요.

똥을 쌌으면 뱃속이 비었으므로 음식으로 채워야 하잖아요. 그래서 사료가 고급이든 싸구려든 좀 먹어볼까했지만 그릇이 비었으므로 어떻게 해볼 도리가 없었어요. 밥그릇에 사료는 없고 맹물만 반쯤 있는 것이 내 눈에 보였지요.

그 물에는 어디선가에서 날아온 지푸라기와 먼지가 둥둥 떠다녔어요. 그곳에 혀를 대고 할짝할짝 핥았지요. 차가운 물이 혀를 적시며 뱃속으로 넘어가는데, 가슴까지 찌르르 하더군요. 그런데 배가 더 고파왔어요. 음식이 들어오는 것으로 잘못 판단한 위장이 소화액을 팡팡 내보내나봐요.

아침햇살이 농장을 비추기 시작하는 시간, 여자인간이 문을 열고 나왔어요. 그리고 사료를 한줌 밥그릇에 쏟았지요. 이 얼마나 기다리고 기다리던 양식인가요. 그대로 벌떡 일어나 한달음에 달려가 마구 먹고 싶었지요.

그렇지만 흐트러지려는 정신을 가다듬어 기어이 참고 말았어요. 일단 이 상태에서는 여자인간을 내가 이긴 거잖아요. 그러면 그렇지! 제까짓 것들이 별수가 있겠어요? 내가 누군데…….

참는 김에 더 참기로 마음먹고, 마지막까지 최선을 다하고자 입술을 악물었지요. 인간의 버르장머리를 확실히 뜯어고치기 위해…….

그러나 그것은 만용이었어요. 사료를 앞에다 두고 먹지를 못하고 참아야 하는 그 고통이란 말로 다 표현을 할 수 없었지요.

"으……. 으으……."

시간이 얼마나 흘러갔는지 모르지만 밤이 꽤 깊어진 것 같았어요. 이제는 정말이지 도저히 참을 수 없다는 생각에 사료를 먹기 위해 일어서려고 막 앞발을 모았는데, 때마침 주택의 문이 열렸어요.

"삐이걱!"

여자인간이 모습을 보였지요. 당황한 나는 도둑질하려다 들킨 것처럼 일어서지도 못하고 그대로 굳어버렸어요. 그런데, 여자인간이 내 모습과 남아있는 사료를 번갈아보더니 입을 비쭉 내밀며 성큼성큼 다가와서 그 사료를 저 멀리 쏟아버리는 것 아닌가요?

"헉?"

아, 그때의 심정이란……. 내가 얼마나 후회를 했는지 몰라요. 내가 좀 참을 걸……. 그깟 자존심이 뭐라고……. 자존심이 밥 먹여 주나요! 그깟, 쥐에게 줘도 안 먹을 자존심…….

뱃가죽이 등에 붙어 하나가 될 지경이었어요. 힘이 다 빠져서 몸이 바닥과 하나가 되는 느낌이었지요. 하늘과 땅은 고요한데 달빛이 휘영청 밝아서 주르륵 눈물이 흘러내렸어요. 슬퍼서 흘리는 눈물인지, 배가 고파 나오는 눈물인지, 누군가를 보고파하는 눈물인지 알 수가 없었지요.

"흑……."

내 동생 '예쁘'의 얼굴이 떠올랐고, 예전의 나와 함께 살았던 인간들의 모습이 아른거렸어요. 그리고…… 그리고……. 엄마의 얼굴에 대한 기억도 가물가물한데, 뇌리의 저 깊은 곳에 머물러있던 엄마의 미소와 체취, 젖 먹는 나를 내려다보던 엄마의 눈동자가 보이는군요.

나의 엄마는 지금 어디에 계실까! 두 줄기 눈물이 얼굴을 적시며 흘러내렸어요. 한 번 터진 눈물은 걷잡을 수 없이 쏟아졌지요. 방석이 다 젖을 정도로…….

"흑흑흑……. 훌쩍……. 흑흑흑……. 훌쩍……. 엄마……. 엄마……. 엄마……."

차가운 겨울바람이 마당을 쓸며 지나가고 있네요.

"후우우웅~ 후우우우웅~!"

배가 고프니 더 추웠어요. 얼마나 추운지 눈을 뜨면 눈동자가 얼어버릴 것 같아서 눈을 감았지요. 눈을 감자 옛날 아파트의 개집에서 공주님으로 살던 때가 떠올랐어요. 아! 그곳에서는 배부르고 등도 따뜻했는데…….

나흘날

배고픈 주기가 점점 늦게 찾아 왔어요. 배가 고픈 것보다 목이 더 말랐지요. 밥그릇에 있는 물을 먹으려 혀를 댔는데, 지난밤 추위에 물이 얼어있네요. 그렇다고 물을 먹지 않을 수도 없어서 얼음에 혀를 대고 여러 번 핥았어요. 혀가 짜릿짜릿 끊어질 것 같았지만 얼음 녹은 물을 핥으니 정신이 좀 들었지요.

정신이 드니까 배가 더 고파왔어요. 물그릇에 있던 물도 다 핥아 먹어 이제는 물기만 보이는데, 며칠째 굶고 있는지 계산도 안 되네요. 눈을 감으면 먹을 것들이 영상으로 떠올랐어요. 영양이 풍부한 사료, 쫄깃한 닭고기의 가슴살, 양념소갈비에 돼지삼겹살까지 눈앞에서 아롱거렸어요.

눈을 뜨면 눈앞의 것들이 다 음식으로 보였지요. 마당의 돌은 갓 구운 빵으로, 목에 걸린 쇠줄은 꽈배기도넛으로, 개집은 시루떡으로, 방석은 기름진 부침개로 변했어요. 아무거나 먹을 것이 있으면 행복할 것 같았지요.

신경세포가 꿈틀꿈틀 일어나는군요. 내 몸이 죽을 위기에 직면하여 마지막 힘을 쏟는 것인지, 후각과 청각이 엄청나게 예민해져 주택 안에서 풍기는 음식냄새와 축사에서 나오는 사료냄새는 물론, 십리 밖에서 지나가는 고라니의 냄새까지 감지됐어요.

또한 주택에서 설거지 하는 소리, 축사에서 송아지가 젖을 빠는 소리, 그리고 뒷산의 이름 모를 산새가 오줌 갈기는 소리까지 들렸지요. 정말로 내가 죽을 때가 된 것일까요?

죽음이 나를 기다린다는 생각이 들자, 지나온 생애를 뒤돌아보게 되는군요. 지난 세월을 하나하나 반추하면서 크게 깨달았지요. 그동안 내가 삶을 너무 쉽게 생각했다는 것. 내가 경험했던 것들이 다가 아니라는 것. 지금까지 내가 생각하고 판단했던 것들이 모두 편협 그 자체였다는 것.

배가 고프다는 것이 이런 것이라는 것. 지금까지 먹었던 음식들이 거저 생긴 것이 아니라는 것. 나는 공주님이 아니었으며 무수리도 못 된다는 것, 내 팔자는 상팔자가 아니라는 것 등등…….

또한 지난날들의 내 잘못을 뉘우치며 속으로 이런 다짐도 했어요. 내가 이 위기를 넘긴 이후, 나중에라도 배가 고픈 누군가를 발견하면, 그와 함께 내가 가진 음식을 꼭 나누겠다고…….

며칠간 먹은 것이 없어서 똥오줌도 마렵지 않고, 더 이상 말을 할 기운도 없네요. 행여나 여자인간이 사료를 주러오지 않을까 하는 기대감으로 주택의 문을 바라봤어요.

한편, 마음속으로 누군가가 내게 사료 한줌만 준다면 그를 위해 충성을 다할 것이라 맹세했지요. 혹시 저에게 음식을 나눠주실 분, 그럴 분 없으세요?

닷샛날

아침이 밝았어요. 자리에 누운 채, 다 죽어가는 눈을 하고 주택의 문만 바라보는데 슬며시 문이 열리네요. 고대하던 문이 열렸는데, 자리에서 앉아만 있으면 되겠어요? 기운은 없었지만 일어나 아는 체를 했지요. 이제까지 깨달았던 것들도 있잖아요.

"…… 멍멍!……"

사료냄새가 났어요. 세상에서 최고로 향기로운 냄새가…….

여자인간의 손에 들린 바가지에서 사료가 쏟아지는데, 개밥그릇에 부딪히는 소리가 짜릿짜릿 내 심금을 울렸지요. 아! 아! 아! 이렇게 기쁜 일이……. 입에서 나온 침이 턱을 지나 바닥까지 길게 늘어졌어요.

"복실아! 밥 먹어라!"

천상에서 들려오는 아름다운 소리에, 죽음의 문턱에서 생명을 얻은 기분이었어요. 사료가 들어있는 개밥그릇에 얼굴을 처박았지요. 혹여, 내가 사료를 먹지 않을 것으로 오해하고 또 사료를 버리면 큰일이잖아요.

"오도독, 오도독, 오도독."

금세 개밥그릇이 비워지는군요. 첫날 주어진 분량보다도 훨씬 적었지만 불만은 없었어요. 한주먹이면 어떻고 반주먹이면 또 어떤가요. 그저 사료를 준 것에 감사할 따름이었지요. 다만, 목이 마를 뿐…….

내 생각을 알았는지 여자인간이 주전자를 가져와 물그릇에 물을 따르네요.

"주르륵, 주르륵, 쪼록."

고맙고 감사했어요. 혀를 길게 내밀어 물그릇이 반질거리도록 싹싹 핥아 먹었어요. 한 방울의 물이라도 버리면 안 되잖아요. 물이 얼마나 귀중한 것인데…….

"휴~!"

한숨을 크게 쉬고 곰곰 생각해보니 이거 보통 큰일이 아니네요! 앞길이 깜깜했지요. 온 세상을 다 덮을 정도로 늘어지턴 내 팔자가 한순간에 이렇게 오그라들다니……. 이곳에서 살려면 이곳을 장악하고 있는 서열 1위에게 잘 보여야 한다는 생각이 들었어요. 그 서열 1위는 누구일까? 어떻게 하면 잘 보일 수 있을까!

🐶 서열정립

우선 내가 처한 상황을 알아야 했어요. 소중한 나의 개집 안에서 코를 실룩거리면서 인근으로부터 감지되는 냄새를 분석하기 시작했지요. 소똥냄새, 톱밥냄새, 사료냄새, 물 냄새, 흙냄새, 나무와 풀냄새, 인간의 체취에 이르기까지 온갖 잡다한 냄새가 느껴졌어요. 인간의 후각보다 수만 곱절이나 능력 있는 나의 코는 근방의 모든 정보를 수집하여 분석할 수 있었으므로…….

"흠……. 흠……."

귀중한 나의 개집에서 귀를 쫑긋 세우고, 인근에서 들려오는 모든 소리를 분석하기 시작했어요. 소들의 움직임과 숨을 쉬는 소리, 나뭇가지를 훑으며 지나가는 바람소리, 주택에서 울리는 텔레비전 소리, 인간의 말소리와 방귀뀌는 소리에 이르기까지 세상의 온갖 소리가 들렸지요.

사랑하는 나의 개집에서 머리를 반쯤 내밀고, 한 쪽 눈으로 주변을 살폈어요. 인간들이 사는 주택, 소들이 사는 축사우리, 소똥이 쌓인 퇴비사, 농장 아래로 보이는 논다랑이, 야트막한 산을 지나 까마득한 곳에는 저수지도 보였지요.

주택에 사는 인간은 셋이었고, 그중 여자인간의 몸에서는 화장품 냄새가 심했어요. 여자인간의 몸에서 나는 각종 냄새는 나의 코로도 다 분석을 못할 지경이었는데, 크림냄새, 로션냄새, 파운데이션냄새, 립스틱냄새, 샴푸냄새, 향수냄새, 비누냄새, 매니큐어냄새까지 혼합되어 아주 복잡했지요.

여자인간은 둘이었고, 큰 여자의 몸에서 더 많은 냄새가 풍겼어요. 나머지 남자인간의 몸에서는 소똥냄새가 가장 많이 풍기는군요. 남자인간은 소똥냄새 외에도 담배와 막걸리 찌든 냄새가 솔솔 풍겼지요.

인간의 목소리 역시 냄새를 가장 많이 풍기는 여자인간이 가장 컸고, 그 다음은 냄새가 덜 나는 소녀인간, 그 다음은 소똥냄새가 풍기는 남자인간의 목소리가 제일 작았어요. 이게 아마 서열순서일 거예요. 맞지요?

이런저런 정보를 수집 분석한 결과에 의하면, 이곳의 서열 제1위는 여자인간인 주인마나님, 제2위는 소녀인간인 주인아가씨, 제3위는 남자인간인 주인아저씨, 제4위는 소, 제5위는 바로 나, 그렇게 서열이 정해져 있는 것 같았어요.

나는 말이 5위지, 5위면 이곳에서 가장 낮은 꼴찌 아닌가요? 에고, 어쩌다가 내 팔자가 이렇게 됐는지…….

주인님들의 목소리가 밝으면 내 기분도 좋고, 이마를 찌푸리면 불안했어요. 주인님이 날 싫어하면 어쩌나 하는 생각에, 주인님이 소리라도 지르는 날이면 오금이 저렸지요. 모든 것은 운명이었어요.

주인님이 숨을 들이킬 때 나도 들이켰고, 주인님이 숨을 내쉬면 나도 뱉었어요. 주인님의 눈짓과 손짓에 따라 내 몸을 움직였으며, 한 발 더 나아가 주인님이 무엇을 원하는지 미리 아는 것을 최고의 영예로 알았지요. 항상 꽁지를 내리고 살살거리며 주인님에게 충성하는 것이야말로 지상지고의 과제라 생각했으니까…….

이와 같이 각고의 노력을 기울인 결과, 오늘날에 이르러 나는 서열 5위에서 4위로 한 단계 상승할 수 있었네요. 소들을 주인으로 모시지 않아도 되었으니 가문의 광영이 아닌가요. 하루에 두 번, 아침과 저녁으로 한주먹씩 배급되던 사료의 분량도 늘어났어요. 좋았지요! 눈물이 날만큼…….

제2장

농장의 겨울

🐄 농장의 아침

　　　　　'가래골'에 있는 농장에서의 생활도 벌써 1년이
되어 가는군요. 돌담처럼 길게 이어진 농장의 건물과 산에서 내려
오는 맑은 공기, 농장 주변에 자라는 형형색색의 나무와 풀, 여러
특이한 냄새와 각종 소리, 그리고 수많은 새로운 것들이 나를 행
복하게 만들었어요.

　아파트의 비싼 개집에서 고급사료를 먹으면서 생활할 때는 답답
하고 짜증날 때가 많았는데, 처음에는 삭막하게만 느껴지던 이곳
생활이 활기가 넘치고 그렇게 좋을 수가 없네요. 지금은 여기를 떠
나서는 살 수 없을 것이란 생각이 들어요.

　내게는 이슬을 막아주는 개집이 있고, 일용할 양식이 있으며, 주인님들이 나를 예뻐하고, 무엇보다도 하루해가 시작될 때마다 내가 할 일이 있으므로…….

내가 하는 일은 농장을 지키고 주인님과 함께 소를 돌보는 일이지요. 아무나 할 수 없고 하늘같은 주인님의 선택을 받은 강아지만이 할 수 있는…….

축사의 소들은 실컷 먹으며 시도 때도 없이 똥과 오줌을 쌌어요. 주인아저씨는 정해진 시간에 사료를 주셨고, 그 시간이 끝나고 주인님들께서 밥을 먹은 다음에야 나도 밥을 먹었지요.

"잘 잤니? 복실아!"

주인님들은 내 옆을 지날 때마다 내 머리를 쓰다듬어 주셨어요. 그 손길이 좋아서 꼬리를 흔들면서 껑충 뛰면, 주인님이 활짝 웃으면서 과자를 던져주셨지요. 그 과자를 먹으면서 주인님에 대한 사랑을 키워갔어요.

"멍! 멍!"

낯선 사람이 농장에 들어올 때는 크게 짖었고, 물건을 어깨에 메거나 보따리를 들고 있는 사람에게는 사납게 소리쳤어요. 특히, 빈손으로 농장에 왔다가 물건을 들고 나가는 사람에겐 물어버릴 듯 앙칼지게 대들었지요.

"왕! 왕! 왕! 왕! 왕! 왕!"

그러나 정기적으로 들어오는 우편집배원아저씨에게는 슬쩍 눈길만 주었어요. 주인집 가족이나 친척에 대해서는 딱 보고 알아, 반가운 인사로 한 번 짖으면 그만이었지요! 나는 영리한 강아지이니까……

"멍!"

농장의 하루는 새벽에 주택의 문을 열고 나오는 주인아저씨의 발걸음으로부터 시작했어요. 어두컴컴한 겨울의 새벽, 아저씨가 주택의 입구에 달린 스위치를 올리면 멀리 떨어진 축사에 전등불이 들어오고, 잠이 깬 소들이 일제히 함성을 지르기 시작하지요.

"음머~ 음머~ 음머!"

작업복을 멋지게 차려입은 주인아저씨가 활기찬 걸음으로 축사에 들어갈 때, 나도 그 뒤를 따라가며 보란 듯 고개를 쳐들고 당당하게 둘러봤어요. 내딛는 걸음마다 사박사박 소리가 울리고, 어깨의 털들이 출렁출렁 물결쳤지요.

농장의 겨울은 어찌나 추운지 소들의 코털에 서리가 하얗게 내렸고, 듬성듬성한 수염에 고드름이 열렸어요. 소들은 아무리 추운 날에도 주인님이 축사에 들어서면 열병하는 병사처럼 뜨거운 충성을 외쳤지요.

"음머~ 음매~ 움머~ 움매!"

🐂 소팔자 상팔자

소야말로 늘어질 대로 늘어진 팔자였어요. 눈이 나 비가 온다고 근심할 필요가 있나, 먹을 사료나 물이 없다고 염려할 필요가 있나, 잠잘 곳 걱정할 필요가 있나, 아무런 고민이 없는 존재였지요.

주인아저씨는 소를 위해 겨울날 찬바람 막아주고 여름의 햇볕을 가려주었으며, 바닥에 톱밥과 짚을 깔아 포근하게 잠들 수 있도록 했어요. 소가 혀를 내밀면 건초가 입에 감기고, 고개를 들이밀고 여름엔 시원한 물을, 겨울에는 따뜻한 물을 마실 수 있었지요. 또한 밥을 먹을 때마다 주인님이 먹이통에 사료를 넣어주니 소의 팔자가 얼마나 좋은 것인가요.

소와는 달리 주인님은 찌그러진 팔자였어요. 소에게 아침저녁으로 사료 줘야지, 정기적으로 볏짚 갖다 놔야지, 겨울에는 며칠마다 한 번씩, 여름에는 매일 물통 청소를 해야 했지요. 손가락이 짓무르도록…….

소들은 덩치가 큰 만큼 먹는 분량도 많아서 싸는 똥도 엄청 많았어요. 소가 싼 소똥이 많아지면 바닥이 질었는데, 주인님은 소똥 속에서 소똥을 밟아가며 긴 시간 내내 소똥을 치웠어요. 그리고 그 진자리가 뽀송뽀송한 마른자리가 되도록 볏짚이나 톱밥을 깔아주셨지요. 먼지를 뒤집어 써 가면서…….

주인님으로부터 특급대우를 받는 소들이 하는 일이라고는 종일 토록 먹고 싸며 잠을 자거나, 바닥에 배를 깔고 앉아 되새김질을 하는 것이 다였어요. 한 가지 일을 더하는 것이 있다면, 자신들의 등짝에 달라붙는 파리나 쇠등에를 쫓는 것이었지요. 시원한 선풍기 바람을 쐬면서, 꼬리만으로······.

소를 위해 사는 주인님은 소에게 제일 먼저 밥을 주었고, 아무리 큰일이 일어나도 소를 돌보고 나서 다른 일을 하셨어요. 돈을 쓰는 일도 소가 우선이었지요. 소를 위해 돈을 쓰고 나면 주인님이 써야 할 돈이 없었음에도 한 번도 소를 탓하는 일이 없었어요.

겨울이 오면 천막을 두르고 원형볏짚을 쌓아 찬바람을 막았고, 더운 계절에는 선풍기를 틀어 더위를 식혀주었어요. 파리가 번식하기 시작하면 소독을, 비둘기나 쥐가 들락거리면 끈끈이를 놓았지요.

그리고 소를 얼마나 예뻐하는지 소가 가려울까봐 등까지 긁어주셨어요. 축사우리에 들어가거나 나올 때마다······.

소의 등을 긁어주는 기구는 등긁개라는 이름을 가지고 있었지요. 등긁개는 나무를 자르는 톱처럼, 검불을 긁는 갈퀴처럼, 퇴비를 치거나 여물을 옮기는 쇠스랑처럼, 머리를 빗는 빗처럼, 노인분의 등을 긁는 효자손처럼, 그렇게 생겼어요.

효성스런 손자들이 할아버지 할머니의 등
을 긁어주는 것처럼 주인님은 등긁개로 소들의
등을 긁어주셨어요. 그때마다 소들은 주인님께 몸을 맡긴
채 눈을 지그시 감고 있었지요. 성질 더러운 황소들까지……

　지금의 소들은 코뚜레가 뚫린 것도 아니요, 논밭을 힘들게 갈아
야 할 일도 없는데 수시로 축사를 소독하고 전담 수의사까지 있어
건강도 살펴주니 얼마나 좋겠어요! 털에 윤기가 잘잘 흐르고 뒤룩
뒤룩 살이 찔 수박에……

🐂 암소와 황소

　　　　　　내가 세상에서 엄청 큰 존재인 줄 알았는데 나
보다 더 큰 상대가 있었어요. 내가 소를 보려면 고개를 뒤로 젖히
고 올려봐야 했거든요. 소가 얼마나 큰지, 내게는 하늘을 받치고
있는 거목처럼 보였어요.

　기죽지 않으려 고개를 한껏 빼고 몸을 쭉 늘려봤지만 소들의 무
릎에도 미치지 못했지요. 그래도 내가 축사 안으로 들어서면 커다
란 암소가 나를 두려워하여 왕방울 눈을 크게 뜨며 뒤로 물러서더
군요.

　"움머!"

그때마다 내 가슴이 콩닥콩닥 뛰었으나 무섭지 않은 척했어요. 나보다 아래의 서열을 무서워하면 날아가는 새가 웃을 일이잖아요. 나는 서열 4위요, 저 소들은 서열 5위였으니까.

암소들은 눈이 크고 겁이 많아, 내가 한 걸음 한 걸음 앞으로 나갈 때마다 뒤로 슬금슬금 물러나더군요. 산처럼 큰놈들 앞에서 아주 작은 내가 뽐내며 걷는 기분, 얼마나 좋은지 몰라요.

"에헴!……. 어흠……!"

소들이 다 얌전하고 겁이 많은 것은 아니었어요. 암소보다 더 덩치가 큰 황소들은 나를 무서워하지 않았으니까요. 내가 처음 황소들이 사는 축사우리 앞에 갔을 때, 돌연 거친 숨소리와 함께 황소 한 마리가 달려들더라고요.

"우웩! 웩, 웩!"

괴성을 지르며 창끝 같이 생긴 뿔이 나를 덮쳤는데, 소뿔은 대문짝만한 머리에 달려있어 무지막지했지요. 그 뿔에 닿기라도 하면 나 같은 강아지는 종이처럼 구겨질 것 같았어요. 그러니 내가 얼마나 놀랐겠어요!

"헉?"

크게 놀라 냅다 도망했어요. 꽁지를 뒷다리 사이에 감추고, 짧은 네 개의 다리가 보이지 않을 정도로 뛰었지요. 온몸의 털이 곤두서 있었어요.

"헥, 헥, 헥……. 헥, 헥……. 헥……. 휴~!"

주인아저씨의 옆에 가서 겨우 숨을 쉴 수 있었어요. 참았던 숨을 한꺼번에 쉬려니 나의 작은 허파가 감당이 안 되는 거예요. 숨은 잘 쉬어지지 않고 심장이 벌렁벌렁 춤을 췄지요. 암소는 별거 아닌데 황소란 놈은 만만히 볼 상대가 아니더군요.

'소' 하면 뿔이 연상되잖아요. 소는 수소든 암소든 다 뿔이 달려 있었으니까……. 소머리에 달린 뿔은, 하늘을 향해 치솟은 뿔, 팔을 벌린 것처럼 옆으로 곧게 뻗은 뿔, 위아래로 서로 다른 방향을 향한 뿔, 소머리의 뒤나 아래로 젖혀진 뿔, 앞으로 휘어진 뿔 등 제각각이었어요.

인간들은 화가 났다는 것을 '뿔났다'라고 표현하는데, 그 말대로라면 소들은 항상 화가 나 있는 녀석들이겠지요. 나는 개뿔도 없으니 평생 화를 내지 않고 사는 존재거나 빈털터리일 테고…….

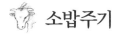

소밥주기

"영차!"

주인아저씨가 사료포대를 들어 올리면, 성질 급한 소들이 우르르 몰리고, 한 발이라도 더 가까이 가려 서로의 몸을 밀쳤어요. 그 앞에서 주인아저씨는 손으로 사료포대를 뜯었지요.

"두두둑!"

포대가 벌어지고 사료가 리어카에 쏟아질 때마다 냄새가 확확 풍겼어요. 밥솥에서 뜸이 잘 들은 밥을 풀 때처럼…….

그 냄새가 소들의 식욕을 더 돋웠고, 사료가 가득 담긴 리어카가 마찰음을 내며 진행할 때마다 그 움직임을 따라 소들이 소리치면서 따라갔지요.

"음매! 음매! 음매!"

한 삽 가득 사료를 퍼서 먹이통에 쏟으면, 금빛으로 빛나는 옥수수알갱이가 바닥에 소복이 쌓였고, 먹이통로를 따라 신선한 사료의 향기가 퍼졌어요. 힘이 센 소가 먼저 목을 내밀었고, 몸싸움에 밀린 소는 다른 먹이통에 머리를 집어넣을 수 있었지요.

"덜컹, 덜컥, 덜컹, 덜컥!"

머리를 내민 소들은 긴 혀로 사료알갱이를 감싸 맛있게 씹었어요. 통로 건너편에서 다른 소들이 빨리 사료를 달라고 아우성을 치면, 주인아저씨의 몸놀림이 더욱 빨라졌지요.

"우둑, 우둑! 우두둑 우두둑!"

"움머! 움머! 움머! 음머!"

축사 안은 사료 씹는 소리와 밥을 달라고 보채는 소들의 울음소리가 뒤섞여 무척 시끄러웠어요. 먹이통에 머리를 내민 소들의 머리가 긴 통로를 따라 줄지어 늘어섰고, 반대방향에는 소들의 엉덩이와 꼬리가 열을 맞췄지요. 모든 소들의 초롱초롱한 눈망울에는 주인님의 모습이 보였어요. 마나님이 보시는 거울처럼…….

🐂 황소

　　　　못난 송아지 엉덩이에 뿔이 난다고 했던가요? 그 말에 딱 맞는 녀석들이 이놈들이었어요. 넓은 자리를 독차지하고 처먹기만 하면서 하는 일은 별로 없고 싸움질만 했지요. 주인님은 이놈들을 황소라고 불렀어요.

　한우농장의 성질머리 더러운 황소는 모두 두 마리였는데, 농장에서 가장 깊숙한 곳에 있었으며, 다른 암소에 비해 몸집이 엄청 나게 커서, 떡 벌어진 어깨에 오래된 텔레비전처럼 큰 머리와 우악스런 뿔을 자랑했어요.

　"웩, 웩!"

　내가 농장 안을 둘러볼 때마다 황소들은 왕방울 같은 눈을 부라리며 큰 뿔을 내게 휘둘렀어요. 저것들 눈에는 내가 하룻강아지로 보이는 모양이네요. 내가 만만하게 보이나요?

　"쉭, 쉭!"

　성질이 흉맹하여 앞발로 바닥을 긁으면서 못생긴 코로 콧김을 확확 뿜어댔어요. 그 콧구멍도 엄청나서 주먹 하나가 다 들어갈 정도로 컸지요. 그놈들이 나를 향해 달려들 때는 정말이지 머리털이 빳빳하게 설 정도로 무서웠어요. 녀석들은 내가 이곳 농장의 동물 중에 상위의 서열이라는 것을 인정하지 않았지요.

　그 황소들은 뒷발질의 명수였는데, 자칫 그것에 맞는다면 나 같은 것은 축구공처럼 농장 밖 멀리까지 날아갈 것이 틀림없었어요.

암소들은 축사우리 한 칸을 네 마리가 공동 사용하고 있었으나, 이 황소 녀석들은 한 칸을 두 마리가 쓰고 있었지요.

한 칸에 황소 둘이 살고 있으니 그 둘은 얼마나 친한 사이겠어요. 같은 방을 쓰다보면 다들 그렇잖아요. 그런데, 이 녀석들은 그게 아니었어요. 같은 축사우리에 살면서도 서로 뿔질을 해대며 싸웠으니까요. 오늘도 아침부터 날카로운 뿔을 내밀고 서로에게 달려드네요.

"웩~!"

"쿵~!"

머리통과 머리통이 부딪히며 굉음이 일었고, 그때마다 축사우리가 흔들렸어요. 하는 짓이, 서로 높은 서열을 차지하려고 다투는 것 같았지요. 그래, 서열은 중요한 것이여, 싸워라, 싸워!

"쿵!"

녀석들은 종일 싸우다가 밥을 먹을 때가 되면 싸움을 멈추고 사료를 먹었어요. 사료를 다 먹어치운 후, 볏짚도 실컷 먹고, 물까지 잔뜩 마시고 나면, 또 앞발을 들고 뿔 달린 머리를 높이 올렸다가 상대를 향해 내리꽂았지요. 그때마다 축사의 공기가 찢어졌어요.

"쿠웅!"

"꿔억!"

보다 못한 주인아저씨께서 막걸리를 가져와 병뚜껑을 열고 황소의 등과 머리에 뿌리셨어요. 달고 텁텁한 막걸리 세례를 받은 녀석들은 잠시 싸움을 멈추고 혓바닥으로 막걸리를 핥았지요. 아하, 막걸리 마시고 화해하라고 그러시나보군요. 그러나 그것뿐, 황소들

은 시간이 조금 지나자 다시
싸우기 시작했어요.

"웩! 웨엑!"

"쿵!"

어찌나 거칠게 싸우는지 머리통에
달린 뿔이 깨지고 말았네요. 뿔이 빠
진 황소의 머리에서 솟는 선혈이 얼굴에
낭자하군요. 부상을 입은 녀석은 도망을 했고, 승리의 기세를 잡
은 녀석은 계속 달려들었어요. 두 마리의 황소가 좁은 축사우리를
빙빙 돌며, 쫓고 쫓기느라 난리도 아니었지요. 지금 서열이 결정 난
것 맞나요?

"여보! 아무래도 한 마리씩 떼어놔야겠어요."

주인님들도 이 황소들의 성질머리를 고칠 수 없나보군요. 그렇게
해서 황소들은 한 칸씩의 축사우리를 차지했네요. 두 마리가 한
칸의 축사우리를 사용한 것도 황송한데, 한 마리당 한 칸씩을 차
지하여 분에 넘치는 호사를 누리게 된 것이었지요.

싸움에서 이긴 녀석은 축사우리 한 칸을 사용하면서도 공격을
멈출 줄 몰랐어요. 칸막이에 막혀 상대를 쫓지 못하자, 흥분을 이
기지 못하고 칸막이를 머리로 치받았으니까요.

"덜커덕, 덜컹!"

그럴 때마다 금속질의 칸막이가 열릴 듯 흔들렸어요. 성질이 아
주 못돼먹은 녀석들이었고, 이놈들은 주인의 말도 잘 듣지 않아,
어떤 때는 주인에게도 뿔을 들이대고 눈알을 굴려가며 씩씩 대기

도 했지요.

이 녀석들은 동물농장 전체가 다 자기 영역이라고 생각하는 것
일까요? 저렇게 서열다툼 좋아하다가 쫓겨날 수 있다는 생각은 하
지 못하는 것인지······.

분수를 모르는 이놈들은 그저 며칠만 굶겨도 버르장머리를 싹
뜯어고칠 수 있는데······.

🐂 거세우

농장의 소들 중 최고의 대우를 받는 소들이 있
었어요. 그들은 수놈은 수놈이로되 수놈의 행세를 못했고, 그렇다
고 암소처럼 송아지를 낳는 것도 아니었어요. 그들은 크고 거친 황
소들과 달리 미끈하게 생겼고 하는 행동도 얌전했지요. 덩치는 암
소보다 크고 황소보다는 좀 작으면서 몸의 털은 반지르르 윤이 돌
았어요. 암소처럼······.

황소는 아랫도리에 검은색의 털이
길게 자랐으나 황소 녀석들에겐 그
게 없었는데, 어릴 적에 남성의 성징
을 거세해서 그렇다는군요. 주인님은 다른
소들에 비해 많은 양의 사료를 그들에게 주
셨어요. 그 때문에 그들이 있는 축사우리 앞

에는 항상 사료가 넉넉했고, 마음껏 사료를 먹은 거세우들은 살이 쪄서 걷기가 불편할 정도였지요.

주인님은 참 이상하신 분이세요. 아무리 생각해봐도 별 볼일 없는 녀석들이건만 뭐가 예쁘다고 먹을 것을 저리 많이 주시는지……. 참으로 복이 많은 거세우네요. 아하! 착해서 그러는군요. 녀석들은 황소처럼 서로 싸우지도 않고 성질이 온순해서 암소들과 함께 축사우리에 넣어도 암소를 공격하지 않았으니까…….

녀석들도 가끔은 다른 소의 등 뒤에 올라타는 행동을 하였으나 그다지 심하지는 않았어요. 그런 그들의 눈동자에는 어떤 슬픔 같은 것이 스며있었는데, 눈망울과 함께 흔들리는 눈동자가 그것을 말해주고 있었지요.

녀석들은 소라면 당연히 해야 하는 브루셀라 예방접종도 하지 않았어요. 성징이 없어서 그 병에 걸릴 염려가 없다는 이유였고, 덕분에 아픈 주사를 맞을 일도 없었지요.

암소도 아니면서 황소도 못되는 이 거세우를 주인님은 무척이나 예뻐하셨어요. 고기가 부드럽고 맛이 좋아 돈이 된다며…….

 생석회

　　　"부릉! 부르릉~ 부우웅~ 우우우웅!"
요란한 소리를 내며 시동이 걸린 스키로더가 부드럽게 앞으로 나가는군요. 주인님이 로더를 운전하여, 커다란 집게발로 농장마당에 주차된 트럭에서 톤백을 내리는 중이었어요. 자극적인 생석회의 냄새가 확 풍겼지요. 방역용 생석회가 들어있는 물건이라 과히 좋지 않은 냄새였어요.

어디에 내려놓나 보고 있는데, 엄청나게 큰 톤백이 내가 사는 창고 안으로 들어서는 것 아닌가요? 허공에 들린 거대한 물체가 덜렁덜렁 흔들렸지요.

"부우웅~ 우우우웅!"

창고 문턱에 걸린 로더의 궤도가 울렁울렁 흔들리며 곧 넘어질듯 위태롭네요. 태산이 무너져 나를 덮어버릴 것 같은 불안감이 엄습했어요.

"왕! 왕! 왕!"

겁먹은 목소리로 앙칼지게 짖었어요. 내가 사는 개집 옆에 다른 것은 몰라도 이런 냄새가 지독한 독극물은 놓지 말라고……. 그러나 스키로더의 엔진소리에 섞여 듣지 못했는지 주인님은 나한테는 신경도 안 쓰고 하던 일을 계속하시는군요.

"부릉~ 그릉~ 그르릉~ 털썩!"

스키로더가 창고 안쪽 깊숙한 곳에 톤백을 내려놓고 뒤로 물러섰어요. 그것을 보고 마나님이 무어라 말씀하시네요.

"뭐가 이리 많아요?"

"구제역 때문에 방역하라고 톤백으로 주네."

"이걸 다 언제 사용하나요?"

"다 못 쓰면 창고에 그냥 놔두지 뭐."

그렇게 생석회를 가득 담은 커다란 주머니가 창고 안에 있게 되었어요. 주인님 너무하십니다. 아무리 주인님이라지만, 제가 살고 있는 곳인데 어찌 아무런 말씀도 없으시다가 이런 몹쓸 물건을 놓아둔단 말인가요.

내가 사는 곳에 이런 물건을 쌓아놓는 것이 무척 싫었지만 주인님이 하시는 일이니 어찌 하겠어요. 모든 결정은 주인님이 내리는 것을…….

주인님은 가끔 그 자루에서 생석회를 퍼내서 농장 입구에 뿌리곤 하셨어요. 하얀 가루가 눈처럼 뿌려져, 보기에 우중충하고 냄새도 좋지 않았지만 어쩔 수 없었지요. 빨리 써서 없애버리길 기다릴 수밖에…….

🐂 눈 온 날의 아침

밤새 소리도 없이 내린 눈이 세상을 온통 새하얗게 만들었어요. 주택과 축사의 지붕에, 농장을 둘러싼 원형볏짚과 넓은 마당에도 눈이 소복이 쌓였지요. 겨울날은 추운데 천지에 내린 눈은 따뜻한 풍경을 만들었어요. 기분이 좋아서 꼬리가 가만히 있지 못하고 저절로 흔들리는 아침이네요.

마당에 발을 내딛자, 바닥에 발자국이 생기는군요. 눈이 쌓인 농장 이곳저곳을 뛰면서, 흔적 하나 없는 곳에 나의 발자국을 남기는 일은 즐거운 일이었어요. 하얀 눈에 코를 대고, 몸을 옆으로 돌면서 등과 배로 눈을 다지고 놀았지요. 농장 진입로의 녹은 흔적이 있는 곳에서도 신나게 뒹굴었어요. 순간 눈이 따끔했어요.

"앗, 따!"

코가 맵고 눈이 쓰린 것이, 눈인 줄 알았던 하얀 가루는 생석회였어요. 얼마나 매운지 눈물과 콧물이 범벅이 되었고 재채기까지

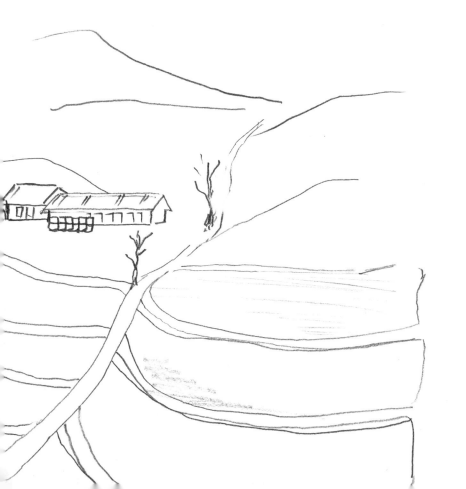

나오네요.

"에취! 에취!"

한참이 지난 뒤에야 겨우 정신을 차릴 수가 있었지요. 아침 일찍 주인아저씨께서 또 생석회를 농장 입구에 뿌려놓았나봐요. 생석회를 눈으로 잘못 보고 이런 어이없는 실수를 하다니……. 내가 냄새 잘 맡는 개 맞나요?

신나게 노느라 정신이 나갔었나보네요. 눈이 소복이 쌓인 오늘, 이놈의 생석회만 아니었다면 최고의 날이 되었을 텐데……. 에이, 재수 없어라.

 눈사람

농장 마당에 쌓인 눈이 아침햇살을 받아 물기를 머금었어요. 발에 밟히는 눈이 뽀드득 뽀드득 기분 좋은 소리를 냈지요. 마나님이 그 눈을 모아 눈뭉치를 만들더니 묘한 웃음을 지으시네요.

"이얏!"

마나님이 주인아저씨를 향해 눈뭉치를 던진 것이지요. 목덜미에 떨어진 눈이 등으로 들어가자, 몸을 흔들어 눈을 털고 난 아저씨도 눈을 뭉쳐 마나님에게 던졌어요. 마나님이 뒤로 돌아 도망하면서 깔깔 대며 웃으시는군요.

"하하하!, 호호호!"

주인님들이 눈싸움을 하다 말고 눈사람을 만들기 시작했어요. 농장마당에 쌓인 눈을 주먹크기로 뭉쳐 굴렸지요. 한 바퀴 두 바퀴, 뭉쳐진 눈이 굴러갈 때마다 더 큰 눈덩이로 변했어요. 눈덩이가 지나간 자리에는 길게 흔적이 나며 땅바닥이 보이네요.

"야~! 빗자루로 쓴 것보다 더 깨끗하네."

커다란 눈덩이가 만들어지자, 또 다른 눈덩이를 굴렸어요. 커진 두 개의 눈덩이를 농장 입구에 겹쳐서 세운 다음, 그 위에 털모자를 씌우고 솔잎과 배춧잎을 붙였어요. 어머나! 꼬마눈사람이 되었군요.

효자손을 옆구리에 꽂으니 눈을 부릅뜨고 나를 때리려는 눈사람으로 변했어요. 효자손에 대한 좋지 않은 기억이 떠올라 깜짝 놀랐지요. 눈사람을 사이에 두고 주인마나님과 공주님이 예쁘게 자세를 잡으시네요.

"옆에 서봐! 폼 나게……."

"잘 찍어야 돼요."

마나님이 양 손을 들고 손가락 두 개를 펴, 승리를 뜻하는 표시를 하며 활짝 웃으셨어요. 주인아저씨는 스마트폰으로 사진을 찍으면서 무척 좋아하시네요. 나도 마나님의 옆에서 혓바닥을 내밀며 잘 생긴 내 얼굴을 사진에 올렸지요.

"찰~칵!"

 고드름

　　　아침이 지나면서 축사지붕의 눈이 녹기 시작했고, 그 녹아내린 물은 처마에서 고드름이 되어 길게 매달렸어요. 하늘의 태양빛이 투명한 고드름을 지나면서 찬란하게 부셔지면서 내 눈 깊숙이 박혀들었지요.

　한낮이 되자 지붕에서 눈 녹은 물이 고드름을 타고 똑똑똑 떨어
졌어요. 바닥에 떨어진 물방울이 다시 얼어 빙판이 만들어졌네요.
처마에 붙어있던 고드름은 아주 굵어졌고……

　소밥을 주러나가던 주인아저씨의 머리로 눈 녹은 물이 떨어졌어
요. 그 차가운 물방울이 머리카락 사이에 떨어지자 주인아저씨가
얼굴을 찡그리는군요. 고개를 들어 하늘을 올려다보는 사이에 다
른 물방울이 떨어지고 있었지요. 어깨를 옴츠린 주인님이 그 차가
운 물방울을 피한다는 것이 하마터면 미끄러질 뻔했어요.

　"아이고! 이거 잘못하면 큰일 나겠네."

　고개 들어 지붕을 바라보니, 처마에 매달린 고드름도 엄청나게
컸어요. 무겁고 끝이 뾰족해서 흉기 같았지요. 떨어지는 고드름에
맞는다면 머리를 크게 다칠 수도 있었어요. 더구나 바닥에는 산산
이 조각난 고드름이 널려 있잖아요. 그것을 밟으면 얼마나 미끄럽
겠어요.

　요모조모 둘러보던 주인아저씨는 고개를 갸웃거리다가 주변에서
무엇인가를 찾았어요. 그리고 어디선가 장대를 가져와 고드름을
쳐내기 시작하네요.

　"탁! 두둑, 탁!"

　보석 같은 고드름이 바닥에 떨어지며 구슬처럼 흩어졌어요. 암소
의 뒷다리처럼 큰 고드름도 요란한 소리를 내며 조각고드름이 되
는군요. 아휴! 저 큰 얼음덩어리에 맞는다면 나 같이 작은 개는 형
체나 찾을 수 있으려나……

주인아저씨는 고드름을 다 쳐내고 빗자루를 들고 바닥을 쓸어갔어요. 주인님의 손놀림에 따라 투명한 조각고드름이 한쪽에 쌓여 보석공원이 되었네요.

비둘기와 끈끈이

"푸드득, 푸드득!"

축사의 철재구조물 사이에서 날갯짓 소리가 들렸어요. 산비둘기가 내는 소리였지요. 요즘처럼 산과 들에 눈이 쌓이면 새들이 먹이를 구할 수가 없었으므로, 산비둘기들이 떼를 지어 축사로 들어와 사료에 섞여있는 옥수수를 쪼았거든요.

한우농장의 소들은 자신들이 먹어야 할 옥수수를 먹는 산비둘기를 보면서도 어쩌지 못하고 눈만 껌뻑거렸어요. 축사우리에 갇힌 소들이 날아다니는 비둘기를 어떻게 하겠어요. 그렇지요?

철제구조물에 앉아서 날갯짓소리를 내던 산비둘기들이 사뿐사뿐 내려앉았어요. 그 중에 암비둘기 한 마리가 옥수수알갱이를 발견하고 그곳으로 다가갔지요. 날개를 접고 가냘픈 다리로 아장아장 걸어서…….

"꾸룩, 구구구"

그보다 늦게 옥수수를 발견한 다른 비둘기들도 톡톡 튀면서 쫓아갔어요. 먹이를 먹지 못해 배가 고픈지 정신없이 달려드는군요. 앞서 도착한 암비둘기가 옥수수 한 알을 입에 물고 한 발짝 앞으로 더 들어가네요.

아, 그런데 앙상한 산비둘기의 다리가 밟고 있는 곳이 끈끈이가 칠해진 곳이었지요. 더 앞으로 가다가 끈끈이에 달라붙은 발이 떨어지지 않는 바람에 그만 엎어지고 말았어요.

"철퍼덕!……. 푸드득!"

넘어지지 않으려 날개를 폈지만 그 때문에 왼쪽날개가 끈끈이에 붙었고, 벗어나려 버둥거리다가 이내 오른쪽날개마저도 포대종이에 딱 붙어버렸어요.

"푸득, 푸득!"

옥수수를 먹으려 뒤질세라 달려들던 산비둘기들이 이를 보고 놀라서 그 자리에 얼어붙었어요. 덫에 걸린 암비둘기는 점점 옥죄어오는 압력을 이기지 못하고 숨만 가쁘게 몰아쉬는군요.

"헉, 헉⋯⋯. 헉⋯⋯."

그 광경을 본 다른 산비둘기들은 크게 놀라 밖으로 도망을 하네요. 딱 한 마리의 수비둘기만 남아, 덫에 걸린 암비둘기를 구하려 사료포대를 쪼아댔지요. 아, 암비둘기의 남편인 수비둘기인가봐요.

"꾹, 꾹! 구구구, 꾹, 꾹!"

암비둘기에 딱 달라붙은 포대종이를 수비둘기가 쪼아대자 얼핏 종이가 찢어지는 듯했어요. 그러나 그렇게 보였을 뿐, 끈끈이가 칠해진 포대종이가 수비둘기의 부리에 붙었다가 얼굴로 옮겨 붙었어요. 수비둘기가 머리를 흔들었으나 소용이 없었지요.

암비둘기는 포대종이에 날개가 붙어서 파닥파닥⋯⋯. 수비둘기는 포대종이에 머리가 붙어서 파득파득⋯⋯. 그럴수록 끈끈이는 더욱 비둘기들을 옥죄어갔어요.

산비둘기들은 부부애가 좋아서 쌍을 지어 움직였는데, 자기 짝끼리 옥수수를 먹고 둘이 함께 날아가곤 했어요. 그때마다 비둘기의 깃털이 바닥에 떨어졌고, 그 털이 사료에 섞여 소들이 아주 싫어했지요. 비둘기는 비늘까지 흩날려서 아주 성가신 존재였으니까요.

참다못한 주인님이 오늘은 산비둘기를 잡는다며 끈끈이를 칠한 사료포대에 옥수수 낱알을 올려놓아 덫을 놓은 것이었죠. 그 덫에 걸린 수비둘기가 슬픈 눈동자로 나를 향해 애원을 하네요. 내가 엿보고 있는 것을 알아차렸나봐요.

"살려주세요, 강아지님! 우리 부부를 살려주세요, 꾸룩 구구 구……."

"안 돼! 너희는 주인님의 귀한 사료를 훔쳐 먹어서 벌을 받아야 해. 밭에 떨어진 이삭이나 먹을 일이지 농장에는 왜 들어와서……."

나는 정색을 하고 매몰차게 거절을 했어요. 수비둘기는 끈끈이로부터 벗어나려 버둥거리느라 몹시 지쳐보였지요. 작은 눈동자가 겁에 질린 채, 가쁜 숨을 몰아쉬며 또다시 사정을 하네요.

"눈이 쌓여서 어쩔 수 없었어요. 그러면 저는 괜찮으니, 저 암비둘기만이라도 제발 살려주세요! 이제까지 고생만 해온 불쌍한 비둘기예요. 은혜는 잊지 않겠어요."

"그런 소리 하지 마. 내가 그동안 많이 봐 준 거여. 내 입장도 생각을 해야지……."

산비둘기가 불쌍하다는 생각은 들었으나 도와줄 수 없었어요. 끈끈이에 한 번 붙으면 아무도 뗄 수 없었으니까요. 공포에 질린 비둘기부부의 작은 눈동자를 차마 볼 수가 없어 외면했지요. 내가 무얼 어떻게 하겠어요. 힘이 없는 걸…….

🐐 쥐와 끈끈이

　　　　　　주인님의 재산을 좀먹는 것들 중에는 땅을 거점으로 활동하는 것도 있었어요. 이놈도 날아다니는 녀석들만큼이나 잡기 힘들었는데 이름이 생쥐였지요. 생쥐는 땅굴을 파고 그곳을 집으로 삼았어요.

　이놈들은 겁이 많으면서도 약았지요. 낮에 움직이는 것보다 밤에 더 활동했으며 구석진 곳을 따라 은밀하게 옮겨 다녔는데, 땅속에 숨어 있다가 주인님이 잠든 밤이면 살금살금 기어 나왔어요. 눈치를 살살 보다가 사료포대가 쌓인 곳에 가서, 사료포대를 이빨로 물어뜯고, 그 안에 들어있는 사료를 훔쳐 먹었어요.

　"부스럭, 부스럭."

　이 쥐새끼들이 얄미운 이유는 수도 없이 많았는데, 직접 농사짓는 것도 아니고, 들녘에 떨어진 이삭을 줍는 것도 아니었으며, 하나의 포대만 뜯으면 될 것을 포대마다 구멍을 내버리는데다가 여기저기 바닥에 흘린 것이 더 많았어요. 그러니 얼마나 얄미운 녀석들인가요.

　그러나 아무리 그래도 주인님의 머리를 당할 수는 없었지요. 주인님은 끈끈이를 그늘지고 구석진 곳에도 놓아두었으니까요. 약빠른 쥐들도 끈끈이에 닿으면 그만이었어요. 털에 붙은 끈끈이는 좀처럼 떨어지지 않았고, 결국 온몸이 끈끈이에 붙어 움직일 수 없게 되었어요.

오늘아침에도 끈끈이에 생쥐가 붙어 있는 것이 보이네요. 힘이 좋은 생쥐가 악을 쓰며 몸부림치는 바람에 종이포대가 약간 이동을 해 있군요. 그러나 그 뿐, 끈끈이를 벗어나지 못했지요. 소가 먹어야 할 소의 사료를 훔쳐 먹는 쥐새끼였지만 불쌍했어요.

"찌익, 찍!"

짧고 섬세한 쥐의 털도 끈끈이에 붙어 추한 모습이 되어 가는데, 머리와 몸통이 딱 달라붙은 상태에서 허우적거리는 모습이 애처롭군요. 이 녀석은 내가 쥐를 싫어하는 것을 알고 있는지 나에게 살려달라는 말도 하지 않네요. 그래도 가슴이 아파 계속 바라볼 수가 없었어요.

살아있음을 알리는 쥐의 눈빛이 점점 탁해지고 있었지요. 작은 얼굴을 나에게 향한 채…….

제3장

앙숙

 내 사랑 어린강아지

　　　　이곳 농장의 일은 재미있고 보람도 있었지만 무엇인지 모를 외로움이 가슴 한쪽을 막고 있었어요. 파란색 하늘공간에 하얀 뭉게구름이 그려져, 무엇인지 모를 외로움에 괜스레 울고 싶어지는 계절, 오곡이 알알이 영글어가고 동그란 과일은 단맛이 진하게 배었어도 나는 기운이 없었지요.

　가슴이 휑하니 허전해서 길게 엎드려 턱을 땅에 붙인 채, 생각 없는 눈을 하고 있는데 자박자박 발소리를 내며 주인마나님이 농장으로 들어오는 소리가 들리는군요. 얼굴을 보지 않아도 저절로 꼬리가 쳐졌어요. 지금 이 소리가 누가 내는 소리인지 어떤 냄새인지 눈을 감고도 알 수 있었으므로……

마당을 가로질러 걸어오는 주인마나님의 앞가슴에 작고 귀여운 강아지 한 마리가 보였어요. 순간, 나의 작은 가슴이 턱 막혔지요. 숨을 쉴 수가 없었으니까…….

"흡!"

내 동족의 모습, 나와 닮은 표정, 나와 같은 냄새, 주인마나님의 앞가슴에서 얼굴과 발을 내밀고 둘레거리는 그 앙증맞은 몸놀림……. 초롱초롱한 눈빛, 눈처럼 새하얀 털, 어찌 그리 예쁘고 귀여운지 눈물이 다 핑 돌았어요. 꿈에도 그리던 어린강아지였으니 말이지요.

"복실아! 아기 잘 봐야 한다!"

주인마나님께서 천사의 목소리로 내게 말씀하셨어요. 아, 나에게도 아기가 생긴 것이었어요. 아가는 암캉아지였지요. 주인님께서 내 마음을 어떻게 아시고……. 이게 꿈인가 생시인가 감각이 없었어요.

그 강아지는 태어 난지 두 달이나 되었을까. 다 자란 내 몸의 반밖에 되지 않는 크기였지만, 앞발을 내밀어 아장아장 걷는 그 모습, 나를 바라보는 해맑은 눈동자, 하도 예뻐서 꽉 깨물고 싶었어요.

밥 먹는 것도 씩씩하니 기특하기 짝이 없었지요. 그 강아지에게 내 밥을 다 줘버렸어요. 아기강아지를 보고 있으면 배도 안 고팠으니까요. 얼마나 좋았으면 그랬겠어요!

앳된 강아지는 나의 집 바로 옆에 자리를 잡았고, 주인아저씨는 별도의 집도 한 채 지어주었어요. 내 집보다 더 큰 집이었지요. 고마우신 주인님, 내 집보다 더 큰 집을 나의 강아지에게 주시다니, 주인님은 세상에서 내 마음을 제일 잘 아는 분이셨어요.

어린강아지는 자기의 집에서 자지 않고 첫날부터 나와 함께 내 집에서 잤어요. 밤새 뒤척이며 울기도 했는데, 하도 애처로워 내 가슴에 폭 안고 잠을 재웠지요. 어린강아지는 대소변을 가리지 못해 집 안에다 볼일을 보기도 했어요. 냄새가 났지만 어린강아지의 똥오줌을 일일이 핥아 깨끗이 하였지요. 내 피붙이나 마찬가지로 생각했으니까.

나의 암캉아지를 주인님은 '진순이'라고 부르셨어요. 그렇게 나와 '진순이'의 인연이 처음 시작되었지요. 내 가슴으로 낳은 아기로…….

🐾 진흙인형

주인마나님이 나에게 잘 보살피라고 맡긴 어린 강아지는 잘 먹고 잘 자면서 무럭무럭 자라났어요. 어린강아지의 털은 우중충한 나의 털과 달리 눈처럼 희어서 더욱 예뻤고 하루가 다르게 쑥쑥 커갔지만 하는 짓이 항상 말썽이었지요.

내 주변에 꼭 붙어서 나를 떠나지 않던 어린강아지는 어느 정도

자라자 밖으로 나돌아 다녔어요. 어디를 다녀온다는 말도 없이 제 멋대로 쏘다녔는데, 오늘은 저녁밥 먹을 시간이 되어도 돌아오지 않는 거예요.

얼마나 걱정이 되는지 주인마나님이 주신 밥도 먹지 못하고 찾으러 나갔어요. 농장주위를 빙빙 돌면서 흔적을 찾았지만 있는 곳을 알 수가 없어서 처음부터 다시 냄새를 추적하기로 하고 집으로 들어가려는데, 논둑 아래쪽에서 어린강아지의 목소리가 들리는 것이 아닌가요?

"낑……. 깽……."

급하게 날려가 보니 어린강아지 '진순이'가 진흙구덩이에 빠져서 허우적거리고 있는 것이 보이더군요. 수렁논의 진흙은 잘못하면 한없이 빠져드는 무서운 곳이라 주인님도 조심하는 그런 곳이었지요. 크게 놀란 나는 수렁논을 향해 그대로 뛰어들었어요.

"푹!"

체중이 앞으로 쏠리면서 앞발이 흙속으로 깊숙이 빠졌어요. 뒷발에 힘을 주고 일어서려는데 이번에는 뒷발까지 가라앉는 것 아니겠어요? 발이 모두 진흙에 빠져 앞으로 가기가 쉽지를 않았지요. 곤죽이 된 수렁에서 헤엄치듯 어린강아지에게 다가갔어요.

"헉, 헉, 헉……."

얼마나 힘을 썼는지 남은 기운이 하나도 없었어요. 어린강아지 앞에 도착해서 숨을 몰아쉬며 바라보니, 어린강아지는 반쯤 진흙에 잠겼고 등과 머리만 온전했어요. 나를 발견한 어린강아지의 눈이 초롱초롱하게 빛을 발하며, 반갑다는 듯 애처롭게 짖네요.

"멍!"

이 소리를 듣고 힘이 나지 않을 리 있겠어요? 거기까지 가느라 소진된 것으로 알았던 힘이 불끈불끈 솟았어요. 젖 먹던 힘까지 다 사용해서 허우적거리며 다가가, 어린강아지의 뒷덜미를 물고 나오려 했지요. 그러나 그것이 쉽지 않았어요.

"헉?"

수렁논의 진흙구덩이 속으로 내 몸이 가라앉고 있었어요. 한 발 한 발 내딛을 때마다 더욱 몸이 빠졌고 다리에 힘을 전혀 쓸 수가 없었지요. 어린강아지를 입에 물고 있어서 더욱 그랬어요. 겁이 덜컥 났어요. 이대로 흙속에 가라앉아 버릴 것만 같았으니까요.

앞발과 뒷발을 허우적거리면서, 입에 물었던 어린강아지를 겨우 논두렁 위에 올려놓을 수 있었네요. 어린강아지를 구했으나 내가 수렁에서 빠져나오는 것이 문제였어요. 앞발이 논두렁에 닿을 듯 말 듯 가까웠으나 힘이 다하여 점점 가라앉았고, 어린강아지는 바들바들 떨면서 나를 보고만 있었지요.

"끙~. 푸!"

진흙물이 입으로 들어가 숨을 쉬기 어려울 정도였어요. 이대로 진흙 속에 빠져 죽는구나 하고 생각했지요. 이대로 생을 마친다고 생각하니 지난 세월이 빠르게 스쳐지나갔어요. 농장에서의 생활과 이곳에 오기 전의 아파트에서 함께 살던 내 동생 '예삐'……. 그리고 나의 엄마…….

그나마 저 어린강아지를 구할 수 있어 다행이라고 자위하면서 눈을 감았어요. 그런데, 이때 딱딱한 무엇인가가 앞발에 닿는 것이 느껴졌어요. 그것은 나뭇가지였지요. 찰나, 마지막 죽을힘을 쏟아 그 나뭇가지를 밟았어요.

"끙~!"

천행으로 그 나뭇가지를 이용하여 겨우 빠져나올 수가 있었지요. 나는 물젖은 진흙인형이 되었고, 숨을 쉴 때마다 콧구멍에서 나온 바람이 물방울을 만들고 있었어요.

"헉, 헉, 헉……. 헉, 헉, 헉……."

그 와중에서도 어린강아지를 살펴보니 나랑 똑같은 진흙인형이 되어 있는 거 아닌가요? 숨이 턱까지 차올라 숨을 쉬기도 벅찼으나, 나의 어린강아지가 눈도 뜨지 못하고 있으므로 진흙이 묻은 곳을 혀로 일일이 핥아주었어요.

"낑, 힝……. 낑……. 히잉……."

어린강아지는 고개를 도리도리 흔들면서 싫은 표시를 하였지만 그대로 둘 수가 없었어요. 그 진흙을 모두 핥아서 깨끗하게 해주었지요. 흙에서 좋지 않은 맛이 났지만 그것이 대수겠어요?

촉촉하게 젖은 털 사이로 어린강아지의 초롱초롱한 눈빛이 나타났을 때 얼마나 기뻤는지……. 내 생애에 흙을 그리 많이 먹은 것은 그때가 처음이었어요.

어린강아지의 얼굴에 붙은 진흙은 혀로 핥아 대충 없앴지만, 몸에 달라붙은 진흙을 어떻게 하지

못하잖아요. 그것 때문인지 강아지가 추위에 오들오들 떨었어요. 그래서 가슴에 폭 껴안아 따뜻하게 해주었지요.

그렇게 시간이 꽤 지났을 때 마나님이 나타나셨어요. 나와 어린 강아지가 없어진 것을 아시고 찾으러 나오신 것이었죠. 얼마나 반가웠겠어요?

"멍! 멍!"

"여기 있었구나! 에구, 어쩌다가 이렇게 되었누……."

나는 안고 있던 어린강아지를 놓아두고 마나님에게 달려갔어요. 온몸에 달라붙은 진흙이 햇빛에 말라 부스스 떨어지고 있었지요. 내가 어린강아지를 밀어내고 뛰어나가자 어린강아지가 나를 향해 눈을 흘기면서 앙칼지게 짖네요.

"앙! 앙! 앙!"

어린강아지는 내가 마나님에게 먼저 간 것이 마음에 들지 않았던 것인가봐요. 철없는 행동이었지만 얼마나 귀여운지 몰랐어요. 감기라도 걸리지 않을까 걱정했는데, 저 정도로 짖어대니 걱정 없는 것이잖아요. 주인마나님은 그런 어린강아지를 안고 축사를 향해 종종걸음을 하셨지요.

"춥겠네. 빨리 목욕해야겠다."

보일러에서 나온 따뜻한 물이 커다란 대야에 담겨졌고, 마나님은 나와 어린강아지를 그 안에 담갔어요. 따뜻한 물에 의해 몸에 붙은 진흙이 떨어져나가면서 진흙물이 번지고 있었지요.

마나님은 어린강아지와 나를 같이 씻어주셨어요. 대야의 물이 금세 새까맣게 변했지요. 어린강아지는 그것도 싫었는지 나를 향해 이빨을 드러내며 짖었어요.

"웅~ 앙! 앙!"

서운했지만 어쩌겠어요. 그래도 귀여운 걸······.

 ## 효자손

　　요즘, 주인님들이 나와 어린강아지를 살피는 때가 많아셨어요. 개밥 먹을 시간은 물론 과자부스러기를 먹을 때도 앞에서 구경을 하곤 했지요. 개 생긴 거나 뭐 먹는 걸 처음 보는 것도 아닐 텐데 뭐 그리 볼 게 있다고······. 내가 잘 생기긴 했지만······.

오늘도 주인마나님과 주인아저씨가 문 앞에 나와서 서 있었어요. 주인마나님은 쪼그려 앉아 두 손을 앞으로 모은 상태에서 턱을 손으로 괴었고, 주인아저씨는 서 있는 상태에서 효자손으로 자신의 등을 긁으면서 내려다 봤어요. 마나님이 밥을 먹고 난 어린강아지의 머리를 쓰다듬어주며 말씀하시네요.

"참, 예쁘구나. 어쩜 색깔이 이렇게 하얄까!"

"그러게, 같은 강아지라도 '복실이'와 때깔이 완연히 다르구먼······."

주인아저씨가 나와 어린강아지를 비교하는 것이 마음에 들지 않았으나 마나님이 어린강아지를 예뻐하시는 것을 보고 나도 기분이 참 좋았어요. 내 어린강아지를 좋아하시니 내 마음이 어찌 기쁘지 않겠어요! 그렇지만 나도 칭찬을 받고 싶었지요.

"멍!"

잘 생긴 내 얼굴을 마나님 앞으로 내밀었어요. 마나님의 따스한 손길이 내 머리를 쓰다듬어주길 바라며……. 그런데, 두 손으로 어린강아지의 양쪽 귀를 쓸어내리던 마나님이 손등으로 나를 밀어내는 것 아닌가요? 그 바람에 내 몸체가 옆으로 기울면서 넘어질 뻔했지요. 조금 서운했어요.

"잉~."

이때, 어린강아지가 마나님의 손을 핥았어요. 선홍빛 혓바닥이 마나님의 하얀 손가락을 살살 핥자 마나님이 눈을 크게 뜨며 행복한 표정으로 활짝 웃으시네요. 나도 주인님을 행복하게 해주고 싶은 생각에 주인아저씨께 다가갔어요. 마나님은 어린강아지를 예뻐하느라 나를 볼 여유가 없으시겠다는 생각에…….

서 있는 주인아저씨의 손은 내 입이 닿지 않아 핥을 수가 없고, 닿는 곳은 주인아저씨의 다리밖에 없었어요. 주인아저씨의 다리를 핥기 위해 바짓가랑이 속으로 머리를 집어넣고 털이 숭숭 난 다리에 혀를 갖다 댔지요. 행복하게 웃으시는 주인님의 표정을 상상하면서……. 그런데, 갑자기 주인아저씨가 다리를 털어내며 기겁을 하는 거예요.

"으악~!"

어린강아지만 바라보고 있느라 내가 자신의 다리를 핥는 것을 몰랐나봐요. 주인아저씨가 그러는 바람에 내가 주인아저씨의 발에 밟혀 찌그러질 뻔했잖아요. 내가 더 크게 놀란 거지요. 나도 비명을 지를 수밖에…….

"으아악~!"

설마하니 주인아저씨가 나를 일부러 밟으려고 한 것은 아니겠지만 조금 서운했어요. 내가 혀로 다리를 핥았다고, 뱀이라도 닿은 것처럼 소스라치게 놀라시다니……. 그런데, 주인아저씨도 화가 났는지 들고 있던 효자손으로 내 머리를 갈기는 것 아닌가요?

"이놈이……."

"앙!"

아이고, 얼마나 머리가 아픈지 눈물이 핑 돌았어요. 효자손으로 살짝도 아니고 이렇게 세게 때리시다니……. 머리가 아프기도 하지만 하도 서운해서 눈물이 났지요. 효자손은 등을 긁으라고 있는 것이지, 개를 때리라고 있는 것이 아니잖아요. 이놈의 효자손은 전생에 나랑 무슨 원수를 진 것인지……. 흑…….

🐕 색깔논쟁

당최 이해가 되지 않네요. 흰 강아지가 아양을 더 잘 떠나요, 똑똑해서 말을 잘 듣나요? 흰 강아지든 검은 강아지든, 누렁강아지든 회색강아지든 집만 잘 지키면 되는 것 아닌가요?

강아지는 모두 같은 일을 하는데 털이 하얀 강아지는 예뻐하고 회색 강아지는 왜 미워하는가요. 털이 희고 다리가 길면 다인가요? 회색의 털에 다리가 오종종해도 제 할 일을 다 하는 개가 참된 개가 아니던가요. 더구나 세상에 완전한 검정이나 하얀색이 어디에 있다고…….

검은색, 하얀색, 회색, 누런색, 나름대로 모두 자신의 색깔을 가지고 있는 거 아닌가요? 또한 회색이 얼마나 좋은가요. 검지도 희지도 않은, 적절히 조화된 회색은 균형이 잡힌 것이고, 양보와 타협, 즉 중용의 색깔이니…….

주인님은 털이 검거나 흰 송아지가 태어나면 싫어하시고 누런색이 나와야 좋아하시면서 왜 강아지는 하얀색만 좋아하시나요. 더구나 주인아저씨는 얼굴과 피부가 새까맣고 다리도 그다지 날씬한 편이 아니면서…….

주인님이 주인님을 닮은 나를 싫어하는 이유가 도대체 무엇이냐 말이지요.

사실, 우리 회색이나 누런색의 개가 얼마나 우수한 종자인가요. 옛날 옛적에 산짐승 하나를 사냥하더라도 매복을 해야 하는데 색깔이 튀면 몰래 숨을 수가 없으니 숨기 좋은 색이야 말로 최고의 털색깔이잖아요. 그런 것을 보면 개에게 밥 먹여주는 것은 하얀색이 아니라 회색일 거예요.

회색이 좋은 이유가 하나 더 있어요. 무엇보다도 때 안타잖아요. 때가 꼈는지 안 꼈는지 알 수 없으니 목욕을 안 해도 되고, 그러면 물과 세제가 얼마나 절약되겠어요.

주인님들이 예전에는 나를 예뻐하더니 어린강아지가 오고 난 이

후부터는 나를 박대하시는데, 색깔을 기준으로 편애하지 마시고 나 좀 예뻐해 주세요. 네?

갈등

　　　　　오늘도 주인님의 뒤를 따라 농장을 순회하는데, 어린강아지 '진순이'가 촐랑거리면서 따라왔어요. 축사우리에 들어갈 수 있는 자격을 가진 것은 나뿐이었지만 그 권한을 '진순이'가 침범했어도 말리지 않았지요. 그때까지만 해도 내가 어린강아지를 예뻐했으니까.

　소들이 있는 축사에 들어갈 때는 주인님의 뒤를 따라 조용히 들어가면 되는 거잖아요. 그런데, 이 어린강아지가 건방지게도 주인님에 앞서 축사로 들어갔어요. 코를 벌름거리면서 말이지요.

　그러다가 어린강아지가 갑자기 사냥개처럼 공격하기 전의 기본자세를 취하는 거예요. 먹이통로 끝에서 옥수수알갱이를 쪼아 먹던 비둘기부부의 냄새를 맡은 거지요. 그러다가 그 비둘기를 보고 돌격행동을 하는 거 아니겠어요?

　"앙! 앙! 앙!"

　미처 말릴 틈이 없었어요. 그게 뭐 그리 큰일이냐고요? 하기는, 비둘기를 잡던 쫓아내던 그건 문제가 아니니까 별건 아니지요. 그리고 대문짝만하게 큰 소들이 쥐새끼만한 강아지를 무서워하면 이

상하지요! 그런데 그게 아니었어요. 암소 한 마리가 펄쩍 뛰자 그 옆의 거세우도 뛰었고 연쇄적으로 황소들까지 크게 놀랐으니까요.

"음매! 음매~ 음매!"

축사의 모든 소들이 펄쩍펄쩍 뛰는 바람에 바닥의 마른 톱밥이 자욱하게 먼지가 되어 흩날렸어요. 비둘기 두 마리도 날개를 파닥거리며 축사 공간을 이리저리 날아다니고, 그걸 잡으려는 어린강아지는 날뛰지, 소들이 우르르 몰리면서 소리를 마구 질러대지, 보통 난리가 아니었죠.

"푸드득, 푸득, 푸드득!"

"앙! 앙! 앙! 앙!"

"음매! 음매~ 음매!"

놀란 주인님이 어린강아지를 잡으려 했지만, 약빠른 어린애를 잡을 재간이 없었어요. 그때 내가 얼마나 놀랐는지 수명이 십년은 단축되었을 거예요. 놀란 소들은 한참을 지나서야 겨우 진정이 되었지요. 그랬으면 제 잘못을 뉘우치고 조신하게 행동해야 맞는 것 아닌가요?

이 어린강아지는 그게 아녜요. 난장판을 만드는 게 신이 났는지, 기회만 되면 농장의 소들을 어떻게 해보려고 씩씩대는 것이었어요. 이게 될 말

인가요?

그 일로 인해 어린강아지의 목에 목
사리와 목줄이 채워졌어요. 그런데, 주인님은 나까지 줄
에 묶어놓으시는 거 아니겠어요? 아니, 내가 무슨 잘못이
있다고 나를 묶어놓느냐 이 말입니다! 정말이지 억울해서 잠
이 안 왔어요.

그것뿐이 아니었어요. 개집을 창고에서 마당으로 옮겨 놓았으니
쫓겨나게 된 것이나 마찬가지잖아요. 농장으로 들어오는 출입구에
서 '진순이'와 서로 마주보는 곳에서 살게 된 것이지요.

나는 주택에 붙은 쪽, '진순이'는 쓰레기장에 붙은 쪽에서 보초
를 서야 했어요. 기가 찰 노릇이었지요. 내가 사랑하는 주인님으로
부터 멀어졌기에 결코 잊을 수 없는 날이었어요.

물론, 항상 목줄에 묶여있게 된 어린강아지와는 달리, 나는 가끔
줄에 풀려 어느 정도의 자유를 누릴 수는 있었지만, 그 일이 있은
후부터는 어린강아지의 미운 점이 하나둘 눈에 띄기 시작했어요.

쓸모없이 크게 솟은 코, 향기롭지 않은 냄새, 거칠게 솟은
털……. 그리고 나와 닮은 구석이 전혀 없는 얼굴…….

 **위기의 서열**

"자! 많이들 먹어라."

오늘아침, 주인마나님이 개밥을 주시는 시간이었어요. 내게 주신 사료를 맛있게 먹으면서 어린애의 밥그릇을 보니 분량이 나와 비슷한 거 아니겠어요? 분명했어요. 애에게 어른인 나와 같은 분량을 주시다니, 나보다 나이가 많기를 하나, 덩치가 크기를 하나, 그동안 저것이 잘한 게 뭐가 있다고…….

무엇보다도 서열이 문제잖아요. 내 아무리 고운 심성을 지녔을지라도 어찌 이것을 보고 그냥 넘길 수 있단 말인가요.

"으르렁!"

부아가 치민 나는 작지만 결연한 소리로 주인마나님을 향해 항의했어요. 내 소리를 듣고 마나님이 고개를 돌려 나를 보셨지요. 그런 마나님의 다리에 내 머리를 대고 살짝 밀며 응석을 부렸어요. 이러면 훨씬 효과가 있을 거잖아요!

"낑~."

이럴 때마다 항상 내 머리를 쓰다듬어 주시던 주인마나님이었어요. 지금도 평상시와 같이 따스한 마나님의 손길을 기다리고 있었지요. 그런데, 나를 힐끗 보시더니 발끝으로 엉덩이를 '툭' 치는 거예요.

"깽!"

마나님의 발에 채인 나는 땅바닥에 나가떨어지고 말았어요. '헉?' 이게 무슨 황당한 현실입니까! 놀란 가슴을 추스르고 마나님을 바라보니 어린강아지의 머리를 쓰다듬어주시고 있네요. 서러움에 눈물이 핑 돌았어요.

"흑……."

설움을 속으로 삭이고 있는데 옆에서 어린애가 킥킥 웃는 소리를 내네요. 부아가 울컥 솟았어요. 나의 날카로운 이빨로 어린강아지의 콧등을 물어뜯고 싶을 만큼…….

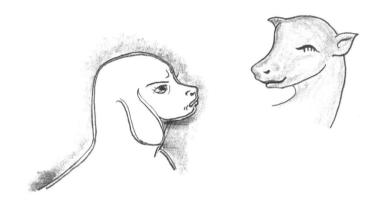

무슨 짓을 해도 예뻐만 보이던 어린강아지의 모습이 못생겨 보이는군요. 나와는 달리 길쭉하게 이상한 얼굴, 아무 때나 씰룩대는 못생긴 코, 속이 느글거리는 그 냄새, 우중충하게 생긴 털까지 어찌 그리 미운지 모르겠어요. 생긴 모습이야 그렇다 치고 성품이 좋기를 하나…….

잠 못 이루는 밤

요즘 들어서 잠이 없어졌어요. 개도 잠을 자야 하는데, 밤이 되면 지난일이 더 생각나서 잠을 이룰 수가 없네요. 생각할수록 억울하고 분했지요. 내 나이가 몇인데 새파란 애로부터 이런 꼴을 당하다니……. 부들부들 떨리고 가슴에서 열기가 치솟았어요. 제깟 게 잘났으면 얼마나 잘났다고 나를 우습게 안단 말인가요.

맨 처음 얘가 이곳에 왔을 때는 나에게 꼬랑지를 살랑살랑 흔들던 강아지였잖아요. 잘 보살펴주라는 주인님의 특별한 당부가 있었을 뿐 아니라, 내가 귀엽게 봐서 그동안 얼마나 잘해줬는데…….

지금은 애 생긴 모습은 물론 하는 짓 하나하나가 다 얄미워요. 교만한 표정, 잘난 척 하는 몸짓, 먹는 모습, 그 어느 것도 신경이 거슬리지 않는 것이 없네요. 특히 못생긴 코를 실룩거리며 경멸하듯 나를 보는 그 눈동자가 제일 거슬리거든요. 그런 때는 정말이지 발톱으로 조그만 얼굴을 확 긁어버리고 싶어요.

뭐든 첫인상이 다가 아니고 겪어봐야 진심을 알 수 있다고 했던가요? 그동안 예뻐하고 잘해 준 것이 제일 억울하고 분합니다. 이러면 안 된다고, 나이 더 먹은 내가 참아야 한다고 마음을 달래보지만 배신을 당했다는 생각에 얘를 향한 미운 마음이 없어지지 않네요.

나는 어린강아지가 이곳에 오기 전에는 목줄이 채워지지 않은 자유였는데, 얘가 이곳에 오고 나서 줄에 묶인 신세가 되었으니……

얘만 아니었으면 이런 일이 일어날 일이 없었을 것이잖아요. 이제
는 서열까지 위협을 받고……. 아! 밤이면 잠이 안 왔어요.

가문대결

　　　　　　찬바람이 개밥그릇에 닿아 냉랭한 아침, 주택
의 방문이 열리면서 주인마나님께서 나오셨어요.

"얘들아! 밥 먹자."

마나님의 손에 들린 커다란 냄비에서 맛있는 냄새가 진동을 하네
요. 나는 물론 어린강아지의 눈동자도 냄비에 가서 박혀버렸어요.
고기국물에 하얀 쌀밥이 말아진 특식이 그 안에 있었으니까요. 입
안에 가득 고인 침이 턱밑으로 줄줄 흘렀지요.

"컹! 컹!"

어린강아지가 조급하게 짖어댔지만 나는 얌전히 바라만보고 있었
어요. 아무리 짖어대도 밥을 먹는 순서는 이미 정해져 있으니까 말
이지요. 그런데 마나님이 내 밥그릇보다 먼저 얘의 밥그릇에 그 향
기로운 음식을 쏟아 부었어요.

"혁?"

이럴 수가 있나요? 어째서 내가 아니고 어린애에게 먼저 밥을 주
신단 말인가요? 어제까지만 해도 내가 먼저 먹었는데, 왜 오늘은
저것이 먼저란 말입니까! 저 어린애가 나보다 서열이 높은 게 아니

잖아요? 서열은 일관성이 있어야 하는 것 아니겠어요?

"으르렁!"

분기를 토해내듯 격하게 짖어댔어요. 당연한 거 아닌가요? 그러나 그 뿐, 주인마나님은 눈길도 주지 않으셨어요. 마나님의 눈에는 나 '복실이'가 보이지 않는단 말입니까! 어쩌면 발로 채이지 않은 것만 해도 다행인지 모르지요. 아, 슬프고 참담했어요.

"쩝, 쩝, 쩝."

게걸스레 먹어대는 어린강아지가 무척이나 얄미웠지만 어쩌겠어요. 한 살이라도 더 먹은 내가 참아야지……. 그래도 가만히 있을 수만은 없어서 혼잣말을 했지요.

"생긴 대로 잘도 처먹네……."

작은 소리였는데 어린강아지가 내 말을 알아들었나보군요. 턱을 살짝 들면서 입을 삐죽거리며 눈을 치뜨고 아니꼽다는 표정을 짓다가, 곧 눈을 내리깔더니 내 말을 맞받아치네요.

"잡종이 어따 대고 건방진 소리를……."

이것이 이제 간이 배 밖으로 나왔네요. 주인님이 예뻐하니까 보이는 게 없나봅니다.

"뭐? 잡종? 이게 어디서 감히……."

울화통이 터지고 있었어요. 가라앉았던 화가 다시 올라오고 있었지요. 아무리 제 잘난 맛에 사는 세상이라도 그렇지, 별 말을 다 하네요. 확 달려들어 잘근잘근 씹어버리고 싶었지만 나를 통제하고 있는 목줄이 원망스러울 뿐, 싸가지 없는 어린애를 어찌해야 할지 대책이 안 섰어요. 일장 연설로 심화를 다스릴 수밖에 없었지요.

"야! 너, 자꾸 나더러 잡종이라고 흉을 보며 너 자신은 순종이라고 자랑하는데, 도대체 무슨 근거로 그런 말도 안 되는 소리를 지껄이는 것이냐! 순종이라면 순수하게 하나의 종자가 대를 이어져 왔다는 말인데, 수십만 년 전부터 살아온 우리 종족이 어떻게 순종이 있을 수 있는 것이냐!

진짜로 순종이 되려면 그냥 자기 가족끼리 결혼하면 순종 나오겠지. 그러면 새끼를 낳아도 그놈이 그놈일거다. 그래, 너는 순종 만들어서 살아라. 나는 잡종으로 살련다. 그것도 부족하다면 단세포 아메바처럼 혼자서 번식을 하고 살아라. 그러면 최고의 순종이 되겠지.

이 어린것아! 소위 순종이라고 하는 것일수록 병에 잘 걸리고 정신도 이상한 거 모르냐? 내가 볼 때는 순종이라는 것이 존재하지도 않을 뿐더러, 순종을 만들려는 명문가는 잡종보다 훨씬 못하다. 알았냐?

잡종이야말로 조물주의 뜻에 가장 합당하게 살아온 존재라 이거다. 내가 가지지 못한 이런저런 유전자를 서로 주고받아 새롭고 발전적인 존재로 되니까 말이다. 알아?

잡종이야말로 신체 건강하고 머리도 좋아 세상에 잘 적응한다. 그러니까 종자를 개량하는 것 아니냐! 종자 개량한 것이 순종이냐? 잡종이지! 잡종이야말로 수만 년 동안 수많은 유전자들의 조합으로 이루어진 하나밖에 없는 생명체다. 그게 바로 순리여! 알아?

순종이라고 거들먹거리는 이것들아! 순종 만든다고 순리를 역행

하는 못난 것들아! 명문가라고 폼만 잡는 잡종도 못되는 것들아!
그만 좀 웃겨라. 진정한 순종은 바로 잡종인 것이여! 순리대로 살
아, 이것들아!

그리고 말이 나왔으니 말인데, 너만 진돗개인 줄 알아? 우리 집안
도 명문가여. 귀신 잡는다는 삽살개 알아? 내 몸엔 그 피가 흘러
이것아! 네가 나보다 조금 크다고 까부는 거 같은데, 현실을 몰라
도 너무 모르는 거여. 요즘 세상에 큰 개 좋아하는 거 봤냐? 못 봤
지? 무조건 크다고 다 좋은 것이 아녀, 이것아!

애견시장에 한 번 가봐라, 인기가 큰놈이 좋은가, 작은놈이 좋
은가. 현대에 이르러 애완동물에서 반려동물로 발돋움하는 시기에
우리의 가치는 작은 것에 있는 것이여. 알아?"

어린강아지에게 일장 훈계를 했더니 속이 좀 풀렸어요. 그런데도
이 어린것이 반성하는 기미가 없네요. 나를 깔보는 듯 쳐다보는 눈
빛이 그것을 말해주고 있었죠. 에이! 재수 없어.

팝콘

축사의 지붕에 초승달이 걸린 농장의 깊은 밤, 주인님들의 소리가 들려야 할 주택에서는 아무런 기척이 없었어요. 저녁 일찍 소에게 사료를 주고 외출하신 주인님들이 아직 돌아오지 않았으니까요.

잠시 후, 멀리 자동차의 불빛이 움직이며 농장으로 들어오는 것이 보였어요.

"부르릉~ 부우웅!"

곧, 몸에 익은 진동도 느껴졌지요. 주인님들이 돌아오는 중인가보네요. 얄미운 강아지가 나보다 먼저 팔짝거리면서 반기고 있군요.

"멍! 멍!"

"복실아! 진순아! 집 잘 지켰어?"

차에서 내린 마나님의 손에는 커다랗고 둥근 통이 들려있었어요. 그곳에서 달콤한 향기가 풍겼지요. 오늘, 볼만한 영화가 있다며 외출을 나가시더니 극장에서 먹다 남은 팝콘을 가지고 오셨나보네요. 주인마나님께서 나를 생각해서 챙겨오셨을 것이 틀림없어요. 이때, 한 알의 팝콘이 주인아저씨의 손에 의해 허공을 유영했어요. 아, 나에게 떨어지네요.

"멍!"

입을 딱 벌리고 멋지게 받아먹었어요. 입안에 확 퍼지는 구수한 냄새, 혀끝에서 살살 녹는 팝콘의 향미, 그 맛에 취해 몽롱한 눈으로 주인님의 손에 들린 팝콘통을 바라보고 있었지요. 내가 먹은 다음은 얄미운 강아지가 먹을 차례였거든요.

"웡!"

주인아저씨가 다시 팝콘통에 손을 넣으려는데, 얄미운 어린강아지가 기다리지 못하고, 팝콘통을 향해 팔짝 뛰었어요. 성급한 강아지였으니까요. 그러나 어린강아지의 주둥이가 닿기 직전 주인님이 팝콘을 꺼내느라 팝콘통이 움직였지요.

"툭!"

목표물이 움직이자 얄미운 강아지의 주둥이가 그 통에 부딪혔어요. 그 바람에 소리를 내며 튕긴 팝콘통이 허공에서 한 바퀴 돌았지요. 주인님이 어린강아지가 달려들 것이라 생각 못하고 있다가 그만 팝콘통을 놓치고 말은 것이었어요.

"털썩!"

어스름 달빛을 받은 농장마당, 나와 어린강아지의 중간 지점에 팝콘이 하얗게 깔렸고, 일대에 팝콘의 냄새가 확 퍼졌어요.

"아니? 이놈이……."

주인님이 화를 내셨지만 나와 얄미운 강아지는 바닥에 쏟아진 팝콘을 먹느라고 정신이 없었어요. 나와 얄미운 강아지의 중간에 수십 개의 팝콘이 사료처럼 흩어져 있었으니까요.

"우걱우걱, 냠냠, 우걱우걱, 냠냠, 우걱우걱, 냠냠!"

내가 먹어야 할 팝콘을 바로 코앞에서 얄미운 것이 훔쳐 먹고 있으니 내 마음이 어떻겠어요! 나도 허겁지겁 팝콘을 입에 넣고, 맛을

음미할 여유도 없이 삼켜버렸지요. 그리고 눈앞에서 내 것을 먹고 있는 얄미운 강아지를 노려보았어요.

"으르렁~ 왕!"

"으르렁~ 멍!"

나만 그렇게 생각하는 줄 알았더니 저 얄미운 강아지도 나와 같은 생각이었나봐요. 팝콘 하나를 먹으며 나를 노려보며 짖고, 다시 팝콘을 먹고 또 짖는 것이 아니겠어요?

"으르렁~ 왕!"

"으르렁~ 멍!"

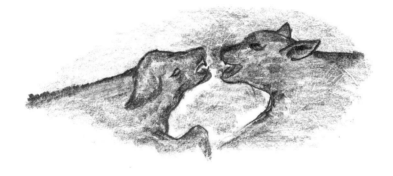

바닥의 팝콘을 급히 먹으랴, 앞에서 내 것을 훔쳐 먹고 있는 얄미운 강아지에게 소리를 치랴, 어느 것을 먼저 해야 할지 정신이 하나도 없었어요.

"허~ 이것들이……."

팝콘통을 놓치고 화가 났던 주인님은 혀를 끌끌 차시더니 방으로 들어가고 말았어요. 옆에서 구경을 하던 마나님과 함께…….

과자

　　　　누덕누덕한 방석에 배를 쭉 깔고 낮잠을 자려는데 주택의 문이 열리며 주인마나님이 나오셨어요. 영리한 내 눈동자가 마나님의 얼굴과 손을 재빨리 확인했지요. 짧은 순간에도 딱 보면 왜 나오시는 것인지 알 수 있었으니까요.

　발딱 일어나 마나님을 향해 꼬리를 흔들어댔더니 나에게 다가와서 머리를 쓰다듬어주시네요. 마나님의 부드러운 손길이 하도 좋아 손가락을 혓바닥으로 핥다가, 뒤로 발라당 넘어지며 배를 하늘로 향한 채 오줌을 질질 쌌어요. 좋으니 어떻게 해요.

　내 사랑 마나님도 내가 좋은지 머리는 물론 배까지 쓰다듬어 주셨어요. 엷은 미소를 띤 얇고 붉은 입술과 웃는 모양의 눈꼬리를 보이시며……

　마나님과 나의 행동을 본 '진순이'가 옆에서 질투랄까 애증이랄까 묘한 눈빛을 하고 낑낑대네요.

　오늘은 마나님의 손에 과자가 들려있었어요. 쌀로 반죽하여 튀기고 설탕을 뿌린 달콤한 것이었지요. 곧바로 과자 하나가 포물선을 그리며 내 눈앞에서 허공을 유영했어요. 침을 흘리며 입을 딱 벌렸으나 그 과자는 건너편에 떨어지고 마는군요. 얄미운 어린애가 재빨리 입에 물고 씹어 먹네요.

　"바삭, 바사삭!"

분하고 안타깝지만 어쩔 수 없는 일이었어요. 아쉬움을 뒤로하고 주인마나님의 손을 바라볼 수밖에요. 과자가 언제 날아오나 눈알을 굴리는데, 이번에는 마나님이 과자를 들고 나를 향해 겨눴다가 던지셨어요. 간절한 마음으로 힘껏 허공으로 뛰어올랐지요. 과자가 내 입에 닿았다고 느꼈으나 그만 내 콧등에 맞고 튕겨 바닥에 덜어지고 마는군요.

"에고……!"

하필이면 내 코에 맞고 튕긴 과자가 나와 어린강아지의 정 가운데에 떨어지고 말았어요. 입으로 물려고 고개를 내밀었으나 닿지를 않네요. 목에 매인 줄이 팽팽해지도록 앞으로 숙였으나 과자에 닿기에는 멀어서 힘들게 숨만 몰아쉬고 있는데, 바로 코앞에서 어린강아지의 숨소리가 들리는 거 아니겠어요? 어린것이 내 과자를 보고 침을 흘리면서 대가리를 들이미는 중이었어요.

서로 마주본 상태에서 앞에 과자를 놓고 대치국면에 들어갔죠. 원래, 내 과자잖아요. 좀 전에 자기의 과자를 먹었으면 되었지, 왜 내 과자에 욕심을 부리는지 모르겠어요.

아, 퍼뜩 좋은 생각이 떠올랐어요. 안되면 되게 하라. 뭐 이런 거 아니겠어요? 입으로 잡을 수 없으면 발로 잡으면 되잖아요. 재빨리 앞발을 내밀었으나 오종종한 내 발에는 닿지를 않네요.

뒷발이 더 길잖아요. 다시 뒤로 돌아서 뒷발로 어떻게 해보려는데 어린강아지가 앞발을 내밀었고 발이 길어서 과자에 닿는 거예요. 나는 얄미운 강아지가 발끝으로 과자를 가져가는 광경을 보고만 있어야 했지요. 기가 막혀서 말도 안 나왔어요.

"오독, 오도독."

맛있게 부서지는 소리가 내 가슴을 후벼 파고 있었어요.

"쯧쯧, '복실이'는 자기 몫도 못 찾아먹는구나."

마나님이 과자 하나를 직접 내 입에 넣어주시며 하신 말씀이었죠. 마나님의 말씀에 목이 멜 정도로 슬펐어요. 그러나 내 기분과는 달리 과자는 달콤했지요. 그런데 건너편에 있던 어린강아지가 으르렁 소리를 내는 것이 아닌가요?

어머나? 저것이 어른도 몰라보는데다 욕심이 말도 못하게 많은 년이네요. 적반하장으로, 내 것을 뺏어먹은 것이 오히려 성질을 부리다니…… 복날이 빨리 와서 누가 저것 좀 데려가지 않으려나…….

이번에는 마나님께서 연속으로 과자를 던지는군요. 하나는 내 앞에, 또 하나는 어린애의 바로 앞에 떨어졌어요. 재빨리 앞발로 과자를 눌러 얘가 넘보지 못하게 하고 황급히 먹었지요. 어린강아지도 허겁지겁 과자를 입에 넣고 있었는데, 그것이 더 커 보여 속이 상했어요.

"자, 마지막은 당신이 던져주세요."

마나님의 손에 있던 과자 하나가 주인아저씨의 손으로 넘어갔어요. 그 경로를 따라 나와 어린강아지의 눈이 이동하고 있었지요.

"꿀꺽!"

누구의 입에서인지 침이 넘어가는 소리가 들렸어요. 마지막 남은 아름다움이 주인아저씨의 손을 떠나는 것이 보였어요. 허공의 과자가 천천히 내 입으로 떨어지고 있네요. 젖 먹던 힘을 다해 그 마지막 아름다움을 향해 날았어요. 기필코 차지하겠다는 일념으로 힘껏 물었지요.

"칵!"

"깽!"

나와 어린애의 입에서 짧고 급박한 비명이 울렸어요. 과자를 입에 물었다고 느꼈는데 허공에서 어린강아지의 주둥이를 물은 거예요. 문제는, 나만 어린강아지의 주둥이를 물은 게 아니었어요. 나와 어린강아지는 서로 상대방의 주둥이를 물고 물린 상태에서 땅바닥에 떨어진 것이지요.

"크르릉!"

둘의 목에서 가래 끓는 소리가 났지만, 아무도 입을 벌리지 않았어요. 누구 것인지 모를 피가 사방으로 튀었고, 눈에 핏발이 서 있었지요.

"엄마야!"

"이, 이런!"

놀란 주인님들이 나와 강아지를 갈라놓으려 잡아당겼어요. 개줄 하나씩 잡은 주인님부부가 힘을 썼으나 소용이 없었지요.

"크르르……. 크르르……."

나는 어린애의 주둥이를 놓아줄 생각이 없었어요. 내 입도 상대방에게 물려있으니 먼저 놓으면 지는 것이 아니겠어요? 못생긴 저 어린애도 나와 같은 생각인 듯 필사적이었어요.

"야, 야! 이것들아! 안 놔?"

주인아저씨가 외쳤지만 내가 죽든 어린강아지가 죽든 한 번 해볼

심산이었어요. 목줄을 잡아당겨도 떨어지지 않자 주인아저씨가 어린강아지의 몸을 번쩍 들었어요. 그 바람에 나는 어린것의 주둥이를 문 채, 허공에 대롱대롱 매달리는 꼴이 되었지요.

"크르르……"

어린강아지는 핏발 선 눈으로 나를 내려다보고, 나도 눈알이 튀어나올 정도로 악을 쓰면서 어린강아지의 눈을 째려보았어요. 입이 들러붙은 것처럼 떨어지지 않자, 주인님이 어린강아지를 흔들었고, 내 몸은 그네를 타고 있었지요.

"으으으……. 으으으……. 어어……. 어으……."

앞다리를 허우적거리면서 뒷다리로 버둥거렸지만, 힘에 겨워 결국 놓치고 말았어요. 내 입 주변에 어린것의 개털이 달라붙었고, 입 가장자리로 피가 흘러내렸어요. 그래도 아픈 줄을 몰랐지요.

"허 참……. 이것들이 과자에 아주 목숨을 걸었네……. 쯧쯧."

주인아저씨는 기가 막힌 지 혀를 끌끌 차셨어요. 찢어진 내 입에서 흐르던 피는 주인마나님이 가져온 약을 바르고 나서야 멈췄고요. 어린강아지의 주둥이도 찢어졌으니 밑지는 장사는 아니었다고 생각해요.

　그날 이후, 주인님은 나와 어린강아지의 간격을 더 벌려놓으셨어요. 이빨이 아파서 며칠 고생을 했지만, 거리가 멀어지니 어린애의 냄새도 덜 나서 기분은 좋았어요. 그 일로 스트레스가 좀 풀리는 것 같았지요. 속이 시원~했어요.

제4장

농장의 봄

 ## 봄이 오는 소리

영원할 것 같이 보이던 겨울이 지나가고 만물
이 소생하는 봄이 왔어요. 앙상하던 나뭇가지에 연초록 새싹이 돋
더니, 앞산과 뒷산의 덤불숲을 중심으로 노랑, 연분홍, 하얀색의
각종 꽃들이 향기를 뿜어냈지요. 하늘에 뜬 별이 총총하게 '가래
골'을 비추는 시간, 논배미에서 목청 좋은 세레나
데가 들리는군요.

"개굴개굴, 웩, 개굴! 개굴개굴, 웩, 개굴! 웩, 개
굴!"

지난해에 태어난 개구리, 지지난해에 태어난
개구리, 그 이전에 태어난 개구리, 금개구리,

늦개구리, 참개구리, 청개구리, 큰개구리와 작은 개구리들이 모두 물웅덩이에 모였네요.

한겨울 내내 땅속에서 입을 봉한 채 겨울잠을 자다가 봄기운에 입을 벌린 오늘, 수많은 개구리들이 봄맞이 대행사를 치르고 있었지요. 수컷개구리들은 암컷을 유혹하기 위해 양 볼을 볼록거리며 노래를 한껏 뽑아냈어요.

숨을 내쉬면서 노래하는 개구리, 숨을 들이마시며 노래하는 개구리, 목청이 큰 개구리, 목청이 작은 개구리, 그들의 세레나데가 가락을 이루면서 울리네요.

"개굴개굴! 웩, 개굴! 개굴개굴! 웩, 개굴! 웩, 개굴!"

세레나데에 홀린 암컷들이 다가서자, 짝을 이루려는 수컷들이 달려들었어요. 암컷은 개체가 적고 수컷이 많아, 수컷의 목청이 작으면 짝을 못 이룬다 하네요. 그런 수컷개구리는 죽을 때까지 노래만 부르다 만다고 해요. 그러니까 목청은 곧 서열이요 팔자라는 이야기가 되겠지요. 그러니 어떻게 목소리를 작게 하겠어요! 소리가 점점 커질 수밖에……

"개굴개굴! 웩, 개굴! 개굴개굴! 웩, 개굴! 웩, 개굴!"

나는 개집에 엎드린 채, 개구리들의 노래를 듣고 있었어요. 개구리들의 합창소리는 노래인 듯 들리다가 시간이 지남에 따라 처량하게 우는 소리로 들렸어요. 내가 아주 어린 강아지시절 세종시의 아파트에서 행복하게 살던 추억, 이곳 농장에 처음 오던 날 추위에 떨었던 일을 떠올리게 했지요.

아파트의 따뜻한 방에서 생활하다가 한순간에 쫓겨나 차가운 맨바닥에서 추위에 떨며 서럽게 울었던 날, 기억에서 멀어진 엄마의 모습을 떠올리고 얼마나 보고 싶어 했는지…….

이곳에서 오래도록 적응을 하지 못해 무척 힘이 들었는데…….
지금은 다 지나간 옛날이야기가 되었지만…….

"개굴개굴, 윅, 개굴! 개굴개굴, 윅, 개굴! 윅, 개굴!"

요란하게 울어대는 개구리의 소리에, 웬일인지 얄미운 어린강아지도 조용히 있기만 하네요. 달님별님이 스러질 때까지 밤이 새도록 개구리가 울어대는, 옛 생각에 잠 못 이루는 날이었지요.

그 당시에는 좋은 환경에 고급 음식을 먹으면서도 서열우위의 인간을 인정하지 않다가, 그것들을 잃어버린 지금은 새로운 주인님들에게 충성을 다 바치고 있으니, 나도 지금의 나를 이해할 수가 없군요.

"에이, 콧물이 나오네요. 훌쩍!"

 # 첫 열매

겨우내 움츠려있던 땅에서 만물이 기지개를 켜는 계절, 주인마나님이 며칠 전부터 산과 들로 새순을 따러 다녔어요. 오늘도 연초록 두릅을 한바구니 따와서 저녁밥상에 올리셨네요. 주인아저씨가 커다란 손으로 두릅 하나를 초고추장에 푹 찍어 입에 넣었지요.

"오독, 오독……. 음! 고소하네."

"맛있지요? 새순이 몸에 좋대요. 첫 번째 나오는 거라 영양분이 많다 하네요."

"첫 번째 순이 뭐 좋겠어! 첫 배는 소나 돼지도 시원찮은데……."

"무슨 소리예요? 뭐든 첫째가 얼마나 우수한데……. 이 두릅 말고도 오가피순도 그렇고 옻도 첫 번째 순이 제일 맛있지요. 그것뿐인가요. 취나물, 고사리, 다 그렇잖아요.

두릅반찬에 저녁밥을 맛있게 먹다가 갑자기 언쟁이 시작되었어요. 주인님들은 왜 아무것도 아닌 일을 가지고 따지는지 모를 일이었지요.

"흠……. 당신이 큰딸이라고 그러는 모양인데, 첫 열매를 보라고……. 고추, 가지, 토마토, 오이, 모두 맨 처음 열리는 것은 시원찮아서 크기 전에 일찍 따잖아. 제일 안 좋다."

"흥! 당신은 막내라서 그러지요? 첫 열매가 그런 것은 작물이 다 자라기 전에 결실이 되어서잖아요. 첫 열매를 따주는 것도 작물이 빨리 크라고 그런 것일 뿐이고요. 그러면 끝물 참외가 좋은가요?"

"허~ 끝물 참외가 얼마나 맛이 좋은데……."

"끝물 참외를 시장에 한 번 내봐요. 돈이 되나 안 되나."

"……."

이 정도 되면 언쟁이 아니라 논쟁을 하고 있으시네요. 결과는 항

상 서열이 높은 주인마나님의 승리로 끝
나곤 했지요. 돈 이야기만 나오면 언제나
마나님의 승리였으니까요. 주인아저씨는 밥
만 꾸역꾸역 먹고 있으셨어요. 아무 소리도 못
하고…….

 ## 봄나물쌈밥

연초록빛 산이 진초록으로 변하고, 논배미마다
뚝새풀이 콩나물시루처럼 박혔으며 논둑에는 쇠뜨기와 잡풀이 용
트림을 하는 오늘은 지천에 깔린 봄나물 뜯으러 가는 날입니다.

바구니와 부엌칼을 든 마나님, 삽과 비닐봉지를 든 주인아저씨,
그리고 외지에 나가 공부를 하던 외동딸 순정아가씨가 호미를 들
고 함께하였어요. 물론, 나도 보무당당하게 따라나섰지요. 가족 모
두가 어디론가 가는 것을 본 어린강아지 '진순이'의 표정이 일그러
졌지만 어쩌겠어요.

농장 아래에 붙은 논배미를 지나, 산기슭과 맞닿은 제방에 이르
렀어요. 주인아저씨가 삽으로 검불을 걷어냈고, 마나님과 아가씨는
움트고 있는 나물을 하나씩 캐기 시작했어요. 단단한 흙이 있는
곳은 냉이가, 무른 흙이 있는 곳에서는 돌미나리가 박혀있어 마나
님과 아가씨의 움직임이 바빠졌지요.

나도 논둑과 제방 사이를 오가면서 검불 사이에 코를 대고 킁킁
거렸어요. 마른나무가지에서 피어나는 냄새와 새싹이 움트면서 풍
기는 향기, 진흙이 얼었다가 풀리면서 내뿜는 기운이 은은하게 올
라오네요. 아! 봄의 향기는 감미로웠어요.

주인아저씨가 나물 캐는 것을 멈추고 주변을 두리번거리다가, 삽
을 어깨에 메고 논배미 있는 곳으로 가고 있군요. 나도 주인아저씨
의 뒤를 따라 뛰어갔어요. 논바닥을 두리번거리던 주인님의 눈길이
논둑을 따라 이어진 도랑에 멈추더니, 가랑이를 벌려 양쪽 논둑에
다리를 걸치네요.

"엇차!"

주인님이 허리를 굽혀 물속을 헤집자, 진흙이 묻은 손에서 무엇
인가 들려나왔어요. 우렁이였지요. 알밤만한 우렁이, 알밤보다 큰
우렁이, 알밤보다 작은 우렁이……. 진흙냄새와 함께 여러 마리의
우렁이가 비닐봉지에 담겨졌어요.

시간이 얼마나 흘렀는지 논둑의 그림자가 길게 드리워져있군요.
처음에는 한곳에 모여 나물을 캐던 주인님들이 지금은 멀리 흩어
져 있네요.

"자, 그만 가자!"

주인아저씨가 논둑에서 나와 크게 외치자, 산기슭에 닿은 제방
저 멀리에서 마나님과 아가씨가 두 손을 흔드네요. 주인아저씨는
자랑을 하듯 비닐봉지를 하늘높이 들어보였어요. 나도 주인마나님
을 향해 크게 한 번 짖었지요.

"멍!"

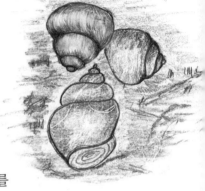

농장으로 돌아가자마자 주인아저씨는 소에게 사료를 주러 축사로 가셨어요. 같은 시간, 주인마나님과 아가씨는 우물가에서 냉이와 돌미나리를 물에 씻고, 비닐봉지에 물을 넣은 다음 우렁이를 박박 문질렀지요. 진흙이 오래도록 엉킨 물때가 새까맣게 배어나왔어요.

그날 저녁 주인님들은 쌈밥을 먹는다며 주택에서 웃는 소리가 끝이지 않았어요. 농장의 한 옆에 심어진 상추, 그리고 낮에 캔 냉이와 돌미나리가 식탁에 놓였어요. 된장과 고추장을 섞어 여러 가지 양념을 넣은 쌈장이 준비되었고, 주인아저씨가 잡은 우렁이가 삶아져서 나왔지요.

상추 한 잎에, 살짝 데친 냉이와 돌미나리 그리고 껍질을 까고 삶은 우렁이를 올린 후, 쌈장을 듬뿍 얹고 상추를 싸서 입에 넣었어요. 입보다 더 큰 쌈밥이 작은 입으로 밀려들어갔지요. 볼이 터질 듯 우물거리며 맛있게 먹고 있네요. 누구의 입이 더 큰가 시합을 한다나요.

"역시 봄에 입맛 돋우는 데는 나물이 최고여."

"다음에 쑥 뜯어서 쑥국도 좀 끓일까요?"

"쑥국 좋지! 쑥으로 떡 만들어먹어도 좋고……."

방 안에서 딸그락 딸그락 밥 먹는 소리가 나고 있을 때, 문 밖을 지키고 있던 나와 얄미운 '진순이'는 침을 질질 흘리고 있었어요.

🐸 개떡

　　　　오늘은 주인마나님께서 주인아저씨께 약속했던 쑥떡을 만드는 날이라네요. 마나님은 논둑 밭둑을 돌아다니며 쑥쑥 나온 쑥을 바구니 가득 뜯어다가 쑥떡을 만들기 시작했어요.

　물에 깨끗이 헹군 쑥을 살짝 데쳤다가 믹서로 갈아놓고, 물에 불린 쌀에서 물기를 빼고 가루를 낸 다음, 쑥과 쌀가루를 섞고 소금과 설탕을 넣어 열심히 반죽을 하더니, 동글동글 예쁘게 떡을 만들었군요.

　기름을 살짝 바르고 솥에 넣어 뜨거운 김이 모락모락 피어오를 때까지 뜸을 들였어요. 뚜껑이 열리자 윤기가 자르르 흐르는 쑥떡이 탄생했지요. 마나님은 참기름을 살짝 칠한 쑥떡을 제일 먼저 주인아저씨의 입에다 넣어주네요.

　"어때요? 맛있나요?"

　"야! 요즘은 개떡을 집에서도 하네? 그런데, 이렇게 맛있는 떡을 왜 개떡이라 하지?"

　그러고 보니 그러네요. 쑥떡이면 쑥떡이지 왜 개떡이라고 부르나요? 이렇게 맛있는 쑥떡을 개떡이라 부르는 걸 보니 역시 개라는 글자가 들어가면 좋은 것인가 보지요? 주인아저씨의 말에 마나님이 말을 이으시네요.

"옛날에는 보릿겨로 만들어서 겨떡이라고 불렀다가 개떡으로 되었다고 하네요. 그리고 떡이 못생겨서 개떡인가 보지요, 뭐."

네? 못생겨서 개떡이라고요? 어마나! 그럼 우리 개는 전부 못생겼다는 말인가요? 마나님 정말 서운해요. 제가 어디가 그렇게 못생겼나요.

기왕 말이 나왔으니 개소리 좀 해야겠어요. 왜 우리 개를 무시하고 천하게 취급하는 것인지 알고 싶어서요. 누가 대답 좀 해주세요.

개같이 논다는 둥, 개도 안 먹는다는 둥, 개 같은 소리라는 둥, 개도 거들떠보지 않는다는 둥, 지나가던 개가 웃을 일이라는 둥, 여름감기는 개도 안 걸린다는 둥, 개만도 못한 인간이라는 둥, 개 패듯 팬다는 둥, 개 잡듯 한다는 둥, 개뿔 같은 소리라는 둥, 거기다가 제일 많이 쓰는 욕이 개새끼라니……. 이건 정말이지 말도 안 되는 경우라고 생각하네요.

우리 종족은 의리 있고 충성심 크지, 시각과 청각이 발달되어 눈치도 빠르지, 강력한 턱과 이빨을 자랑하고 끈기에다 협동심까지 있지, 어떠한 조건이라도 적응할 수 있지, 일할 때 일하고 놀 때 놀 줄 알지요.

그러니까 누가 때리면 맞기만 하는 그런 종족 절대 아니라니까요. 우리, 자존심 있어요! 그리고 마지막으로, 잘 생겼잖아요. 그렇지요?

제발 우리 개를 하찮게 취급하지 말아주세요. 우리를 가볍게 보는 것은 지극히 편협한 견해거든요. 그러니까 최소한 물개 이상으로 대해 주셨으면 해요. 네?

 ## 생쥐사냥

봄기운이 땅속에서 아롱아롱 올라오고, 농장 앞에 심어진 논배미의 보리가 새파랗게 변했어요. 봄기운을 주체하지 못하는지 맞은편의 싸가지 없는 어린강아지가 달그락 달그락 소리를 내고 있네요. 목줄에 묶인 주제에 이리저리 몸을 움직이면서 땅을 헤집고 있군요. 진득하니 가만히 있지를 못하고 왜 저리 방정을 떠는지 모르겠어요.

옆에서 별짓을 하거나 말거나 못들은 척하고 몸을 땅에 뉘었어요. 눈꺼풀이 무겁게 내려앉으며 졸음이 밀려들었으니까요.

"아~함……."

하품을 길게 하고 배를 쭉 깔며 앞발에 머리를 대고 눈을 감아봤어요. 내 팔자가 상팔자다 자위하며 말예요. 이 얼마나 여유로운 일상인가요.

"……."

얼마의 시간이 지났을까. 불규칙하게 들리던 달그락 소리가 멈췄어요. 잡소리가 들릴 때는 신경이 안 쓰였는데, 아무 소리가 들리지 않으니 눈길이 저절로 가네요. 곁눈질로 슬쩍 옆을 바라보니 어린강아지의 입에 무언가가 물려 있는 것이 보였어요.

"헉? 저럴 수가……!"

얘의 입에 생쥐 한 마리가 달랑거리고 있는 것이 아닌가요? 그동안 벽에 바싹 붙어 살금살금 기어 다니던 약아빠진 생쥐였어요. 어떻게 쥐를 잡았는지도 의문이지만 어린강아지의 입에 매달린 생쥐는 살아있었어요. 허공을 향해 필사적으로 허우적거리고 있었던 것이지요.

"찍! 찍!"

넋을 놓고 바라보는 가운데 어린강아지가 그 생쥐를 바닥에 내려놓았어요. 살았다싶은지 땅에 놓인 생쥐가 구석으로 허겁지겁 도망가네요. 벽 아래쪽 쥐구멍으로 들어가려는 순간이었지요.

"저런……!"

나도 모르게 몸이 벌떡 일어서며 탄식을 흘렸어요. 아이 참, 얘가 생쥐를 잡던 놓치던 내가 알 바가 아닌데…….

쪼르르 도망하는 생쥐를 바라보고 있던 어린강아지는 기다란 앞발로 생쥐의 몸을 덮쳤어요. 생쥐의 작은 머리통이 무지막지한 어린강아지의 앞발에 눌려 땅에 나둥그러졌지요.

"찍!"

날카로운 비명을 지르며 쓰러진 생쥐를 놓고, 어린강아지가 발바닥으로 톡톡 치면서 공놀이하듯 놀리고 있는 것 아니겠어요? 기가 막혔어요.

"허……!"

어린강아지의 묘기에 넋을 잃고 바라보다가 번쩍 정신이 들었지요. 내가 이게 무슨 얼빠진 행동인가요. 시건방진 어린애의 장난에 잠시나마 현혹되다니…….

"어험……."

고개를 탈탈 흔들어 생각을 털어버렸어요. 애써 못 본 척 고개를 돌리고 땅 위에 엎드린 채 눈을 감았지요. 낮잠이나 자야겠다고 말이에요. 이때 주인님의 방문이 덜컥 열렸고, 호들갑스럽게 외치는 소리가 났어요. 주인마나님이셨어요.

"아휴, 저런……! 여보, 여보! 이것 좀 보세요."

주인아줌마의 외침에 주인아저씨가 졸린 눈으로 나오셨다가 눈이 커지고 있네요. 주인님들 모두가 어린강아지가 잡은 생쥐를 구경하면서 얘의 행동을 칭찬하기 바빴어요. 진돗개는 어려도 역시 사냥을 잘한다는 둥, 족보가 있는 개라서 다르다는 둥, 전부 닭살 돋는 소리 일색이었지요. 그때의 내 기분이 어떻겠어요?

"끙~."

그것뿐이면 그런대로 참을 만했지요. 눈을 감고 못들은 척하고 있는데, 글쎄 나중에는 어린애와 나를 비교하는 것이 아니겠어요? 태어 난지 석 달밖에 안 된 강아지가 쥐를 잡는데, 2년 된 '복실이'는 잠만 잘 줄 안다고…….

가뜩이나 배알이 뒤틀리는데, 한참이나 어린것보다 내가 못하다는 말에 미칠 지경이었어요. 그렇다고 눈을 뜰 수도 없고, 어린애에 대한 질투심으로 속이 부글부글 끓어올랐지요. 스트레스가 이만저

만이 아니었네요. 아, 내가 얘 때문에 10년은 더 늙은 것 같아요.

 파리사냥

따사로운 햇볕이 농장마당에 가득한 날, 주인님들이 모두 마루에 앉아 도란도란 이야기를 하고 있었지요. 멀리 나가있던 주인아가씨까지 나와 있었어요.

이때다 싶었어요. 나도 쥐를 잡아 칭찬을 받고 싶었으니까요. 기어 다니는 쥐새끼 한 마리 잡은 것이 뭐 그리 어려운 일인가요. 눈을 부라리고 코를 실룩이며 생쥐를 찾아보았어요.

"킁! 킁!"

목줄이 길게 늘어지도록 원을 그리며 땅에 코를 대고 쥐의 냄새를 맡았어요. 그러나 아무리 킁킁대보아도 최근의 쥐새끼 냄새가 없었지요. 왜 내게는 쥐새끼가 걸리지 않는 걸까요.

"위잉~"

찾는 쥐새끼는 보이지 않고 눈앞으로 파리란 놈이 날아왔어요. 이놈이 코앞에서 빙글빙글 돌며 내 신경을 거슬리네요. 재빨리 입을 벌려 파리를 잡아챘어요.

"왕!"

비행하는 파리 한 마리를 멋지게 낚은 것이지요. 축축한 입안에 붙어버린 파리를 보라며 입을 쩌억~ 벌렸어요. 모여서 이야기하던 주인님들이 그런 나를 보았지요. 나는 칭찬을 받을 생각에 흐뭇한 미소가 피어났어요.

"헤~."

독수리처럼 날아다니는 동물을 잡았으니 이 얼마나 대단한 일인 가요. 땅에서 기는 생쥐를 잡은 강아지가 칭찬을 받았으니, 나는 더 큰 칭찬을 받는 것이 당연하잖아요? 어쩌면 맛있는 과자도 주실지 모르지요. 입을 더욱 크게 벌리고 주인님의 눈을 바라보았어요.

"쯧쯧, 자기가 개구린 줄 아나, 더럽게 개가 파리를 잡는 건 또 뭐냐."

내 입을 보며 주인아저씨가 혀를 끌끌 차시네요. 아무래도 칭찬 하는 말은 아닌 것 같아서 서운했어요. 더구나 마나님은 내가 아닌 어린강아지의 머리를 쓰다듬어주고 계셨지요. 정말이지 너무하네 요. 깊은 배신감에 가슴이 쓰려왔어요. 아, 왜 나만 미워하나요.

"……."

귀를 축 늘어뜨리고 시무룩한 표정으로 화단의 풀잎을 뜯어 입 에 물고 잘근잘근 씹었어요. 주인님에 대한 불평불만을 차마 내지 못하고 그저 풀만 씹어댄 것이지요. 이런 나를 보았는지 주인아저 씨께서 한 말씀하시네요.

"개 풀 뜯어먹는 소리 난다."

"헤헤헤헤."

"호호호호."

뭐가 그리 우스운지 주인아저씨와 마나님 그리고 아가씨까지도 배꼽을 잡고 웃으시는군요. 정말이지 미칠 것 같았어요. 어떻게 해야만 주인님으로부터 인정을 받을 수 있단 말인가요.
쥐는 땅에 있는 동물이고 파리는 하늘을 날아다
니는데, 이런 사냥이 어찌하여 별 볼일 없는
것인지, 내 머리로는 도저히 이해를 할 수
가 없네요.

이때, 풀잎 사이로 초록색 동물이 하나
보였어요. 파리는 개구리가 잡는다고 주인
님께서 말씀하신 그 개구리였어요. 저놈을 잡는다면 훌륭하다는
소리를 들을 수 있을 것 같았지요. 놈을 향해 튕겨지듯 솟은 다음
독수리처럼 덮쳤어요.

"으르렁!"

목에 묶인 줄이 짧았지만 팽팽하게 당겨지는 아픔을 참고 이빨
을 내밀어 개구리를 꽉 물었어요. 아, 성공이었어요. 내 입안에서
살아있는 개구리가 꼼지락거리며 반항했지만 놔주지 않았어요.

"헤헤헤."

나는 초롱초롱 눈빛을 발하며 자랑스럽게 주인님들을 찾았지만
아무도 없었지요. 내가 개구리를 잡는 사이에 모두들 자리를 떠났
고, 얄미운 어린강아지도 자신의 개집으로 들어가 보이지 않는군
요. 이런 훌륭한 공적을 자랑하지 못하다니……. 아, 참으로 재수
없는 날이었어요.

심술쟁이 주인님

오늘은 내 앞에서 주인님부부가 각각 나를 불렀어요. 혀를 움직여 '쯧쯧쯧' 소리를 내며 손가락을 까딱거려 어서 이리로 오라는 표현을 하신 거지요. 나 원 참! 부르려면 이름을 불러야지, '쯧쯧쯧'이 뭔가요? 더구나 몸짓도 아니고 손짓도 아닌, 손가락질이라니…….

그리고 손에 먹을 것을 들고 부르는 것도 아니고, 맨입으로 양쪽에서 한꺼번에 부르면 내가 누구에게 간단 말인가요. 내 몸이 두 개도 아닌데…….

서열로 따지자면 1위인 마나님에게 달려가는 것이 정답이겠지만, 주인아저씨의 성질이 워낙 더러워서 잘못 보이면 주먹부터 날아올지도 몰라요. 그러니 내가 어떻게 눈치를 보지 않겠어요!

나는 주인아저씨와 마나님을 번갈아보다가 엉거주춤한 자세로 이리 갈까 저리 갈까 망설이며 중심을 잡지 못하고 비틀거렸어요. 이때, 손가락으로 까딱거려 나를 부르던 마나님이 두 팔을 활짝 펼치면서 외쳤지요.

"복실아~! 이리 온."

나를 부르는 마나님의 눈동자는 갈구하는 눈빛이 애절했지요. 그것을 보고 내가 어떻게 주인마나님을 외면할 수 있겠어요! 주인아저씨에게 가던 방향을 바꿔 주인마나님에게 달려갈 수밖에…….

"멍, 멍!"

"어이구, 예뻐. 우리 '복실이'……!"

나는 활짝 웃는 마나님의 품으로 폴짝 뛰어들었어요. 마나님의 가슴은 포근했고 향긋한 냄새가 콧속으로 스며들었으므로 눈을 지그시 감았지요. 내 행동에 실망한 주인아저씨가 나를 째려보는 것도 모른 채……

"에이~!"

주인아저씨는 낭패한 표정을 지었고 마나님은 승리의 미소를 지었어요. 나를 가운데 두고 내기를 하시다니 너무하신 주인님들이시네요. 이런 것은 '진순이'나 데리고 할 것이지, 왜 나를 가지고…….

"호호호. 내가 이겼지요?"

그렇게 주인마나님과 주인아저씨의 내기는 끝이 났어요. 그렇게 내기를 했으면 그만이잖아요. 그런데 그게 아니었어요. 그날 저녁, 주인아저씨가 슬그머니 내게 다가오더니, 손가락 하나로 까딱까딱 나를 부르는 거 아니겠어요? 이번에는 주인마나님이 아니 계시니 당연히 주인아저씨의 명령에 따라 주인아저씨 앞으로 다가갔지요. 그런데…….

"요놈!"

갑자기 주인아저씨가 나를 찍어 눌렀어요. 강제로 나를 뉘이더니 내 앞다리를 구부려 내 가슴에 대고 내리눌러 꼼짝 못하게 한 거예요. 놀란 내가 주인아저씨를 바라보는데, 주인아저씨가 눈에 잔뜩 힘을 주고 나를 쏘아보는 거 있지요? 그러니 내가 어찌 성질이 나지 않겠어요!

"으르렁~!"

내가 성질을 발칵 내며 소리를 지르자, 주인아저씨가 한 손으로 내 가슴을 찍어 누른 채 다른 손으로 내 주둥이를 꽉 잡고 힘을 주시더군요. 아이고, 주둥이가 비틀리고 잘생긴 내 얼굴이 완전히 뒤틀려서 눈꺼풀까지 찌그러졌어요. 숨을 못 쉬겠고 앞도 보이지 않아 버둥거렸지만 주인아저씨의 힘이 어찌나 센지 벗어날 수가 없었지요.

주인아저씨는 눈빛도 강렬하여 감히 마주보지 못하고 눈을 옆으로 돌려야 했어요. 그렇게 얼마나 시간이 지났을까. 내 기세가 완전히 꺾인 것을 눈치 챈 주인아저씨는 손에 힘을 빼고 나를 일으켜 세웠어요. 그리고 검지를 펴고 지시를 하듯 다시 명령을 내리기 시작했지요.

"앉아!"

단호한 말투였으나 앉아야 할지 말아야 할지 망설였어요. 그러자 기다릴 것도 없다는 듯 주인아저씨가 다시 나를 찍어 누르고 주먹으로 내 얼굴을 패는 거 있지요? 아니, 이거 해도 너무하시는 거 아닌가요? 말로 하면 될 것을 왜 때리나요?

울며 겨자 먹기로 어쩔 수 없이 주저앉았어요. 그러자 손가락 하나를 두 개로 만들고 하늘로 뒤집더니 연속으로 잡아당기듯 구부리네요. 눈에 잔뜩 힘을 준채……

"일어섯!"

기왕 시키는 대로 할 거, 버팅기지 말고 말 잘 듣는 것이 장땡 아니겠어요? 손가락이 시키는 대로, 명령어가 뜻하는 대로, 군기가 바짝 든 신병처럼 앉았다가 일어서기를 반복했지요.

"앉아!"

"일어서!"

에고, 똥개 훈련을 시키는군요. 내가 언제 주인님을 받들어 모시지 않기라도 했나, 말을 듣지 않고 뺀질거리기를 했나, 그저 마나님의 말을 들은 죄밖에 없는데 나더러 어떻게 하라고……

하여튼간에 주인아저씨의 성질은 못돼먹었어요. 괜히 훈련이랍시고 앉아, 일어서를 반복해 시키질 않나, 술에 취한 날이면 귀엽다고 꼭 끌어안아 숨쉬기 힘들게 만들지를 않나, 예쁘다며 털을 쓰다듬다 말고 갑자기 내 털을 뽑지를 않나, 도대체 성격을 종잡을 수가 없는 인간이군요.

최고의 명령권을 가지려면 마나님 대신에 주인아저씨가 내게 밥을 매일 주시든가, 아니면 마나님의 위에 군림을 하시던지 하면 될 것을……. 그렇게 하지도 못하면서 왜 나만 가지고 그러는 것인지……. 에이!

 ## 소똥

구름 한 점 없는 대낮인데 앞이 잘 안보였어요. 분홍빛 먼지가 안개처럼 자욱한 날이었거든요. 황사가 물감을 칠한 듯 온천지를 뒤덮어 목이 깔깔하고 숨을 쉬기 거북했지요.

주인님이 오늘 소똥을 치우기로 한 날이었어요. 소란 동물은 먹기도 많이 먹지만, 싸기도 엄청 싸놓는 놈들이네요. 우리 종족처럼

이곳저곳 돌아다니면서 영역표시를 하는 것도 아니고, 한곳에 틀어 박혀서 날이면 날마다 먹고 싸니 그 분량이 어떻겠어요! 겨우내 싸 댄 소똥이 축사우리에 쌓여, 소들이 돌아다닐 때 발목까지 푹푹 빠졌지요.

주인님이 며칠 전부터 소똥을 치운다고 장담했지만 이날저날 미 루기만하시더니, 오늘은 마나님의 잔소리에 큰마음을 먹었나봐요.
축사우리에 둘러진 칸막이를 열어 소들을 반으로 나눠 가뒀어 요. 둘로 나눈 축사우리 한쪽에 소들이 몰려있고, 그 나머지 한쪽 은 훤하게 뚫려 소똥의 바다가 펼쳐져있네요. 같은 사료를 먹고 싼 것이지만 어느 칸은 물똥이고, 어느 칸은 된똥이 쌓여있군요.
"부릉! 부르릉! 부우우웅!"
스키로더가 엔진소리를 내며 버켓을 번쩍 쳐들고 까딱까딱 준비 운동을 한 다음 앞으로 나갔어요. 축사우리에 들어서며 버켓을 바 닥에 내리고 소똥을 밀며 전진했지요. 첫째 칸의 물똥이 다음 칸의 된똥과 뒤섞이면서 진득한 냄새를 풍기네요.
"그르르, 그르르, 그륵!"
소똥을 밀어내기가 힘에 겨운지 스키로더가 끙끙거리고 있군요. 버켓이 오르락내리락하면서 소똥을 퍼 나르자 축사바닥은 말끔해 졌고, 소똥은 퇴비사에 수북이 쌓였지요.
"부릉! 부르릉! 부우우웅!"
이제는 반대편의 축사우리에 있는 소똥을 치울 차례네요. 게으 른 줄만 알았던 주인님은 쉬지도 않고 일을 하셨어요. 날이 어둑어

둑해질 무렵, 종일 소똥을 치우고 난 주인님이 이마의 땀을 닦으시는군요. 개운한 표정이었어요.

주인님이 스키로더에서 내려 바퀴의 여기저기에 붙은 소똥을 긁어내고, 똥이 덕지덕지한 장화도 씻고 있네요. 된똥과 물똥이 뒤섞이고 톱밥에 짓눌리면서 빈대떡처럼 보였어요. 꺾어진 나뭇가지로 장화바닥의 틈새를 후벼 이물질까지 파냈지요. 다 먹고 남은 빈 그릇을 설거지하듯, 호스로 물을 뿜어 깨끗이 정리하시는군요.

고무호스를 얼굴에 대고 차가운 물로 세수를 마친 주인님은 마지막으로 엄지와 검지로 코를 잡고 큰소리를 내며 코를 풀었어요.

"킁!"

주인님은 참 재주도 좋아요. 콧속에 있는 콧물을 멋지게 풀어대니 어찌 신기하지 않겠어요. 그 콧물이 내 앞에 떨어졌지요. 재빨리 머리를 숙여 혀끝에 살짝 대보니 밋밋하니 맛은 별로였어요. 이것을 어린강아지가 보았나봐요.

"쯧쯧……. 똥개는 어쩔 수 없네."

윽! 저것이 지금 나를 똥개라고 부른 거 맞지요? 전에 잡종 어쩌고 해서 그리 교양을 시켰건만, 이제는 똥개 어쩌고 하면서 여전히 나를 깔보다니……. 물을 부은 생석회처럼 속이 부글부글 끓어올랐지요. 아, 오늘밤도 잠은 다 잔 것 같네요.

🐸 똥 예찬

　　내가 이제는 똥개라는 소리까지 듣네요. 저것이 나를 어떻게 알고……. 왕년에 잘 나가던 공주님인 나를 몰라보고 건방지게…….

　개집에 배를 깔고 엎드려 가만히 생각해보니 그 말이 사실이었어요. 저 어린강아지가 이곳에 처음 왔을 때 똥오줌을 싸는 어린애였으므로 저것을 보살피느라 똥을 먹은 것이 사실이었거든요. 그 일로 나를 똥개라 한다면 정말 억울한 일이죠. 더구나 내가 똥을 먹은 것이 누구 때문인데……. 배신감에 눈물이 날 지경이었어요.

　"뭐? 똥개? 야! 너, 내가 똥 먹는 거 봤냐? 또, 똥 좀 먹으면 어떠냐! 개가 똥 먹는 게 뭐 어때서? 너는 똥 안 먹을 거 같아? 네 조상은 똥 안 먹은 거 같아? 개만 똥 먹는 거 같으냐? 뭘 좀 알고 지껄여, 이것아!

　네가 죽도록 충성하는 주인님과 같은 인간들도 똥 먹는 거 몰라? 매 맞고 장독 오른 사람이 어혈 푼다고 똥 먹지. 약이 된다며 어린아이 똥오줌을 먹지. 체질 개선한다며 똥 먹는다.

　그렇다면 인간이 인간의 똥만 먹느냐? 아니지! 노루, 토끼, 소, 고양이, 누에, 이런저런 똥을 약으로 쓴다면서 잘도 먹는다. 약이라서 그럴 수도 있다고? 똥을 약으로만 쓰냐? 인간이 제일 많이 마시는 기호식품이 커피다. 그 커피 중에 제일 귀하고 비싼 커피가 바로 우리 동물이 싼 똥이다. 알아?

　사향고양이, 코끼리, 원숭이, 이런저런 것들이 커피열매를 먹고 나서 똥을 싸면 그 똥이 최고의 커피여. 알아? 이것이 그냥 커피보다 몇 십 배가 더 비싼지 알아? 비싸기만 하냐고? 없어서 못 팔아, 이것아!

그것뿐이냐? 똥으로 술도 담가 먹어! 그 술이 술중의 술, 전통주여! 그것 마시면 현대의학으로 못 고치는 고질병 치료는 물론이고, 목청 탁 트여서 명창이 된다는 거여 이것아! 알아?

똥 먹은 돼지, 그 돼지고기가 맛있다는 말 못 들었어? 개를 먹는 인간도 똥개를 좋아하는 건 알고 있냐? 똥은 좋은 것이여. 똥 없으면 이 세상도 없어, 이것아!

똥 속에 세상을 살리는 물질이 제일 많은 거여! 고로 똥은 또 다른 세상인 겨, 이것아! 뱃속에 들어있는 똥이 좋아야 잘 사는 겨! 잘 생긴 놈은 똥이 잘난 거고, 못 난 놈은 똥이 못나서 그런 것이여, 알아?

뭐? 무슨 헛소리냐고? 똥은 똥일 뿐이라고? 그러면 된장, 고추장, 간장, 김치 좋은 줄 알긴 알아? 콩으로 메주를 쑤고 발효를 시켜서 항아리에다 된장, 고추장, 간장 만들지? 항아리에 김치 넣어서 숙성시키고 보관하지? 인간이 먹는 최고의 먹을거리가 이 발효식품이지? 똥도 된장이나 김치처럼 발효된 것이고, 내 몸이 곧 항아리여, 이것아! 알아?

뭐? 그러면 자기 똥만 먹지 더럽게 왜 남의

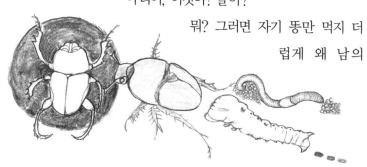

똥을 먹느냐고? 남이 싼 똥은 내가 먹고 버린 게 아니지? 그러면 내가 못 먹은 성분도 있을 거 아녀! 그러니까 남의 똥을 먹는 거다, 이것아. 알았냐?

뱃속에 들은 똥만 좋은 게 아녀, 싸놓은 똥도 세상을 살리는 거여! 말똥 먹고 사는 말똥구리, 소똥 먹고 사는 쇠똥구리, 이 똥 저 똥 다 먹는 지렁이, 이 얼마나 훌륭한 존재인지 알기나 알아? 똥이 없으면 이것들도 없고, 이것들 없으면 이 세상도 끝장인 거 알기나 알아?

그것뿐이냐! 곡식, 과일, 채소, 다 똥 없으면 아무것도 없어, 이것아! 비실비실하는 것들은 다 제 몸에 있는 똥이 안 좋은 겨! 우리 종족이 이날 이때까지 유구한 역사와 전통을 이어져 내려올 수 있었던 것은 똥이 좋아서여, 알아?

똥은 제일 많이 싸는 것이 뭐 어쨌다고? 똥 싸는 것은 깨끗하고 똥 먹는 것은 더럽냐? 천년만년 종족을 보존하려면 똥을 먹어야 하는 거여! 똥은 소중한 것이여, 알아? 아무것도 모르는 게 까불고 있어!"

 벌

　　　　살랑살랑 바람결에 꽃향기가 풍겨왔어요. 5월의 중순에 접어든 오늘, 어제까지만 해도 흰 양말 같았던 뒷산의

아카시아꽃이 팝콘처럼 활짝 피었군요. 팝콘이 소복소복한 가지마다 꿀벌들이 열매처럼 매달렸네요. 꿀벌들의 꿀주머니에는 꿀이 가득, 농장의 하늘공간엔 달콤한 냄새가 넘쳤고, 내 마음에는 봄기운이 그윽했지요.

꽃향기에 취해 이리저리 거닐다가 벌통 앞에 다다랐어요. 꿀벌들이 하늘에서 나타나 쉴 새 없이 벌통 앞에 내리는 것이 보이네요. 그곳에서 풍기는 달달한 내음에 콧구멍이 벌름벌름 벌어졌지요. 만만해 보이는 허공의 꿀벌을 잡아보려고 팔짝 뛰며 입을 내밀어보았으나 어림없었어요.

"웽~ 웽~."

계속해서 들고나는 벌통 앞에는 수십 마리의 꿀벌이 진을 치고 있군요. 좁은 소문으로 들어가려는 꿀벌은 벌통 안쪽을 향해 줄을 길게 늘어서서 순번을 기다리는 중인가봐요. 도둑벌이 들어오는지 감시를 하고 있는 경계병의 눈초리가 매서워 보이네요.

"우웅! 우웅!"

헬리콥터처럼 내려앉고 있는 꿀벌들의 다리에 빨강과 노랑 그리고 하얀색의 꽃가루뭉치가 달려있군요. 크기가 축구공 같네요. 꿀벌들이 소문 앞에서 고단한 날개를 쉬고 있는 것을 보고 앞발로 살짝 건들었어요. 뭐, 내가 꿀에 욕심이 있어서 그런 것은 절대로 아니고, 다만 호기심이 발동해서……

소문 앞에 모였던 꿀벌들이 한옆으로 밀려난다 싶었는데, 경계를 서고 있던 고참 꿀벌들이 요란한 날갯짓을 하면서 허공을 날았어요. 그리고 순식간에 산탄총알처럼 내 얼굴로 쏘아왔지요.

"앗!"

나는 짧고 다급한 비명을 질렀어요. 벌떼가 달려들고 있잖아요. 여러 마리의 벌이 내 얼굴을 공격하고 있어 눈을 꼭 감아야 했지요. 그렇지만 나를 감싸고 있는 털이 폼으로 있는 것은 아니니까 까짓 거 별거는 아닐 거예요. 그러나 꿀벌들은 털이 없는 내 콧등과 눈자위를 노리고 달려들었어요.

"헉?"

잘 생긴 내 얼굴을 마구 흔들면서 걸음아 나 살려라 도망했지요. 눈앞에 아무것도 보이지 않았어요. 그 중 한 놈이 내 턱 아래쪽을 파고드는 것 같았는데, 순간적으로 콧속이 따끔 하는 거 아니겠어요?

"으악! 으아악!"

얼마나 따갑고 쓰린지 정신이 하나 없었어요. 주인님이 계신 곳을 향해 무작정 달렸지요. 콧물과 눈물이 솟구쳤고 눈앞이 깜깜했으니까……

"헥, 헥, 헥!"

주택 앞에 계신 주인마나님의 품 안으로 무작정 뛰어들었어요. 내 가슴에서 심장 뛰는 소리가 쿵쿵쿵 들렸지요. 놀란 마나님은 휘둥그레진 눈으로 나를 보더니 이내 크게 웃으시네요.

"호호호. 벌에 쏘였구나! 조심해야지."

마나님은 손가락으로 내 털을 천천히 쓸어보더니, 내 얼굴과 콧속에 박혀있던 벌침을 하나하나 빼주셨어요. 덕분에 조그마하던 내 코는 주먹코가 되었고, 벌렁거리는 가슴은 한참동안 가라앉지 않았지요. 에고, 내가 얼마나 놀랐는지 몰라요. 벌을 만만한 파리처럼 봤다가……

 ## 모종

점심시간이 지나고 멀리서 자동차가 들어오는 진동이 느껴졌어요. 주인마나님이 운전하는 그 자동차의 느낌이었지요. 어린강아지도 벌써 눈치를 채고 자리에서 일어나 농장으로 들어오는 길목을 바라보고 있네요.

"멍! 멍!"

"잘 있었니? 복실아! 진순아!"

차가 멈추고 주인마나님이 이것저것 내리기 시작했어요. 무엇인가 들어있는 커다란 비닐봉지, 호박과 가지 그리고 고추 등 모종이 심어진 포트가 내려졌어요. 비닐봉지 안에서 맛있는 냄새도 풍겼지요. 무슨 눈치를 챘는지 얄미운 어린강아지가 또 360도 회전을 연속으로 하고 있네요.

"멍! 멍!"

"아이, 예뻐!"

마나님이 손을 내밀어 내 머리를 쓰다듬어주셨어요. 나도 좋아서 뒤로 발라당 넘어지며 오줌을 질질 쌌지요. 벌에 쏘였던 아픈 기억은 저 멀리 도망가고 있었어요.

"호호호, 이것 먹어라."

마나님의 손에서 눈덩이처럼 하얀 물체가 보였어요. 나와 어린강아지의 밥그릇에 각각 한주먹씩 놓여 졌지요. 눈덩이처럼 하얀 물체는 흰떡을 뻥튀기한 것이었어요. 떡국을 끓이기 위해 뺀 흰떡을 먹지 않고 놔둬서 딱딱하게 굳어 있었던 것을 주인님이 큰 과자로 만든 것이지요.

얄미운 어린강아지가 또 쪼그려서 똥을 한포대기나 싸는군요. 저것은 평소에는 가만히 있다가 먹을 것만 앞에 있으면 똥을 싸네요. 재주도 참 좋아요. 똥 싼지 얼마나 됐다고 또 똥을 저리 싸대니…….

그런데, 머리는 제 집 안에 두고, 똥구멍을 바깥쪽에 내밀고 싸는 것 아닌가요? 아니, 저것이 제 집만 깨끗하면 되나! 저런 때는 그저 내 주특기인 180도 회전뒷발치기로 엉덩이를 차버려야 하는데…….

주인마나님은 평상시처럼 빗자루로 주변의 흙을 쓸어 똥을 덮은 다 음, 부삽으로

깔끔하게 처리를 하셨어요. 얄미운 강아지의 옆에 있는 쓰레기장에는 개똥이 수북하군요. 이때, 주인아저씨가 문을 열고 나오셨지요.

"일찍 왔네? 모종은?"

"네, 사왔어요. 지금 심지요."

주인아저씨는 창고에서 삽을 가져다가 농장 주변을 따라 가장자리마다 구덩이를 하나씩 팠어요. 하나, 둘, 셋, 넷…… 축사 주변을 따라 길게 이어진 구덩이마다 거름도 한 삽씩 퍼 넣었어요. 거름은 그동안 나와 '진순이'가 쌌던 개똥과 퇴비사의 소똥이었지요. 그 구덩이에 흙을 얇게 깔고 호박과 가지 그리고 고추와 옥수수의 모종을 심었어요.

"다 됐어요. 이젠 물 좀 틀어요."

고무호스를 따라 들어온 물이 쿨럭쿨럭 소리를 내다가 콸콸 쏟아지네요. 모종 주변의 흙이 물을 머금어 진흙처럼 변했고, 태양은 서편 산의 소나무에 걸쳐 있었어요.

"소밥 줄 시간이네요."

마나님이 허리를 펴고 이마의 땀을 닦으며 주인아저씨에게 외쳤어요. 주인아저씨가 소에게 사료를 주기 위해 축사로 가시자, 마나님은 마루에 놓은 자루에서 흰떡뻥튀기를 한주먹 꺼내셨어요. 헉? 입에서 침이 흘러나왔지요. 하루에 몇 번이나 먹을 것을 먹다니 이 얼마나 행복한 날인가요.

"자, 많이들 먹어라."

주인마나님이 개밥그릇에 뻥튀기를 놓자, 좋아서 팔짝팔짝 뛰던 얄미운 강아지가 또 쪼그려 앉았어요. 아니, 저것은 뱃속에 똥이 얼마나 많아서 또 똥을 누우려고 그러는지, 똥을 밀어내기 위해 또 인상을 쓰네요.

못생긴 것이 찡그리기까지 하니 얼마나 보기 싫은지 몰라요. 하루에 두 번씩이나 똥을 쌌던 어린강아지가 이번에는 오줌만 질질 싸고 말았어요. 그러면 그렇지, 제까짓 게 뱃속에 똥이 얼마나 들었다고…….

그러고저러고, 저 어린것의 조상은 헐벗고 굶주렸었나봐요. 정해진 시간에 맞춰 똥을 싸지 못하고, 먹을 것을 앞에 둬야 밀어내니 말이지요. 의심이 많은 녀석……. 아무 곳에서나 굶어죽지는 않을 거란 생각이 들었어요.

 ## 밀밭 대결

오늘은 주인님들이 산책을 가자시네요. 주인님 부부는 기분이 좋으신지 연신 콧노래를 불렀고, 나도 기분이 좋았어요. 주인아저씨는 손으로 어린강아지의 목줄을 잡았으며, 나는 주인마나님의 손에 이끌려 밖으로 나갔지요.

"멍멍!"

"왕왕!"

기분이 좋아 목줄이 철렁철렁 흔들리도록 껑충껑충 뛰었어요. 그런 나를 바라보는 주인님들의 입가에 미소가 어렸고, 그 미소가 나를 더욱 행복하게 만들었지요. 주인님들이 앞서고 나와 어린강아지가 뒤를 따랐어요.

하천을 따라 불어오는 바람에 개털이 살랑살랑 흔들리고, 그 바람결을 타고 천변의 꽃향기가 날아왔어요. 둑길을 걸으면서 이리저리 마른풀 사이에 코를 박고 낯선 냄새를 찾곤 했지요. 들쥐와 이름 모를 새들 그리고 여러 곤충들이 뒤섞인 냄새가 본능을 자극하는군요. 아, 세상 살아가는 맛이 났어요.

마나님의 뒤를 따라가던 나는 기분이 좋아져서 마나님을 앞서서 걷기 시작했어요. 어깨를 흔들면서 촐랑촐랑 걸어가고 있는데, 어린강아지가 나보다 더 앞 쪽으로 나가는 것 아닌가요? 저것이 제일 앞에 가다니, 천하에 서열도 모르는 강아지잖아요.

내가 어찌 그것을 보고만 있겠어요. 어린강아지보다 더 앞으로 나가려 발에 힘을 주었지요. 덕분에 주인님부부도 발걸음이 빨라졌어요. 나와 어린강아지는 서로 지지 않으려 앞서거니 뒤서거니 경쟁을 했고, 목에 걸린 줄은 더욱 팽팽해졌지요.

"헉, 헉, 헉!"

주인님부부는 힘이 벅찼는지 동시에 줄을 놓았어요. 뒤에서 잡아당기던 힘이 순간적으로 사라지자 용수철이 튕기듯 내 몸이 앞으로 달렸지요. 주인님이 놓친 줄이 땅에 끌려 마른먼지가 일어나네요. 나와 어린강아지는 주인님들과 점점 멀어지고 있었어요.

천변을 따라 밀대가 일렁이고, 초록물결이 갈라졌어요. 주인님은 한참 뒤쳐져 보이지 않았고 소리도 들리지 않았지요.

"헥, 헥, 헥."

밀밭 한가운데에 이르자 나와 어린강아지의 거친 숨소리만 연초록 밀밭을 적시고 있었어요. 그런 나의 입가에 음흉한 미소가 피어나고 있었지요. 드디어 둘만 남은 것이니까요. 이 얼마나 고대하던 순간인가요. 서열의 무서운 맛을 확실하게 보여줄 수 있는……

"왕!"

신나게 뛰고 있는 어린강아지를 향해 바람처럼 달려들었어요. 앞발로 어린것의 등을 누르고 입으로 어깨를 꽉 물었지요.

"깽!"

졸지에 기습을 당한 어린강아지가 밀밭에 나뒹굴었어요. 멋진 한판승이었지요. 어린강아지는 땅에 발라당 넘어진 채, 두 발로 허우적거렸어요.

"으르렁!"

강아지를 향한 나의 경고음이 울렸어요. 그동안 주인의 권세를 믿고 나를 업신여긴 것에 대한 응징이었던 거지요. 그동안 얼마나 별렀던가요. 심장의 뜨거운 피가 발끝까지 퍼지면서 온몸의 근육이 불근불근 일어서고 있었어요.

"이 조그만 것이 어른을 물로 보고 어디서 감히……."

내가 혼을 내면 이것이 벌벌 떨면서 잘못했다고 빌 줄 알았어요. 그러나 그것이 아니었어요. 넘겨졌던 어린애가 재빨리 몸을 일으키더니, 나를 향해 이빨을 드러내고 달려드는 것 아니겠어요?

"으르렁~ 왕!"

밀밭에서 한바탕 난투극이 벌어졌어요. 어린강아지는 겁쟁이가 아니었고 약한 애는 더더욱 아니었어요. 어린강아지 정도야 가볍게 제압할 것이라 생각했던 것은 오산이었지요. 한주먹거리도 안 되는 애라 생각했는데, 오히려 내가 아래에 깔리기까지 하는 거예요.

"으르렁~ 왕왕!"

있는 힘을 다해 싸워야 했어요. 입에서 단내가 훅훅 풍겼지요. 나와 어린강아지가 엎치락뒤치락하고 있을 때 멀리서 부르는 소리가 들려왔어요.

"복실아!"

"진순아!"

주인님 부부가 찾는 소리였어요.

"복실아! 진순아! 어디 있니~?"

주인님들의 목소리가 점점 가까워오자 나와 어린강아지는 싸움을 멈추고 슬그머니 밀밭에서 나왔어요. 싸우는 것을 들키면 안 되잖아요. 그렇지만 크게 아쉬웠지요. 하늘이 주신 절호의 기회를 활용하지 못했으니까…….

제5장

송아지학교

🐮 '아롱이'

　　　　　주인님이 올라 탄 스키로더가 탱크처럼 육중한
소리를 내며 움직였어요. 화물트럭에 놓인 커다란 원형볏짚이 집게
발에 잡혀 축사 주변으로 옮겨지고 있었지요.

"우웅~ 털썩! 우웅~ 털썩!"

농장의 북쪽 방향으로 차가운 바람을 막기 위한 하얀 방어벽이
둘러쳐졌고, 축사우리는 원형볏짚에 의한 철옹성이 되었네요. 축사
의 지붕과 높이가 같아진 원형볏짚이 까마득히 올려다 보였어요.

　그 철옹성 안의 소들 중, 주택에서 가장 가까운 축사우리에 사
는 두 마리가 있었는데, 주인님이 그들을 유달리 예뻐하셨어요. 그
소들의 이름은 '순둥이'와 '복순이'이였지요. '순둥이'는 우람한

뿔을 자랑하는 5년 된 암소였고, '복순이'는 뿔이 없는 2년 된 암소였어요.

'복순이'는 욕심이 많았고 '순둥이'는 이름 그대로 순해빠진 암소였는데, 덩치도 더 크고 뿔이 우람한 '순둥이'는 뿔도 없는 '복순이'에게 항상 지고 살았어요. 때문에 '복순이'가 서열우위를 차지해, '복순이'가 사료도 먼저 먹고, 톱밥이 많이 깔려 폭신하고 좋은 자리를 차지했지요.

두 마리의 암소는 같은 시기에 새끼를 배어 배가 점점 커졌어요. 배에 매달린 젖꼭지도 조금씩 길어지더니 어느 날 손가락 크기가 되었네요. 암소의 젖꼭지를 살펴본 주인님이 고개를 끄덕이며 무엇인가 알았다는 몸짓을 하셨지요.

"두 마리가 다 새끼를 낳을 때가 되었네. 잘 먹고 힘들 내라."

주인님은 그 축사우리에 볏짚을 두텁게 깔아주셨어요. 그렇게 넓고 뽀송뽀송한 축사우리에서 지낸지 열흘쯤 되었을까요?

"음머~!"

'순둥이'의 울음소리가 평소보다 낮게 울리면서 커다란 눈망울이 흔들리더군요. '순둥이'는 사료도 먹지 않고 어둑어둑 어둠이 내려앉는 축사우리에서 서성거리고 있었어요.

"이슬이 비쳤네, 오늘 저녁 낳게 생겼어."

'순둥이'의 엉덩이를 살펴보던 주인님이 고개를 끄덕이며 중얼거렸어요. 죽처럼 생긴 맑은 액이 엉덩이를 따라 아래로 흘러내리는 것이 보였거든요.

"움머~!"

'순둥이'는 어디가 몹시 불편한 듯 낮게 외치더니 꼬리를 쳐들었어요. 쳐들린 꼬리에 힘을 주고 엉덩이를 내 놓은 채, 좁은 축사우리를 맴돌았지요. 한 바퀴, 두 바퀴, 세 바퀴…….

얼마쯤 지났을까요. 뱃속의 송아지가 바깥세상으로 나오려는지, 암소의 들어 올린 꼬리 아래서 무엇인가가 풍선껌처럼 부풀어 올랐고, 순둥이가 무척이나 힘든 표정을 짓고 있네요.

"음머~!"

고통에 찬 신음소리를 내는 순간, '쿨럭' 물풍선이 터지듯 양수가 뿜어지면서 송아지가 세상 밖으로 털썩 떨어졌어요. 순간, 옆에서 보고 있던 '복순이'가 고개를 쳐들고 소리를 지르기 시작하는군요.

"음머~! 음머~!"

"음머~! 음머~! 음머~! 음머~!"

'복순이'의 외침소리가 퍼지자 가까운 칸의 소가 응답을 하였고, 곧 축사의 모든 소들이 화답하듯 소리를 질렀어요. 새로운 생명의 탄생을 축하하는 소들의 팡파르였지요. 밥 달라 보채는 소리가 아니었고, 도살장으로 끌려가는 소의 울음소리와도 달랐어요. 또 다른 생명의 탄생을 축하하는 저음의 울림이 계속적으로 이어졌지요.

"음머~! 음머~!"

"아따, 이놈 크기도 하네."

"수놈이네요!"

어미인 '순둥이'가 머리를 숙이고 갓 태어난 송아지를 핥기 시작했어요. 기다란 혀가 아기송아지의 코에 붙은 이물질과 양수에 젖어 축축한 털을 쓸고 지나가자 갓 태어난 송아지가 눈망울을 껌벅이며 제 어미를 바라보고 있네요. 깊은 산속의 호수처럼 맑은 눈동자로군요.

잠시 후, 아기송아지가 가늘고 긴 다리를 후들거리며 일어났어요. 그러나 비틀거리다가 앞으로 넘어지고 말았지요.

"털썩!"

쯧! 저걸 어째요! 내가 도와줬으면 좋겠지만 갓 태어난 송아지가 나보다도 훨씬 크니 그럴 수가 없네요. 주인님이 도와주시겠지 생각했는데, 주인님은 옆에서 팔짱을 끼고 구경만 하셨어요.

"음머~!"

송아지가 넘어지자 어미가 아기송아지 곁으로 다가가, 큰 머리로 송아지의 옆구리를 치받네요. 아니? 넘어진 것도 안타까운 일인데, 어미가 제 새끼를 뿔로 치받다니 이럴 수가 있나요? 못된 어미소로군요. 빨리 말려야 하는데, 주인님은 이번에도 구경만 하고 계셨어요. 갓 태어난 아기송아지가 잘못될까봐 내 가슴이 타들어가고 있었지요.

"음머~!"

한 번, 두 번, 세 번……. 어미가 머리로 송아지를 치받자, 송아지가 어쩔 수 없이 다시 몸을 세웠어요. 비틀비틀 흔들리면서 한 발짝, 두 발짝, 앞으로 걸음을 옮겼지요. 아하! 소란 동물은 뿔로 말을 하나 보네요. 어미가 제 새끼에게 빨리 일어나라고 치받았던 것이군요. 내 고개가 절로 끄덕여졌어요.

"움머~!"

그렇게 첫발을 뗀 송아지는 어미의 다리 사이로 들어섰어요. 주둥이가 어미의 배에 늘어진 젖꼭지에 닿자 개처럼 냄새를 맡다가 입을 오물거리는군요.

"쪽, 쪽!"

어미의 젖을 찾은 아기송아지가 젖꼭지를 빨았어요. 갓 태어난 녀석의 힘이 꽤나 세어 보였지요. 내 새끼는 아니지만 주둥이가 어찌 이리 예쁜가요. 내 새끼라면 좋겠다는 생각이 들었어요. 그런데, 송아지가 어미젖을 빨다 말고 머리로 제 어미의 젖통을 치받는군요. 고개를 살짝 숙였다가 격하게 올려, 어미의 배에 달린 젖통에 박치기를 하는 거예요.

"쿡! 쿡! 쿡!"

한 번, 두 번, 세 번……. 그럴 때마다 어미의 커다란 젖통이 출렁였어요. 어머나, 참으로 못된 녀석이네요. 세상에 나오자마자 제 어미에게 박치기를 해대는 놈이라니……. 쯧쯧쯧, 내 새끼가 아닌 것이 천만다행이네요.

그렇게 어미의 젖통을 머리로 몇 번 치받더니, 다시 젖꼭지를 빨기 시작했어요. 어미인 '순둥이'는 큰 눈을 멀뚱멀뚱 뜬 채 순하게 있었지요.

"쪽, 쪽, 쪽!"

"어이쿠, 잘 먹는다. 초유를 먹어야 아프지 않고 잘 자란단다."

그걸 보고 주인님이 고개를 끄덕이며 하신 말씀입니다. 아하! 송아지가 어미의 젖통을 치받는 것은 젖을 잘 나오게 자극을 주는 것이었군요. 어미 암소가 송아지에게 일어나라고 뿔질을 하더니, 송아지도 젖을 달라고 박치기한 것이네요. 이 집안은 박치기로 대화하는 재주를 가졌나봐요.

긴 속눈썹에 해맑은 눈망울이 껌뻑껌뻑, 촉촉하고 윤기 흐르는 코가 벌름벌름, 주둥이에서 나온 연홍색 혓바닥이 날름날름, 온몸을 감싸고 있는 황금색털이 화사하게 빛나는 천사였지요.

갓 태어난 송아지는 제 어미에게 밀착하여 열심히 젖을 빨았어요. 어미는 젖은 송아지의 털을 열심히 핥았고, 주인님도 송아지를 손으로 쓰다듬어주셨지요. 그 송아지는 '아롱이'라는 이름을 얻었어요.

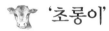 '초롱이'

전등불이 하얗게 축사우리를 비치고 있는 가운데, 주인님부부가 걱정스런 얼굴로 '복순이'를 바라보고 계시네요. 출산해야 할 예정일이 며칠이나 지난 지금에야 이슬이 비쳤거든요.

"초산이라 늦어지나봐. 오늘은 낳게 생겼는데……."

"음머~!"

'복순이'는 이슬만 늦게 비친 게 아니었어요. 양수가 터졌어도 새끼가 나올 줄 몰랐어요. 하얀 발굽이 살짝 얼굴을 내밀었을 뿐, 고통에 젖은 울음만 축사에 울려 퍼지고 있었지요.

"음머~!"

양수가 터지고 한 시간을 넘어서자 주인님이 송아지를 직접 빼낸다며 '복순이'에게 다가갔어요. 그러나 '복순이'는 주인님이 가까이 오는 것이 싫은가봐요. 주인님의 손길을 피해 축사우리를 빙글빙글 돌더니, 눈을 흘기면서 머리로 받으려했고 뒷발질까지 해대네요. 있을 수 없는 일이지요. 내가 확 달려들어 물어뜯고 싶었어요.

"안되겠어요. 줄로 묶어야지……."

그러면 그렇지! 감히 어디서 주인님께 반항을 하나요. 그래봤자 자신만 손해라는 것을 모르는 바보 아니겠어요? 한 닷새쯤 굶어야 정신을 차리려나…….

'순둥이'와 '아롱이'는 옆 칸으로 피난을 했고, '복순이'는 칸막이 쇠파이프와 연결된 밧줄에 묶여 꼼짝 못하는 신세가 되었어요. 가장 큰 축하를 받아야 할 시기에 저런 꼴을 당하다니, 쯧쯧.

주인님은 새끼를 직접 빼겠다며 자궁 밖으로 내민 발목을 잡으셨어요. '복순이'가 커다란 눈을 부라렸지만 밧줄로 묶인 녀석이 뭐 어쩌겠어요?

"움머~!"

어쨌든 '복순이'는 그것이 싫었나봐요. 주인님이 힘을 쓰기도 전에, 새끼의 발이 도로 자궁 안으로 쏙 들어가 버렸어요. 보일동 말동 끝자락만 남은 발이 점점 안으로 들어가고 있었지요. 그것 참

신기하군요! 주인님은 낭패한 표정을 지으시네요.

"이런……."

주인님이 어미소를 도와줄 방법이 없어졌으므로 내가 보기에도 참 안타까웠어요. 그렇게 얼마의 시간이 흘러갔을까요. 고통스러워하던 '복순이'가 점점 힘이 빠지는 모양이네요.

"음머~!"

'복순이'는 힘에 겨운지 바닥에 눕고 말았어요. 눈물은 물론 침과 콧물까지 흘리는 것이, 무척이나 괴로운가봐요. 에고, 그러기에 왜 말을 안 듣고 그러나요.

"음머~!"

"더 늦으면 사산하게 생겼어요. 빨리 빼내야지요."

주인님이 비닐장갑을 끼고 '복순이'에게 다가가 꼬리를 들고 자궁에 손을 넣었어요. 힘이 빠진 암소는 주인님의 손이 자궁을 비집고 들어가도 소리를 크게 내지 못하고 눈만 크게 뜨네요.

"므……."

주인님의 이마에 주름이 잡히고 눈동자가 눈꺼풀로 올라가는 것이, 손으로 송아지 발목을 찾나봐요. 잠시 후 송아지의 발목을 잡았는지, 주인님은 입술을 오므리고 눈동자를 크게 떴어요. 어미소의 입에서 진득한 침이, 주인님의 얼굴에서는 끈끈한 땀이 흘러내리고 있었지요.

"영차!"

"음머~!"

주인님은 새끼를 빼내려, 어미소는 뱃속의 새끼를 밀어내려 끙끙

댔어요. 자궁 밖으로 새끼의 발이 보일 정도로 나왔지만 이미 양수가 다 빠져버린 것 같았어요.

"죽은 것은 아니겠지요?"

"아직 괜찮을 테지!"

주인아주머니가 옆에서 걱정을 하시며 밧줄을 건네시네요. 주인아저씨는 그 밧줄을 받아 송아지의 발목에 묶었어요. 밧줄의 반대편은 쇠파이프로 된 문짝에 걸고……. 그리고 문짝을 바깥쪽으로 밀기 시작했지요.

"영차! 영차!"

자궁과 연결된 밧줄이 팽팽히 당겨지면서 줄다리기가 시작되었어요. 인간과 암소 간에 서로 밀고 당기는, 시합 아닌 시합이 벌어지자 나도 옆에서 배에다 힘을 잔뜩 주고 응원했지요.

"영차! 영차!"

문짝이 조금씩 밖으로 열리며, 밀어내는 힘과 당기는 힘에 의해 송아지가 천천히 자궁 밖으로 이동을 했어요.

"끙~!"

"툭!"

한순간 미끄러지듯 송아지가 자궁 밖으로 쑥 빠져나왔어요. 휴~! 가슴에서 무거운 물건을 내려놓은 것 같은 기분이었지요. 내가 새끼를 낳는 것도 아닌데, 내가 왜 긴장을 하는지 원…….

시간이 오래되어 그런지 양수가 거의 말라있군요. 주인님이 하얀 막을 걷어내고 갓 태어난 송아지의 주둥이를 벌리시네요. 재빨리 마른 수건으로 코와 얼굴에 묻은 것들을 털어내고 문질렀지만 송아지는 죽었는지 아무런 움직임도 없었지요.

"죽었어요?"

"가만……. 살아있네!"

송아지가 숨을 쉬며 꼼지락거리는 것을 본 주인님이 밝은 목소리로 외쳤어요. 그제야 농장의 모든 소들이 송아지의 탄생을 축하하는 팡파르가 울렸지요.

"음머~! 음머~! 음머~!"

첫 출산을 하느라 힘을 다써버린 어미는 자신의 송아지를 돌볼 생각이 없는 듯 아무런 미동도 없었어요. 주인님이 마른걸레로 송아지의 몸을 닦거나말거나 퍼질러 있군요.

주인님이 송아지의 털에 묻은 양수를 닦아내고 있을 때, 마나님은 전기드라이기를 코드에 꽂고 스위치를 켰어요.

"위잉~! 위잉~! 위이잉~!"

마나님의 손에 들린 전기드라이기에서 뜨거운 바람이 쏟아져 송아지의 젖은 털을 감싸갔어요. 주인아저씨는 마른수건으로 송아지의 젖은 털을 닦아내고 탈탈 털며 털을 말려나갔지요. 마치 이발소에서 사람의 머리를 말리는 것처럼 주인님들이 송아지의 털을 다듬었어요. 곧, 송아지의 털이 보송보송해졌지요. 주인님들은 참 재주도 많으시네요.

전기드라이기가 꽂혀있던 자리에 다른 전기기구가 자리를 잡았어요. 커다란 갓을 쓴 백열전구였는데, 어두운 축사우리의 한쪽에서 빛과 열을 발했지요. 송아지를 오랫동안 따뜻하게 품어 줄 전구였어요. 갓 태어난 송아지가 그 전등불 아래서 평온한 표정을 짓고 있네요.

"초산이라 그런지 이 녀석은 아주 작네."

"암놈이라서 더 그런가보네요. 그런데, 초유를 먹어야 할 텐데 어미가 관심이 없나봐요."

주인님들이 걱정하는 것처럼, 힘겹게 출산을 한 어미는 송아지에게 초유를 먹일 생각을 하지 않았어요. 송아지도 젖을 먹으려는 행동이 없었는데, 순둥이네의 '아롱이'와는 전혀 달랐지요. 곰곰이 궁리하던 주인님이 갑자기 송아지의 이빨을 피가 나도록 손톱으로 긁었어요.

"메에~!"

송아지가 아픈지 비명을 질렀어요. 주인님은 이빨이 아프다며 고개를 흔들고 있는 송아지를 번쩍 들어 어미인 '복순이'의 옆에 세웠어요. 그리고 어미의 젖이 있는 곳으로 송아지를 밀어 넣자 송아지가 젖을 찾는군요. 송아지의 이빨에 자극을 줘서 식욕이 돋나봐요. 그것 참, 주인님은 신기한 힘을 가지고 계시네요.

그런데 어미가 엉덩이를 다른 곳으로 돌리는 것 아니겠어요? 그 바람에 젖꼭지를 물려던 송아지가 비틀거렸어요.

"야! 이놈아, 새끼에게 젖 먹여야지!"

젖을 주지 않으려 뒤로 빼는 어미에게 주인님이 송아지를 계속 밀어댔어요. 그런데, 이게 웬일이래요? 갑자기 어미가 뒷발질로 자신의 새끼를 냅다 차버리는 것 아니겠어요? 어머나? 그럴 수가 있어요? 빗겨 맞아서 그렇지, 정통으로 맞았으면 그 자리에서 아마 죽었을 거예요.

도저히 초유를 먹일 수가 없게 되자 주인님이 또 밧줄을 들었어요. 출산할 때 어미를 묶었던 밧줄이었지요.

"이놈이, 끝까지 속을 썩이는구나."

주인님은 밧줄로 어미의 머리를 축사기둥에 고정시켰고, 또 다른 밧줄로는 어미의 양쪽 다리를 칸막이에 묶어버렸어요. 새끼에게 젖을 주지 않으려던 어미가 졸지에 결박을 당한 것이지요. 어미의 왕방울 같은 눈이 더욱 커졌어요. 불만이 많은가봐요.

"자, 이제 젖 좀 먹어봐라."

주인님이 송아지의 머리를 어미의 젖통에 밀어대자 송아지가 젖꼭지를 빠네요.

"쪽, 쪽!"

젖을 빠는 소리에 주인님이 흐뭇해하셨지만, 온몸을 결박당한 채 새끼에게 젖을 물리고 있는 어미의 눈은 불만이 가득했어요. 그렇지만 갓 태어난 송아지의 눈동자는 초롱초롱 빛나고 있었지요. 하늘의 새벽별처럼……

"여보! 이 녀석 눈동자가 초롱초롱하네요. 앞으로 '초롱이'라고 불러야겠어요."

그렇게 뿔 없는 암소 '복순이'가 낳은 새끼는 '초롱이'란 이름을 얻게 되었어요.

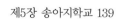

🐄 송아지 젖떼기

　　　　　'아롱이'와 '초롱이'는 같은 축사우리에서 태어나, 어린 시절을 함께 보내게 되었어요. '아롱이'의 어미인 '순둥이'는 자신의 새끼를 잘 보살폈으나 '복순이'는 자신의 새끼인 '초롱이'에게 젖도 주지 않더군요. '초롱이'가 젖을 먹으려들면 뒷발로 걷어차면서…….

　주인님은 어떻게든 젖을 물리려 옆에서 지켜보기도, 밧줄로 묶어 놓기도 했으나 고집불통 '복순이'를 이기지 못하고 결국 포기하고 말았어요. '복순이'의 젖은 곧 말라버렸기 때문에 '초롱이'는 동냥 젖으로 어린 시절을 보내야 했지요. 그 상대는 '아롱이'의 어미인 '순둥이'였어요. 마음씨 고운 '순둥이'와 같은 우리를 사용하고 있다는 것이 그나마 '초롱이'에게 다행이었다고나 할까…….

　'순둥이'는 자신의 새끼도 아닌 '초롱이'가 젖을 달라고 하면 항상 젖을 물렸으며, '순둥이'의 진짜 새끼인 '아롱이'는 어미의 젖을 양보했어요. 그때마다 '초롱이'의 어미인 '복순이'는 멀뚱멀뚱 바라보기만 했지요. 송아지들은 얼마나 젖을 잘 먹는지 입에는 젖을 먹은 자욱이 항상 남아있었어요.

　그렇게 '아롱이'와 '초롱이'는 남매처럼 한 우리에서 살았고, 몇 개월이 지나자 볏짚과 사료도 제법 먹을 수 있게 자랐어요. 그러자 주인님은 축사우리에 쇠파이프를 덧대어 송아지가 넘나들 수 없게 만들었어요. 어미는 어미끼리, 새끼는 새끼끼리 사용하도록…….

　"음머~!"

"음매~!"

별안간 이산가족이 되자 어미소와 아기송아지들이 울기 시작했어요. 어미는 새끼에게, 새끼는 어미에게 서로 다가가려했으나 칸막이에 막혀 가지 못했지요. 특히, '초롱이'가 어찌나 울어대는지 듣기 괴로울 정도였어요.

"음매~! 음매~! 음매~! 음매~! 음매~!"

새끼들의 애절한 울음소리는 밤이 지나도록 그치지 않았고, 어미도 새끼들을 바라보며 계속 울어댔어요. 새끼는 젖을 먹으려, 어미는 젖을 먹이려……

시간이 지남에 따라 '순둥이'의 젖통이 퉁퉁 불어 젖이 흘렀어요. 몸이 달은 어미는 젖을 물리려 칸막이에 엉덩이를 들이댔지요. 어린송아지도 그 젖을 물기 위해 주둥이를 내밀었지만 닿지 않았

고, 어미의 젖은 소똥 위에 뚝뚝 떨어졌어요.

"음매~! 음매~! 음매~! 음매~! 음매~!"

농장의 소들과 주인님은 이들의 울음소리에 잠을 이룰 수가 없었지요. 송아지의 목이 쉬어 소리를 내지 못할 정도였고, '순둥이'의 도두라진 눈망울에서 쏟아진 눈물이 얼굴을 따라 눈물길을 만들었지만, '초롱이'의 진짜 어미인 '복순이'는 사료 먹기에 바쁠 뿐, 눈물 한 방울 흘리지 않았어요.

어미로부터 떨어져서 생활하게 된 송아지들은 처음에는 어미를 무척 찾았으나 점점 현실에 적응했어요. 어미가 아닌 서로의 체온에 의지하여 잠을 자면서…….

그렇게 며칠이 지나 완전한 독립을 위하여 송아지들만 있는 곳으로 옮겼는데, 그곳은 송아지학교였어요. 고만고만한 송아지들이 모여 사는…….

🐮 송아지학교

올봄 같은 시기에 태어난 송아지는 모두 22마리…….

커다란 눈망울을 데굴데굴 굴리고, 귀에 달린 노란색 이름표를 팔랑팔랑 흔들기도 하며, 긴 다리로 껑충껑충 뛰면서 학교생활을 시작했어요. 그들이 학교에서 맨 처음 시작한 것은 박치기였지요.

뿔도 나지 않은 송아지들이……

　박치기는 힘이었고, 힘은 곧 서열이었으며, 서열은 먹고 자는 문제와 직결되었어요. 박치기를 잘하는 송아지는 밥을 먼저 먹었고 잠자리도 뽀송뽀송한 곳을 차지했으니까…….

　반면에, 박치기에서 밀린 송아지는 밥도 늦게 먹고, 축축한 곳에서 몸을 뉘일 수밖에 없었어요. 자연스레 강한 송아지는 잘 먹고 잘 자서 더 크게 자랐지만, 한번 서열에서 밀린 송아지는 점점 약해질 수밖에 없었지요. 그러니 서열이 얼마나 중요한 것인가요.

　송아지들은 서열에 살고 서열에 죽었으며, 우위의 서열을 위해서라면 못할 일이 없었지요. 처음 만난 송아지들은 먼저 뿔질을 해대는 놈이 서열싸움에 유리했어요. 일단 만만해 보이는 놈을 상대로 달려들어, 그 상대가 도망하면 그보다 우위의 서열을 차지하였고, 상대가 도망하지 않으면 뿔싸움으로 우열을 가리면 되었으니까…….

　"퉁! 퉁!"

　서열에 밀리지 않으려면 자신이 강한 송아지라는 것을 과시해야 했어요. 그것을 위해 가장 약한 송아지를 공격했지요. 한번 약한 모습을 보인 송아지는 다른 송아지들로부터 집중적인 공격을 받았고, 이놈저놈에게 치여서 이리저리 쫓겨 다녀야 했어요.

　"음매~!"

　송아지학교에서 서열 1위를 노리는 힘센 송아지 한 마리가 있었으니, 그 이름은 '껄렁이'라 불렸어요. '껄렁이'는 지금까지 여러 번의 박치기에서 한 번도 진적이 없었지요.

오늘도 박치기로 송아지 한 마리를 구석으로 내쫓더니, 자신의 위치를 굳건히 하려는지 또 다른 송아지를 찾아 눈을 굴렸어요. 그 중 만만해 보이는 송아지를 골라 달려들었어요. 그 대상은 '초롱이'였지요.

"웩!"

'껄렁이'가 씩씩거리며 달려들자, 놀란 '초롱이'가 몸을 돌렸으나 미처 피하지 못하고 어깨를 부딪쳤어요. 싸울 의사가 없었던 '초롱이'는 아프다며 울기만 했지요.

"매~!"

그러나 '껄렁이'는 싸움을 그만 둘 생각이 없는지, 다시 머리를 내밀고 달려들었어요. '초롱이'가 겁에 질린 눈으로 떨고 있을 때, 누군가가 달려 나와 '껄렁이'의 앞을 막아서는군요. '아롱이'였어요.

"쿵!"

머리와 머리가 부딪히는 소리가 묵직하게 울렸어요. 누구도 밀리지 않는 팽팽한 실력이었지요. 순간, '아롱이'가 앞발을 번쩍 들며 상체를 높이 올리더니 '껄렁이'를 향해 박치기를 힘껏 했어요.

"쿠웅!"

"메에~!"

'껄렁이'의 비명이 길게 울렸어요. '껄렁이'는 꼬리가 빠져라 도망했고 '아롱이'가 당당하게 그 자리를 지켰지요. 그리고 좌우를 둘러보며 입을 크게 벌렸어요.

"누구든, 우리 '초롱이'를 건드는 놈이 있으면 죽을 줄 알아!"

눈을 부라리며 '아롱이'가 외치자 모든 송아지들이 쥐죽은 듯 조용했어요. 그렇게 '아롱이'는 송아지학교에서 가장 힘센 서열에 올랐지요.

나머지 송아지들도 모두 한 번 이상 싸움을 했고, 하루하루 지나면서 자연스레 서열이 형성되었어요. 송아지들은 처음에는 어미의 품을 벗어나 유치원에 간 어린아이처럼 낯설어했으나, 시간이 지나면서 교실에서 수업을 받는 학생처럼 잘 적응했어요.

22마리의 송아지는 그곳 무리 중에 일찍 태어났거나 태생적으로 좀 큰놈, 그곳 또래들에 비해 늦게 태어났거나 덩치가 작은놈, 튼튼하거나 성질이 공격적인 놈, 병치레를 했거나 온순한 놈, 그렇게 각각의 특성대로 서열이 정해졌어요.

수송아지는 대체적으로 덩치가 컸고, 암송아지는 좀 작았어요. 그렇기 때문에 서열을 정하는 힘에 있어 수송아지가 우위에 있었지요. '초롱이'는 비록 서열이 낮았으나 '아롱이'와 함께 밥도 먹고 잠도 좋은 곳에서 잘 수 있었어요.

🐄 송아지의 병치레

　　　　　송아지는 자라면서 병치레를 많이 했어요. 먹이를 적게 먹으면 몸이 약했고, 너무 많이 먹으면 설사를 했어요. 또한 감기에 걸리면 열이 올라가고 열이 많으면 설사까지 했지요. 알맞게 먹고 잘 자라야 했으나, 제멋대로 먹고 뛰는 송아지라 주인님이 항상 걱정이셨어요.

축사우리의 바닥에 톱밥과 볏짚을 충분히 깔고 전깃불을 밝혀 보온장치를 했어도 감기에 걸리는 녀석은 있었어요. 주인님은 소에게 사료를 주기 전이나, 주고 나서 항상 송아지를 살폈지요. 설사를 하거나 감기에 걸렸을까봐…….

송아지는 우리 종족과는 달리 몸만 컸지 강하지 못한가봐요. 우리가 많이 먹어서 잘못되는 경우가 어디 있나요? 그저 먹을 게 없어서 문제지! 그런데 송아지는 그렇지 못했어요. 사료를 조금만 더 먹어도 금방 탈이 났으니까…….

배탈이 난 송아지는 처음에는 노란색 고드름똥을 싸다가 나중에는 물총을 쏘는 것처럼 설사를 죽죽 해댔지요. 주인님은 설사를 하는 송아지에게 커다란 주사바늘을 푹푹 찔렀고, 억지로 입을 벌려 가루약을 먹이곤 했어요. 그리고 젖이나 밥을 주지 않고 굶겼어요. 그래도 안 되면 송아지를 꽁꽁 묶어놓고 오래도록 링거주사를 놓았지요.

아픈 것을 일찍 알면 치료가 빨랐으나 그렇지 못할 때도 많았어요. 송아지들은 무리들 사이에 숨어 건강한 척하는데 소질이 있었죠. 설사하는 것이 나중에 발견된 송아지의 커다란 눈은 움푹 꺼져서 십리나 들어가 있었어요. 눈망울에 가득해야 할 맑은 물이 메마른 상태로……

아프던 송아지가 다 나으면 눈망울에 맑은 물이 넘쳤고, 생기가 돌면서 팔짝팔짝 뛰어놀았어요. 그런 송아지들을 흐뭇하게 바라봤지요. 나와 함께 주인님들이…….

🐮 달아난 송아지

동쪽하늘에 태양이 눈부신데, 주인님의 기척이 없네요. 시간적으로 평소 같으면 소에게 사료를 한참 주고 있을 때잖아요. 아니, 서열 높은 주인님은 이래도 되나요? 소밥은 누가 주며 내 밥은 또 누가 주나요. 나, 배고파요!……. 속으로만 외쳤어요. 그렇지만 소들은 아니었지요.

"음매~! 음매~! 음매~!"

빨리 밥을 달라고 소리를 고래고래 질러댔어요. 소들의 외침을 들었는지 주인아저씨가 황급히 나오시는군요. 어젯밤에 마신 약주가 덜 깬 얼굴이었어요. 주인마나님께서도 나오시네요. 소밥을 같이 주실 모양이지요? 이때, '진순이'가 펄쩍펄쩍 뛰면서 급하게 짖는군요.

"웡! 웡! 웡!"

마나님이 나오시니 반갑기도 하겠지만 이 소리는 단순히 인사하는 소리가 아니었어요. 송아지 한 마리가 축사우리를 탈출한 것을 보고 짖은 것이었지요. 어린것이 눈은 밝아서…….

축사우리를 나온 송아지는 '초롱이'였어요. 정해진 밥시간이 지나도록 소식이 없자 배가 고파 축사우리를 빠져나왔나봐요. 몸집이 왜소한 '초롱이'는 물통 사이를 비집고 나갔지만, 다른 송아지들은 몸이 커서 나가지 못하고 있군요. 밖으로 나간 '초롱이'가 뒤를 돌아보며 축사우리의 '아롱이'를 부르네요.

"매에~!"

'초롱이'의 울음에 '아롱이'는 다급해졌어요. '초롱이'를 따라가려 '초롱이'가 나간 공간으로 머리를 들이밀었지요. 그러나 머리는 밖에 있고 몸뚱이는 파이프에 걸려 꼼짝 못하는 신세가 되고 말았군요. 이것을 본 '초롱이'가 당황하여 더 크게 울고 있네요.

"매에~!"

애절한 '초롱이'의 울음에 '아롱이'가 용을 쓰면서 다리를 허우적거렸고, 덜커덕 덜커덕 소리가 들리더니 함석으로 만들어진 물통이 떨어져나갔어요. 그 넓어진 공간을 비집고 '아롱이'도 밖으로 나갔지요. '초롱이'가 반가이 맞았어요.

"매에~!"

'아롱이'의 귀가 찢어져 귀표는 덜렁거리고 피까지 흐르고 있었지만 자신이 다친 것은 아랑곳 않고 '초롱이'의 털을 핥아주네요. '초롱이'도 머리를 '아롱이'에게 살짝 기대고 초롱초롱한 눈망울로 '아롱이'를 바라보고 있군요.

우리 밖으로 나간 두 마리의 송아지는 주인님들이 사료주기를 끝낼 때까지도 돌아오지 않았어요. 일을 마친 주인님들이 송아지를 몰았으나 자꾸 농장에서 멀어지기만 했지요.

"여보! 어떻게 하지요?"

"배고프면 돌아오겠지 뭐."

송아지 두 마리는 싱싱한 풀을 뜯으면서 새로운 맛에 취했나봐요. 농장 주변의 논둑을 지나 뒷산 찔레넝쿨 속으로 달아나네요. 어린강아지 '진순이'가 큰일이 난 듯 짖어대며 주인님을 불렀지요.

"웡 웡 웡!"

"여보! 안되겠어요. 송아지를 잡아야지."

주인아저씨와 마나님이 작대기 하나씩을 들고 뒷산 가시덤불을 헤치며 들어갔지만 송아지는 주인님들을 피해 점점 깊이 들어갔어요. 주인님들은 결국 땀만 뻘뻘 흘리면서 낭패한 얼굴로 산에서 내려오고 말았지요.

"여보! '진순이'를 풀어서 몰면 어떨까요?"

"글세……."

코를 만지작거리며 생각에 잠겨있던 주인아저씨는 '진순이' 대신에 내 목줄을 풀어주시네요. 탁월한 선택이셨지요. 진돗개는 송아지를 쫓기는 해도, 몰아서 내려오지는 못할 거거든요. 무엇보다도 내가 주인님으로부터 인정을 받았다는 사실에 뿌듯했어요. 얼마나 기뻤는지 몰라요.

"멍! 멍!"

주인님보다 앞에 서서, 산위 가시덤불을 헤치며 송아지의 냄새를 쫓았어요. 아니, 이것들이 산토끼인 줄 아나, 감히 주인님의 보호를 뿌리치고 산으로 올라가다니, 한 열흘쯤 굶겨야 정신을 차릴 녀석들이네요. 그렇지요?

찔레넝쿨이 우거진 숲은 들어가기 쉽지 않았지만, 내가 또 누군가요! 날렵하고 다부진 신체에 잘 생긴 얼굴과 똑똑한 머리의 소유자 천하의 '복실이' 아니던가요. 시간이 오래되지 않아, 덤불 속에 있는 송아지의 뒤로 다가서서 힘차게 짖을 수 있었지요.

"멍! 멍!"

신나게 풀을 뜯고 있던 송아지들이 깜짝 놀라데요. 그러나 그것도 잠시 뿐, 만만한 강아지 한 마리밖에 없는 것을 눈치 챈 수송아지 '아롱이'가 암송아지인 '초롱이'의 앞을 막아서며 나를 향해 머리를 내미는 것이 아닌가요? 이것이 싸가지 없게, 벌써부터 황소를 닮아가나…….

"웩!"

수송아지가 제자리에서 괴성을 지르며 앞발을 땅에 대고 한 번 굴렀어요. 나는 가슴이 뜨끔했지요. 말이 송아지지 나보다 얼마나 거대한 동물인가요. 나는 하룻강아지에 불과한데 어떻게 겁을 내지 않겠어요. 눈알을 데룩데룩 굴리면서 눈치만 살피는데, 옆에 있던 '초롱이'가 놀랐는지 '아롱이'를 뒤에 두고 산 아래로 도망하는군요.

"음매~!"

그러자 '아롱이'도 그 뒤를 따라 내달리네요. 휴~! 그러면 그렇지. 제까짓 것들이 별수 있나요? 헤헤헤⋯⋯. 나는 겁먹은 적이 없었다는 듯 짧은 다리로 신나게 송아지들의 뒤를 쫓아갔지요.

"멍! 멍!"

결국 산으로 도망했던 송아지 두 마리는 내 활약으로 축사로 무사히 돌아왔어요. 주인님의 걱정거리를 해결한 나는 아래턱을 앞으로 내밀면서 어깨를 으쓱거렸고, '진순이'는 얼굴을 일그러뜨리며 주둥이를 삐죽거렸지요. 그런 '진순이'의 표정을 보니 나는 기분이 더 좋아지네요. 헤헤⋯⋯.

주인님과 나

 감정노동자

남들은 그러더라고요. 내 팔자인 개팔자가 최고라고…….

집 있지, 직장 있지, 먹을 게 없나, 돈이 필요한가, 뭐 하나라도 걱정할 게 있냐고…….

다들 아무것도 모르면서 그런 말을 하는데……. 내가 말이지요, 얼마나 극심한 노동에 시달리는지 일일이 다 열거할 수도 없어요. 무슨 노동이냐고요? 웃기지 말라고요? 거짓말이라고요? 나 원참! 이런 말을 들을 때면 답답한 내 속을 뒤집어 까 보일 수도 없고…….

그러니까 그것은 틀린 말씀이고요. 우리는 감정노동자에 속해요.

모두들 개는 완전히 놀고먹는 존재, 일을 해봤자 약간의 육체노동이나 정신노동쯤으로 생각하시는데, 내막을 보면 극심한 감정노동자라니까요.

공주님처럼 아파트에서 살며 매일 자기의 몸을 단장하고 사는 것도 마찬가지여요. 누가 멋을 부리고 싶다고 했나요? 인간이 제멋대로 털을 뽀글뽀글 볶거나 빳빳하게 만들고, 악취 나는 물감으로 색 입혀도 싫은 내색을 할 수 없지요. 그 상태에서 주인을 위해 별별 재롱을 피며 아양을 떨어야 하니 감정노동자 맞지요?

뿐만 아니라 똥이나 오줌을 마음대로 쌀 수가 없으니 시간에 맞춰 특정한 장소를 정해 일정한 분량을 빼내야 하잖아요. 발톱이 자라서 가려워도 마음대로 긁을 수가 있나, 놀고 싶을 때 놀 수가 있나, 놀기 싫어도 놀아야 하고, 흙과 함께 뒹굴고 싶어도, 여럿이 무리를 지어 들판을 달리고 싶어도, 오직 주인님의 취향에 맞춰 살아야 하니…….

그래도 이 정도라면 극심하다고는 못하겠지요. 제일 겁나는 것은 따로 있어요. 어느 강아지에게는 짖는 소리가 시끄럽다고 멀쩡한 성대를 잘라버려 말도 못하게 만들었다고 하대요. 또 다른 강아지한테는 발정나지 않도록 한다며 거기를 도려내서 암캉아지도 아니고 수캉아지도 아닌 이상한 강아지를 만들어놓기까지 했대요.

그래도 충성스런 강아지는 낑낑대며 주인인간을 보면 좋아 죽는 시늉을 하고, 성불구자가 된 강아지도 자신을 그렇게 만든 주인인간을 따라다니면서 꼬리를 흔든다니까요. 인간은 그래놓고 예쁘다고 강아지의 머리를 쓰다듬고…….

일을 안 해서 좋은 점 하나가 있다고요? 아이고! 그것이 좋다면 교도소의 재소자들은 벌을 받는 것이 아니게요? 일 하지 못하고 갇혀 있는 것이 얼마나 고통스러운데……

뭐라고요? 아파트에 사는 개 말고, 농장에 사는 개는 그렇지 않다고요? 남들은 농장에 사는 우리가 마음껏 소리치고 큰 힘을 발휘한다고 말하지만, 개가 자신의 의지대로 할 수 있는 것이 하나라도 있나요?

땀구멍이 없어서 땀도 흘리지 못하는 나를 꽉 조이는 목사리를 해서 끌고 다녀도, 종일, 아니 몇 날 몇 달을 줄에 묶어놓고 집을 지키라고 해도 불평 한 번 할 수 없고, 일 년 365일, 하루 24시간 아무 때나 불러도 군말 없이 달려가야 하며, 불려간 그 자리에서 특별히 해야 할 필요성이 전혀 없는 하나마나 한 일을 시켜도, 손가락 하나로 까딱거리며 '앉았다가 일어서기'를 시켜도, 자존심 상하는 수모를 수없이 겪어도 불평불만을 한 마디 하지 못하지요.

먹는 것 또한 싸구려사료를 주던, 주인인간이 먹다 남은 밥에 찬물을 말아 주던, 그저 황송한 표정으로 꼬리를 살랑거리며 맛있게 받아먹어야 하잖아요. 그것마저 안주면 큰일이니까……

뭐라고요? 쓸데없이 불평불만만 많다고요? 개는 개의 역할만 열심히 하면 그만큼 대우를 받는다고요? 잘못하는 것만큼 혼이 나는 것이고요? 에이~ 겉으로만 그렇다니까요. 내가 하는 일에 대한 상과 벌은 일관성이나 균형성이 전혀 없어요. 오로지 주인님 마음 내키는 대로 정해질 뿐……

나와 진순이의 서열순서만 해도 그래요. 어제까지는 나에게, 오늘은 '진순이'에게 밥을 먼저주시니 서열이 바뀐 것이지요. 더구나 바뀐 서열이 그 다음에 또 바뀌지, 주인아저씨가 식권을 가졌을 때와 마나님이 식권을 가졌을 때가 각각 다르지⋯⋯.

벌을 주는 것 또한 누구에게는 크게 잘못해도 모른 척해 주시고, 또 다른 누구에게는 작은 잘못도 크게 혼을 내잖아요. 이런 것 가지고 짖으며 항의를 했다? 아마 그러면 나의 다른 문제를 샅샅이 뒤져서 아주 절단을 내려 할걸요?

무릇 모든 생명체란 자신을 위해, 자신에 의해, 자신의 삶을 사는 것이 아니겠어요? 그런데 우리는 그렇지 못하지요. 개는 오직 주인인 인간을 위한, 인간에 의한, 인간의 개로 살잖아요! 그러니까 우리는 감정노동자라니까요.

 ## 잘 생긴 기준

나른한 오후시간, 주인아저씨가 마나님의 손을 잡고 마당에 앉아 햇볕을 쬐면서 도란도란 대화를 하고 있군요. 무척이나 다정해 보이네요. 주인아저씨가 나와 '진순이'를 보고, 먹던 과자 하나를 던지셨어요.

"야! 이 못생긴 것들아! 이거나 먹어라."

'진순이'는 손가락만한 과자 하나가 앞에 떨어지자 허겁지겁 집어먹었어요. 나는 기분이 별로 좋지를 않았지요. 언제는 예쁘다더니 오늘은 못생겼다니요. 주인님, 어디 아프세요?

사실, 말이야 바른 말이지, 못생긴 걸 따지자면 주인아저씨만한 존재도 없을 거예요. 얼굴 가운데 하나씩 박힌 코와 입술, 좌우에 각각 두 개씩 붙은 눈과 귀, 다들 대칭이 이뤄졌나요? 짝짝이잖아요! 그렇다면 잘 생겼다고 할 수 있어요?

그것뿐인가요? 얼굴 아래에 두 개씩 달린 팔과 손, 그 아래의 다리와 발, 길이와 굵기가 양쪽이 다 다르고, 주인아저씨의 머리는 머리숱이 적어 듬성듬성하잖아요. 눈썹까지 가늘어, 있는 둥 없는 둥 힘없어 보이면서……

그런 반면에, 나야 어디 나무랄 곳이 있나요? 입술이면 입술, 코면 코, 가운데를 기준으로 나누면 좌우대칭이 딱 떨어지고, 눈과 귀도 양쪽의 생긴 모양이 똑같지요. 부분이 아닌 몸의 전체를 봐도 그렇고요. 이런 나를 못생겼다니요! 내가 얼마나 잘생겼는데……

인간만 잘생겼다고 생각하는 것은 주인아저씨의 편견이시잖아요. 서열이 높으면 잘생겼나요? 서열 높은 인간 중에서 나보다 더 완벽한 대칭을 이루고 있는 미인이 있으면, 어디 나와 보라고 하세요. 세계의 동물들이 모두 모여 미인대회라도 열어볼까요? 힝~! 자신 없지요?

주인아저씨는 나의 십자가

　　　　　주인아저씨는 내가 짊어져야 할 십자가였어요. 내가 사랑하고 존경하는 대상이기도 했으나 어느 때는 가까이하고 싶지 않은 존재였지요. 주인아저씨는 평상시 자신의 일을 열심히 할 뿐, 절대로 누구에게 손해를 입히거나 불편을 주지 않았으며, 말수도 적어서 낯선 사람과는 대화도 잘 하지 않았어요.

　그러나 일단 술이 입에 들어가면 마나님께 평소에 하지 않던 말도 하고, 나를 훈련을 시킨다며 공연히 '앉아, 일어서'를 시키는 심술꾸러기로 변했어요. 외출한 날에 술에 취하면 주머니에 있던 돈을 다 썼고, 다음날 술이 깨어도 기억하지 못했지요.

　주인아저씨는 술을 끊겠다고 맹세를 했지만, 한 번만 하면 될 맹세를 여러 번 하는 것이 문제였어요. 친구들과 어울리게 되는 때는 그 맹세를 지킬 수 없었기 때문에…….

　오늘도 멀리 사는 친구가 농장에 와서 주거니 받거니 막걸리를 마시게 되었어요. 더도 말고 딱 한 병만 마신다고 하면서…….

　그렇지만 그것은 처음부터 지키지 못할 약속이었지요. 술병이 비자 주인아저씨는 친구에게 잠깐만 기다리라는 말을 남기고 오토바이를 타고 급하게 나갔어요. 술을 사기 위해 동리 구판장으로…….

　잠시 후, 오토바이를 탄 주인아저씨가 농장과 연결된 농로를 따라 들어오고 있었어요. 그런데, 주인아저씨는 무엇인지 낭패한 표정을 짓고 있었고, 멀리서 경찰순찰차가 다가오고 있었지요.

"부르릉~ 부르르르……. 끼익! 털컥!"

오토바이를 한쪽에 세운 주인아저씨가 쫓기듯 방으로 들어갔고 경찰차가 농장 앞까지 와서 정차했어요. 낯선 차량이었기에 '진순이'와 내가 크게 짖었지요.

"웡 웡 웡!"

"멍 멍 멍!"

순찰차에서 경찰아저씨가 내리더니 나와 '진순이'의 눈치를 봤어요. 농장으로 들어가려다가 나와 '진순이'가 워낙 사납게 짖으니까 들어서지 못하고 농장 입구에 선 채 안을 향해 외쳤어요.

"계세요? 사장님, 계세요?"

경찰이 찾아온 것은 좀 전에 오토바이를 타고 술을 사러 나갔던 주인아저씨가 교통사고피해를 봤는데, '어떻게 할 것인가를 묻기 위해서'라 했어요. 급하게 막걸리를 사들고 오다가 지나가던 화물차의 백미러에 부딪쳐 넘어졌다는 것이었지요. 즉, 교통사고 피해를 본 것이었고 놀란 화물차운전기사가 차에서 내려 살피려했으나 피해자인 주인아저씨가 그대로 오토바이를 타고 농장으로 와 버린 것이라네요.

"아! 괜찮아요. 안 다쳤으니 없던 것으로 하지요. 뭐."

경찰관은 주인아저씨에게 몇 번이나 확인을 하였고, 주인아저씨는 손을 흔들면서 이의가 없다는 의사를 전달했어요. 고개를 끄덕인 경찰관은 순찰차에 탔다가 다시 내려 주인아저씨에게 말을 건네는군요.

"참! 안전모 꼭 쓰고 다니시고요. 아, 그리고 한국말 잘하시네요?"

그렇게 말을 마친 경찰관은 순찰차를 운전하여 농로를 따라 떠나갔어요. 아니, 우리 주인아저씨가 얼굴이 아무리 검어도 그렇지, 한국말 잘한다고 감탄을 하다니…… 허 참…….

하기는, 주인아저씨의 얼굴은 워낙 검었기 때문에 잘 모르는 사람은 외국인으로 착각하곤 했지요. 그럴 정도로 검은 얼굴 덕분에 술을 마셔도 전혀 표시가 나지 않았어요. 아마, 교통사고 피해를 당하고도 그냥 온 것은 음주운전 사실이 밝혀질까봐 그랬을 거예요.

오토바이를 운전하여 황급히 농장으로 들어올 때 딱 알아봤다니까요. 내가 주인님의 입에서 술 냄새를 맡았잖아요. 그래서 일부러 경찰아저씨를 상대로 더 크게 짖었던 것이고요. 경찰아저씨야 멀리 떨어져 있었으니 주인아저씨가 술을 먹었던 사실을 알 리가 없었을 테고…….

주인아저씨는 안도의 한숨을 내쉬더니 나에게 다가와 내 귀를 또 잡아당기네요. 입에서 막걸리 냄새를 풍풍 풍기면서…….

"아휴~! 예쁜 것……."

아이고, 귀 아파 죽겠어요. 예쁘면 안주하던 고기나 한 점 줄 것이지, 왜 또 내 귀는 잡아당기시나요? 에고, 내 팔자야! 이제는 나를 보고 예쁘다고 하는 소리도 겁이 다 나요. 주인아저씨는 멀리 할 수도, 내려놓을 수도 없는, 내가 짊어지고 가야 할 십자가였어요.

옻닭과 옛날이야기

　　　　　　주인님의 친구들이 농장에 모였어요. 오늘은 옻닭을 먹는다며 마당에 화덕을 만들어 가마솥을 걸고 부산을 떨었지요. 주인아저씨가 종이로 된 빈 사료포대에 불을 붙여 아궁이에 넣자 작은 불꽃이 피어났어요. 그 위에 잔 나뭇가지로 밑불을 더하니 연기와 함께 불길이 금세 치솟네요.

"옻나무는?"

"어! 내가 가져왔어. 집에 아직도 옻나무가 많이 남았으니 언제든지 말만 해라."

친구 한 사람이 끈에 묶은 옻나무다발을 내밀자, 그 나무다발을 받아든 주인님이 창고 바닥에 앉더니, 끈을 풀고 옻나무토막 하나를 바닥에 세웠어요. 그리고 손도끼를 위로 들었다가 밑으로 내리쳤지요.

"쫙!"

간단한 도끼질 한 번에 옻나무토막이 반으로 쪼개지며 옻가락처럼 바닥에 나뒹굴었어요. 장작개비가 된 것이지요. 주인님은 바닥의 장작개비를 다시 주워 똑바로 세우고 손도끼를 또 올렸어요. 전보다 더 가늘어 가운데를 정통으로 찍기가 쉽지 않아 보이네요.

주인아저씨가 손도끼를 장작개비의 정수리에 대었다가 떼기를 반복하면서 잠시 가늠을 하더니, 날카로운 눈으로 노려보다가 장작개비를 향해 빠르게 찍었어요.

"쪽!"

장작개비가 갈라지는 소리가 경쾌하게 들렸어요. 전보다 좁은 면적의 정수리를 정확하게 찍은 것이었죠. 두 개로 쪼개진 장작개비가 젓가락처럼 바닥에 쓰러졌어요.

"야! 완전히 달인이다, 달인."

"찍는 데는 귀신이구만……. 성냥개비로도 만들겠다. 하하하."

친구들이 감탄을 하자 주인아저씨가 씩 웃으며 좋아하네요. 나머지 옻나무토막을 잘게 쪼개는 시간에 친구들은 불타는 아궁이에 굵은 장작을 한 개비, 두 개비 집어넣었어요. 불길이 활활 타오르며 가마솥의 물이 부글부글 끓어올랐지요.

"물 끓는다. 빨리 옻나무 넣어야지."

"어! 알았어. 간다."

가마솥뚜껑이 '찌르릉' 소리를 내며 열렸고, 잘게 쪼개진 옻나무를 물속으로 넣자, 가마솥에 가득찬 물이 부글부글 끓으면서 샛노란 진액이 울어나네요. 그 시간에 다들 가마솥 주변에 둘러서 불꽃을 바라보며 지난 학창시절이야기를 하고 있었지요.

이야기는 학교에 가지 않고 땡땡이치다 혼이 났던 일, 과일이나 땅콩을 서리해 먹다 들켜서 혼이 났던 일, 여학생 꽁무니 쫓아다녔던 것이 최고의 이야기꺼리였어요. 그나마 개울에서 물고기 잡던 이야기가 제일 건전했지요. 학교 다닐 적의 이야기라면 공부를 잘했다거나 착한 일을 한 것에 대해 자랑을 해야 하잖아요. 그런데, 그런 것에 대한 이야기는 하나도 없고……. 쯧쯧.

어느 정도 진액을 우렸다고 생각했는지 주인님은 회백색 옻나무를 건져버리고, 뽀얗게 벌거벗은 암탉 두 마리를 솥단지에 넣었어요. 마른대추와 껍질이 있는 알밤을 넣고 오래도록 끓여대니, 천하진미 옻닭이 되어가네요.

친구들과의 대화는 학창시절에서 군대시절의 이야기로 옮겨갔어요. 군대 이야기가 나오자 다들 열변을 토했지요. 주인님의 친구들은 군복무를 각각 다른 곳에서 한 것 같았는데, 다들 자신이 있던 부대가 훈련이 가장 힘들었고, 군기가 셌으며, 자신이 고생을 제일 많이 했다는 것이었어요. 특히, 주인아저씨는 전국에 산재한 특수부대에 대한 조직과 임무 그리고 특색을 주저리주저리 다 꿰고 있었어요. 다른 친구들에 비해 군대에 대해 모르는 것이 없어보였지요. 신나게 떠들고 있는 주인아저씨를 바라보던 친구 하나가 이해가 되지 않는 얼굴로 한 마디 하는군요.

"야! 너는 도대체 모르는 것이 뭐가 있냐? 내가 알기로 다른 친구들은 3년 가까이 군대생활을 했고, 너는 1년만 한 것으로 알고 있는데, 거기다가 집에서 도시락 싸가지고 출퇴근했잖아. 그런데, 네가 언제 그 많은 부대에서 근무를 한 거여?"

"야! 까불지 마라. 내가 이래보여도 월남 스키부대에서 근무했다. 이것들아!"

"뭐여? 하하하하하."

"크ㅎㅎㅎㅎㅎ."

"푸하하하……. 그려, 네가 제일 많이 고생 했다. 하하하하."

그렇게 떠들며 놀기 시작한지 시간이 얼마나 흘렀을까……. 주인아저씨가 솥뚜껑을 열자 하얀 김이 하늘로 솟았어요. 솥단지 속에서 벌거벗은 토종닭이 소리를 내며 끓는 소리가 요란했지요.

"뽀글뽀글, 보글보글! 뽀글뽀글, 보글보글!"

"야! 국물 색깔 좀 봐라. 끝내준다."

주인아저씨가 젓가락으로 솥의 닭고기를 꾹 찔러보네요. 쏙 들어가는 것이, 단단하지도 물렁거리지도 않게 잘 익은 감촉이 느껴지나봐요. 집게로 닭 한 마리를 집어서 쟁반에 올렸지요. 기름처럼 생긴 노란국물이 뚝뚝 떨어지며 입맛을 돋우고 있군요.

"야, 이거 고기가 대수냐, 옻닭은 국물이 최고지. 접시 하나 줘라."

친구의 말에 주인아저씨가 미리 준비해둔 사발에 국자를 써서 국물을 담았어요. 한 번, 두 번, 세 번을 푸자 넘칠 듯 가득 찼지요. 그 사발을 두 손으로 잡고 호호 불어가며 국물을 꿀꺽꿀꺽 삼키네요.

"아하~ 구수하네!"

옆에 있던 친구 한 사람은 국자를 쓸 것도 없다면서, 사발을 그대로 솥에 넣고 국물을 단번에 푸더니 그대로 꿀꺽꿀꺽 마시는군요.

"어허~ 시원하다."

주인아저씨는 닭다리를 쭉 찢어서 굵은 소금에 꾹 찍더니 입에 넣고 오물오물 씹으셨어요. 껍질과 살코기가 접혀지고 잘라지며 입 안에서 맴도는 것으로 보였지요. 무척이나 맛있는 표정이었어요. 아! 나도 먹고 싶어요.

"멍! 멍!"

"웡! 웡!"

나만 짖은 게 아니라 '진순이'도 함께 짖었어요. 콩 한쪽도 나눠 먹어야지, 우리 사이에 어떻게 이러실 수 있나요? 고기 한 점 줘보세요, 나의 주인님!

개들이 짖거나 말거나 주인님과 친구들은 닭 한 마리를 뚝딱 해치우고 가마솥에 남은 한 마리마저 건져내었어요. 이번에는 좀 나눠주시나 했더니, 얼마 지나지 않아 이 닭고기 역시 모두 주인님과 친구들의 뱃속으로 들어가고 닭의 뼈다귀만 남았네요.

얼마나 먹었는지 몸을 뒤로 기댄 채 헉헉 숨을 몰아쉬는군요. 솥에는 노란 국물이 한 사발쯤 남았을라나요? 배가 불러서 더 이상 먹지 못하겠다는 표정으로 서로 눈치를 보고 있네요.

"야, 네가 마셔라. 나는 배가 불러서 더 못 마셔."

"억지로 먹을 필요가 뭐있냐. 그냥 버려."

"에이, 안 돼! 이런 걸 버리면 환경오염 된다. 스키부대 인간 정화기, 네가 먹어서 정화시켜라."

인간 정화기란 서열이 낮은 인간을 말하는 모양이었어요. 친구라는 인간이 주인아저씨에게 먹으라고 하자, 주인아저씨는 친구가 시키는 대로 솥에 있는 국물을 국자로 싹싹 담더니 한 방울도 남기지 않고 전부 들이키네요.

솥단지의 바닥만 보였어요. 주인님은 침을 질질 흘리고 있는 내가 아니 보이신단 말입니까? 정말로 너무하시네요. 주인님의 친구가 내 말을 들었는지, 쟁반에 버려진 뼈다귀를 나에게 던졌어요.

"멍! 멍!"

"웡! 웡!"

땅에 떨어진 뼈다귀를 서로 먹으려 나와 '진순이'가 달려드는데, 갑자기 주인아저씨가 쫓아와서 발로 뼈다귀를 멀리 차버리는 것 아닌가요? 아니, 이게 무슨 일입니까. 왜 이래요?

"닭의 뼈는 개가 먹으면 안 돼. 주지 마."

"아참, 그렇지."

아니, 고기도 안 주고, 국물도 없더니, 뼈다귀는 또 왜 아니 된다는 것입니까! 뼈는 뼈지. 소나 돼지의 뼈는 되고, 닭의 뼈는 안 되는 것은 무슨 경우인가요? 그걸 먹는 내가 괜찮다는데……

골이 잔뜩 난 나는 개집 안으로 들어가 버렸어요. 에이…….

옻닭 후유증

주인아저씨의 말에 의하면, 첫날과 다음날은 괜찮더니 다다음날부터 똥구멍이 간질간질, 긁고 싶어 미치겠다 하네요. 그렇다고 마음대로 긁을 수도 없지요! 만약 한 번이라도 긁었다 하면 가려움이 더 커지니까…….

항문 부근을 꼬집고 비틀고 아무리 긁어도 가려움이 멈추지 않을 테니, 그곳을 도려내고 싶을 거예요. 차라리 아픈 게 낫지, 가려움은 절대로 못 참지요. 주인아저씨의 얼굴이 붉으락푸르락하자 마나님이 걱정스런 표정을 짓네요.

"여보! 괜찮아요? 예전에도 옻닭 먹고 고생을 하더니, 그저 몸에 좋다면 뭐든지 먹어서 문제라니까⋯⋯. 힘들면 약을 먹지 그래요?"

"안 돼! 약은 안 먹어. 약은 사람에게 해로운 거여. 항생제가 몸에 축적되면 죽어도 안 썩을 겨. 나는 죽으면 썩어야 햐!"

"이 양반이 답답하기는⋯⋯. 항생제가 뭐가 어때서⋯⋯. 그러면 옻은 잘 썩어요? 아마, 당신 몸에 옻독이 안 빠져서 죽어도 안 썩을 걸요?"

주인마나님의 잔소리에 주인아저씨는 아무 소리도 하지 못하셨어요. 그저 항문 부근을 꼭 잡고 끙끙거리고 있었지요. 그러다가 냉장고에서 얼음덩이를 꺼내어 항문에 대고 열을 식히는군요. 아마 팬티가 다 젖었을 거예요. 얼음이 뜨겁게 달아오른 항문에 다 녹아서⋯⋯.

주인아저씨는 아침에 소밥을 주러갈 때면 엉덩이에 힘을 잔뜩 주고 강시처럼 콩콩 뛰어서 갔어요. 그것을 보고 속으로 고소하게 생각했지요. 그것보세요. 나에게는 뼈다귀 하나 주지 않고 옻닭을 국물까지 먹어버리시더니, 벌을 받았잖아요. 그렇죠?

자칭 인간 정화기라고 큰소리를 쳤어도, 옻 하나 정화시키지 못해 중독되고 말았네요. 쯧쯧.

뚱딴지

오늘은 뚱딴지를 캐는 날이라네요. 방에서 잠이나 자겠다고 늘어지는 주인아저씨를 마나님이 달달 볶아서 밖으로 나갔어요. 마나님은 호미를, 주인아저씨는 삽을, 나는 맨발을 들었지요. 헤헤.

농장 뒤편 비탈진 밭에 뚱딴지가 풀대처럼 서있네요. 해바라기처럼 생겼어도 꽃도 이파리도 작은데다 씨앗마저 없는 것이 쓸모없게 생겼어요. 서열도 낮은 듯 비탈진 곳에 자리를 잡았고 그 밭에서도 제일 구석진 곳에 심어져있었지요.

"어머! 아이, 예뻐."

무엇이든 예쁘다는 마나님이 제일 먼저 호미질을 하였어요.

"탁, 탁, 탁!"

잔돌이 많이 섞여, 밭인지 산인지 호미가 도로 튀어나올 지경이었어요. 주인마나님이 몇 번 호미질을 하다가 멈추고 주인아저씨를 바라보고 있네요. 구경만 하고 있던 주인아저씨가 앞으로 나섰어요.

"하하하. 호미로 언제 캐겠어. 저리 비켜봐."

삽날을 땅에 대고 오른발을 올려놓고 체중을 실었어요.

"푹!"

시원한 소리와 함께 삽날이 흙속으로 깊이 박혔어요. 삽자루를 앞뒤로 한 번씩 흔든 다음, 삽을 들어서 올렸지요. 흙덩이가 커다랗게 떠졌어요. 굴삭기가 따로 없네요. 떠진 흙속에서 동글동글하고 울퉁불퉁한 알맹이가 얼굴을 내밀었어요.

"어마! 정말 예쁘네요."

내가 보기엔 하나도 예쁜 것이 없고만 마나님은 자꾸 예쁘다고 하시네요. 토란도 아니고 생강도 아닌 것이, 그렇다고 감자도 아니고……. 아하! 잡종인가요?

"이걸 뭐에 쓰려고?"

"말려서 차로 우려먹기도 하고, 효소를 담그려고요. 몸에 좋대요."

"허어 참, 별걸 다 몸에 좋다고 하네. 멧돼지나 먹지, 이런 것을 누가 먹나요."

이때였어요. 덤불 속에서 멧돼지처럼 커다란 물체가 갑자기 마나님에게 달려들었어요. 주인님들은 물론 나도 깜짝 놀라 바라보니 그 물체는 바로 얄미운 강아지 '진순이'가 아닌가요?

"멍! 멍!"

"엇? 너, 어떻게 왔어?"

줄에 묶여 농장을 지키고 있어야 할 저것이 어떻게 여기까지 왔는지 모르겠어요. 뽑힌 쇠꼬챙이가 줄에 매달려 있는 것으로 보아 '진순이'가 힘으로 뽑았네요. 얄미운 강아지는 뭐가 그리 좋은지 마나님의 손을 핥으며 뒷발로 서서 달려들었어요. 그 바람에 마나님의 옷에 흙이 묻었지요.

"안 되겠어요. 그만 집에 가지요."

"이 뚱딴지같은 놈 때문에 오늘 뚱딴지 캐기 다 틀렸네."

몇 개 안 되는 뚱딴지를 갖고 마나님이 앞장서고, '진순이'의 목줄을 잡은 주인아저씨가 뒤를 따랐어요. 농장으로 가는 내내 힘센 '진순이'가 껑충껑충 뛰면서 좋아하네요.

"멍! 멍!"

"좋아할 것 없어, 이것아! 너는 이제 농장으로 돌아가면 혼이 날 거여. 설마 축사에 들어가 소를 놀라게 한 것은 아니지?"

내 말처럼 농장에 돌아온 주인님은 쇠꼬챙이가 아닌, 축사기둥만 한 쇠말뚝을 개집 옆에 박았어요. 그리고 어지간히 박아서는 소용이 없다면서 굴삭기바가지로 꽉 눌러, 절대로 뽑을 수 없게 만드셨죠. 안 됐다고는 못하겠고, 참 잘됐다! 이 어린것아.

 ## 개밥그릇

어린애라고 무시하고 있었는데, 어린강아지가 어느 날부터 내 몸집과 비슷해졌네요. 인정하고 싶지는 않지만, 사실을 말하자면 나보다 더 크게 자라 있었어요. 그래서 그런지 어린강아지가 더욱 미워졌지요.

주인마나님은 그런 어린강아지의 밥그릇을 나보다 더 큰 것으로 바꿔주셨어요. 이제는 밥그릇도 나보다 더 크지, 밥도 더 먹지, 나보다 덩치도 크지, 정말이지 돌아버릴 지경이었어요. 그렇지만 겉으로는 안 그런 척했지요. 행여나 저 어린것이 나의 속마음을 알면 얼마나 고소해하겠어요?

속이 쓰리고 설움이 북받쳐 눈물이 나왔어요. 속이 다 썩어서 문드러질 지경이었지요. 주인마나님! 식권을 마나님이 가졌다고 이렇게 마음대로 하시면 어떻게 합니까. 나를 억울하게 하지 말아달라고 속으로 부르짖었어요.

생쥐 한 마리를 사냥한 이후 어린애의 콧대가 더 커져서 또 다른 쥐새끼를 잡으려는지 주변 땅이란 땅은 다 파헤치고 다녔어요. 어린강아지는 땅의 동물들만 잡으려는 것이 아니었지요. 나무에 참새라도 앉아있으면 그것까지 사냥하려 팔딱팔딱 뛰었거든요.

내가 보기에는 웃기지도 않는 일이었지만 말을 해야 들을 애가 아니었어요. 세상에서 제가 제일 잘난 줄 아는 어린애니 어찌 말리나요.

밀밭에서 버르장머리 없는 어린강아지의 콧대를 완전히 뭉갰어야 했는데, 그러지 못한 것이 한스러워요. 아, 그때 조금만 더 힘을 쓸걸…….

 길고양이

우리 농장에는 길고양이도 살고 있었어요. 농장에 살고는 있으되 농장에 소속되지 않은 이상한 녀석이었지요. 따뜻하고 포근한 농장의 어느 곳인가에서 종일토록 잠을 자다 일어나, 어슬렁어슬렁 집 주변을 돌아다녔어요. 그 길고양이는 줄에 묶인 존재가 아니었으므로……

문제는 숨어서 돌아다니는 것이 아니란 것이었어요. 한낮에도 마당 한가운데를 지나가곤 했는데, 나로서는 그것을 바라 볼 수밖에 없었지요. 얄미웠지만 줄에 묶인 내가 어떻게 해 볼 도리가 없었으니까……

길고양이는 주인님이 기르는 것이 아니니 농장에서 살 자격이 없는 거 아닌가요? 그런데, 왜 농장 주변을 기웃거리고 다니느냐 이거지요. 진정한 길고양이라면 길이나 산 또는 들에서 쥐새끼를 사냥하든가, 물속에서 직접 물고기를 잡아먹든가 해야 하지 않나요? 그것도 아니라면 사료를 훔쳐 먹는 쥐새끼나 잡을 것이지, 제깟 게 무슨 대단한 존재라고 내 영역인 쓰레기장을 넘보는지……

길고양이는 오똑한 콧날 위에 긴 속눈썹, 날씬한 다리와 유선형 몸매, 작은 얼굴을 도도하게 쳐들고 가벼운 걸음으로 마당 한가운데를 건너곤 했어요. 나보다도 더 이 길고양이를 미워한 존재가 있었으니, 그것은 주인님으로부터 분에 넘치는 칭찬을 받은 어린강아지였어요. 어린강아지는 쥐보다 더 큰 고양이를 사냥하고 싶어서였을까요?

"컹, 컹!"

길고양이를 노린 어린애가 몸을 날렸어요. 거친 몸놀림에 철렁거리면서 목줄이 흔들렸지요. 그렇다고 쇠사슬로 된 목줄이 끊어지나요? 제 목만 아프겠지……

"컹! 컹! 컹!"

강아지가 미친 듯 짖으면서 몸체를 흔들다가 분기를 삭히지 못하

고 씩씩댔어요. 내가 움찔할 정도였으니 상당히 위협적이건만 길고
양이는 꿈쩍도 하지 않았지요. 강아지가 사납게 짖거나 말거나 아
주 천천히 마당을 가로질러 걸어갔으니까요. 어떤 개가 짖느냐는
듯 고개도 돌리지 않았어요.

"쯧쯧."

나는 옆에서 어린애의 그런 행동을 바라보며
비웃었어요. 제 분수를 모르는 행동이라고 말이
지요. 줄에 묶인 신세가 아무리 용을 써봐야 말짱
헛것인 것을…….

무얼 하다가 안 되면 포기할 줄도 알아야 하잖아요. 그런데, 이
어린강아지는 길고양이가 눈에 보이지 않을 때까지 짖어대니 내 귀
가 시끄러워서 살 수가 없었어요. 그래서 한 마디 했죠.

"야, 이 어린것아! 조용히 좀 해라."

내가 못할 말을 한 건 아니잖아요. 그런데, 이 얄미운 것이 꼴 같
지 않게 자존심이 상했는지 얼굴에 핏대를 확 올리더니 막말을 하
는 거예요.

"뭐? 어린? 당신은 아무리 용을 써봐야 더 클 수가 없는 잡종이
라니까……."

이것이 또 내 성질을 돋우고 있네요. 잡종이라고 하지 말라니까
벌써 까먹었나보네요. 서열 5위가 건방지게 서열 4위 알기를 뭐로
알고…….

너는 내 발바닥에도 미치지 못하는 말번 서열이여. 알아?

야! 너, 아파트라고 알아? 모르지? 아파트에서 살아봤어? 못했

지? 인간들과 같이 침대에서 자 봤어? 못했지? 나는 왕년에 아파트에서 살았어, 알아? 아파트 침대에서 인간들과 나란히 생활했단 말이야! 이것이 어디서 까불고 있어! 정말.

 멸치똥

따사로운 햇살이 농장을 비추는 날, 개집 앞에 있는 마루에서 마나님이 앉아계시네요. 마나님은 자신의 무릎에 올려있는 큰 쟁반에서 무엇인가를 고르고 있었어요.

그것은 멸치였어요. 한 손으로 멸치를 쓸어보고, 그 중 멸치 하나를 잡고 다른 한 손으로 잡아 똥을 빼내는군요. 그 옆에서 바라보던 주인아저씨가 고개를 갸웃거리며 마나님께 물으셨어요.

"멸치는 뭐에 쓰려고?"

"국이나 찌개에 양념으로 넣을 멸치가루를 만들려고요."

마나님은 계속해서 똥이 남아있는 멸치를 골라내면서 대답을 하였으나 주인아저씨는 그래도 이해가 되지 않는 얼굴이었어요.

"그래도 귀찮을 텐데, 멸치에서 똥은 뭐 하러 골라내나. 멸치에서 똥 빼면 뭐가 남는다고……. 그리고 멸치는 똥에 영양분도 많다고 하던데……."

"멸치똥은 끈적거려서 잘 갈리지가 않아요. 또, 멸치똥이 국이나 찌개에 들어가면 떫은맛이 나는데다, 국물 위에 찌꺼기가 둥둥 떠서 보기에도 좋지 않지요."

마나님이 대답하였으나 주인아저씨는 별반 관심이 없는 눈치였어요. 나와 어린강아지를 보고 계셨거든요. 멸치를 골라내고 있는 모습을 열심히 보고 있는 나에게 주인아저씨가 멸치 한 마리를 집어 던져주셨지요. 침이 초고속으로 흘러내렸어요.

"멍!"

잽싸게 받아 입에 넣고 씹을 새도 없이 목구멍으로 넘기자 마른 멸치의 비린내가 온몸에 퍼졌어요. 얄미운 어린강아지도 땅에 떨어진 멸치 한 마리를 날름 집어먹고 다시 주인님을 바라보고 있었지요. 또 던져주길 기다리면서……

얼마 후, 주인마나님이 멸치통을 다 골랐는지 쟁반에 담긴 멸치를 그릇에 담았어요. 나머지 멸치의 똥과 찌꺼기를 비닐봉지에 쏟고 주둥이를 빙글 돌려 묶으셨지요. 그리고 그 비닐봉지를 어린강아지가 있는 방향으로 획 던지는 거 아니겠어요?

"툭!"

멸치똥이 들어있는 비닐봉지는 개집 옆에 있는 쓰레기장에 떨어졌어요. 자기를 향해 던지는 것으로 착각을 한 '진순이'는 좋아하다가 그것이 쓰레기장에 떨어지자 팔딱팔딱 뛰면서 어쩔 줄 몰라 하는군요.

"왕! 왕!"

목사리에 걸린 줄이 팽팽해지도록 힘을 썼으나 닿을 리가 없었어요. 그런데, 주인님은 참 너무하시네요. 멸치생선을 버릴 거라면 나에게 주실 것이지, 왜 그 맛있는 것을 쓰레기장에 버리시나요. 나와 얄미운 '진순이'는 침만 흘리고 있었지요.

그런데, 이때 어디선가 길고양이가 나타났어요. 슬금슬금 쓰레기장으로 다가가서 그 비닐봉지를 앞발로 누르고 이빨로 찢고 있네요. 비닐봉지가 쥐새끼로 보이나요?

"야옹!"

비닐에 구멍을 낸 길고양이는 그 찢어진 비닐봉지에 혀를 대고 날름거렸어요. 그리고 그곳에서 멸치똥을 빼서 먹는 거 아니겠어요? 아이고, 저 맛있는 생선을 서열 순서에도 없는 길고양이가 먹다니, 그것도 눈앞에서……. 에고, 에고, 이럴 수가 있나요.

"으르렁! 왕! 왕!"

나와 '진순이'는 미칠 지경이었지요. 성질이 오를 대로 올라서…….

 ## 모내기

며칠 전에는 농장 앞산이 짙푸름을 자랑하고 논배미마다 무성하게 자란 뚝새풀이 초원처럼 펼쳐졌었지요. 그때, 논 한가운데를 둘러본 농부아저씨의 바지에 고춧가루처럼 생긴 뚝새풀의 꽃가루가 점점이 묻었었어요.

그제는 농부아저씨가 그 뚝새풀이 예쁘게 핀 논을 트랙터로 갈아엎더니, 어제는 논물을 대어 흙탕물이 찰랑댔어요. 오늘은 농장 주변에 있는 논에 모내기를 하는 날이지요. 높은 곳에 붙은 다랑이에서 아래 다랑이로 물이 들어가며 즐거운 노래를 부르네요.

"졸졸졸, 졸졸졸."

농장과 이어진 농로를 따라 이양기 한 대가 털털거리며 들어서고 있군요. 커다란 바퀴에 날씬한 날개를 단 이양기였어요. 모자를 쓰고 수건을 두른 농부아저씨가 운전을 하여 오다가 농장 입구에 서 있는 주인아저씨에게 손을 들어 아는 척을 하시네요.

"어이!"

"오늘, 수고가 많네!"

주인아저씨도 손을 들어 인사를 하셨어요. 이양기가 논에 들어가자 흙탕물이 밀려 출렁였어요. 농부아저씨는 그 이양기에 모판을 차곡차곡 올리더니, 앞으로 나아갔지요.

"차박, 차박, 차박, 차박, 차박!"

이양기가 물을 헤치고 앞으로 갈 때마다 지나간 자리에 연초록 볏모가 심어졌어요. 흙탕물만 찰랑대던 다랑이는 금세 연한 초록색의 볏모로 채워지고 있었어요. 학교운동장에 아이들이 줄을 맞춰 서있는 것처럼 예뻤지요. 주인아저씨와 마나님도 모내기하는 것을 오래도록 구경하셨어요.

"참, 옛날에는 이 '가래골' 논에 모를 다 심으려면 일꾼 열이 일주일은 해야 했는데……."

"그러게요. 일꾼들 밥을 해주는 것도 큰일이었지요."

주인님들의 눈은 옛날을 회상하는 듯했고, 이양기의 속도가 더 빨라지고 있었어요.

"차박, 차박, 차박, 차박, 차박!"

천렵

오늘은 음력 5월 5일 단오라네요. 농장 인근 다랑이에 심어진 모들이 봄바람에 흔들리고 있었어요. 대부분의 논에는 모두 모가 심어져 잔물결이 일 때였으니까요. 소밥을 주고 난 주인님이 옷을 갈아입을 시간, 주인님의 친구들이 천렵을 가자 며 찾아왔어요.

지난번에 옻닭 먹고 주인님이 고생했는데, 이번에는 또 무슨 고 생을 하게 하려는지 걱정이 되었지요. 이번에도 주인아저씨의 얼굴 에 혈색이 도네요. 그저 친구만 찾아오면 좋은가봐요.

"빨리 가자!"

가방을 멘 친구가 급하다는 표정으로 재촉했어요. 주인님은 천천 히 장화를 벗고 신을 갈아 신으셨어요. 이때, 주인마나님이 나오시 면서 서로 인사를 하더니 '방으로 들어가 차라도 한잔 하라'고 하 시네요.

"제수씨! 차는 나중에 마시고 가재를 잡아오면 밥이나 많이 주 세요."

친구의 넉살에 주인마나님 대신에 주인아저씨가 대답을 하네요.

"하하, 뭐가 그리 급하냐. 가재 어디로 도망 안 간다."

말은 그렇게 했어도 주인아저씨도 방으로 들어갈 생각이 없는 듯했어요. 아마 모두들 가재를 잡으러 빨리 가고 싶었나봐요.

"복실아! 너도 가자."

주인아저씨의 말에 나도 신이 났어요. 밖으로 싸돌아다니는 것을 좋아하는 '진순이'가 어쩔 줄 몰라 하며 팔딱팔딱 뛰었지만 굴삭기바가지로 박아놓은 쇠말뚝이 뽑힐 리가 없지요. '진순이'는 제 성질을 이기지 못해 제자리에서 빙빙 맴돌았어요.

"낑, 끼잉!"

'진순이'에게 농장을 맡기고 아저씨 일행을 따라 가재를 잡으러 나섰어요. 가는 길에 아저씨 하나가 등에 멘 가방에서 마른오징어를 꺼내더니 자기들끼리만 한 마리씩 나눴어요.

골짝을 따라 올라가는 내내 이빨로 찢어 질겅질겅 씹으면서 가시네요. 마른오징어의 냄새가 후각을 자극했지만 나에게는 다리 한 쪽 주지 않는군요. 얼마나 맛이 있으면…….

이곳 '가래골'과 가까운 골짜기에 '가재골'이 있는데, 그곳에는 옛날부터 가재가 많이 살았다 하네요. 자그마한 야산을 넘어가자 골이 깊어졌어요. 나무가 무성한 골짜기에는 그늘이 깊게 드리워져 있고, 그 그늘 아래 돌무더기 사이로 산골물이 흘러내렸지요.

"또르르 졸졸졸, 또르르 졸졸졸, 또르르 졸졸졸."

숨을 쉬듯 쉼 없이 흘러내리는 물이 바위 아래에 둥근 물웅덩이를 만들었어요. 폭이 좁은 개울만 이어진 줄 알았는데, 위쪽에 이런 큰 소가 있다니 신기했지요. 도랑의 물은 급하게 내려갔지만 물 웅덩이는 잔잔한 여울이 형성되어 있었어요. 그 위 넓은 바위에 둘러앉은 아저씨들은 물속을 들여다보다가 빽빽하게 들어선 나무를 바라보기도 하고 주변 풍경을 감상하며 숨을 한껏 들이켰어요.

"아하! 공기 참 좋다."

"누가 많이 잡나, 내기하기다."

"뭘 내기할 건데?"

"노래방비 쏘기?"

"좋지!"

말을 마친 아저씨들이 비닐봉지를 하나씩 갖고 뿔뿔이 흩어지네요. 주인아저씨는 씹던 마른오징어를 뱉어 실로 묶었어요. 그리고 물웅덩이 안에 그 오징어를 던졌지요. 실에 묶인 마른오징어가 맑은 물웅덩이에 가라앉고 있었어요. 주인님이 내내 씹던 것이라 물에 들어가자마자 오징어에서 진물이 배어 나오고 있었어요.

아니, 그 아까운 오징어를 왜 물에 버리시는지, 내가 그렇게 먹고 싶어 해도 다리 한 쪽 주지 않으시면서…….

서운했지만 어떻게 하겠어요. 주인님이 하시는 일인 것을…….

작은 돌에 실을 묶어놓고 아저씨가 도랑을 따라 가기에 나도 따라나섰어요. 바위 아래에 큰 돌과 작은 돌, 떨어진 낙엽과 말라죽은 나뭇가지, 반쯤 썩은 나무둥치와 그곳에 붙은 이끼, 이런저런 것들이 흐르는 물속에 자리를 잡고 있는 것이 보였어요.

"끙~차!"

주인아저씨가 커다란 돌을 올리고 물속을 들여다보네요. 돌이 들

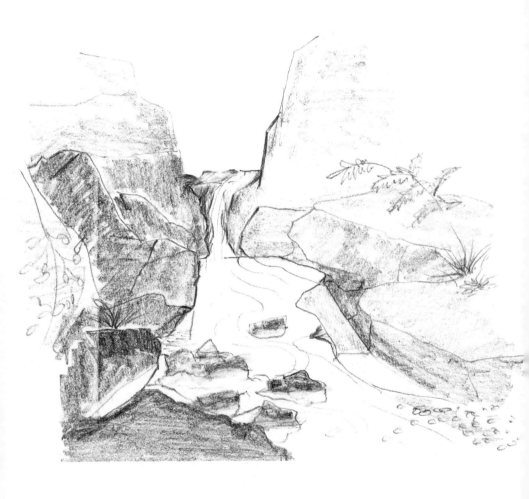

쳐진 물속은 흙탕물이 되었다가 금세 맑아졌어요. 그 안에 커다란 가재 한 마리가 웅크리고 있는 것이 보이는군요.

"엇차! 한 마리 잡았다."

팔을 걷어붙인 주인아저씨가 물에 손을 넣고 가재를 꺼냈지요. 묵직한 돌에 의지하여 봄날을 만끽하고 있던 가재가 물 밖 태양에 노출되는 순간이었어요. 독수리가 날개를 펴듯 커다란 집게발을 번쩍 쳐들고 있네요.

한 마리, 두 마리 비닐봉지 안으로 들어갈 때마다 집게발을 흔들어댔지만 속절없는 짓이었어요. 주인아저씨는 바위 아래에 큰 돌과 작은 돌, 떨어진 낙엽과 말라죽은 나뭇가지, 반쯤 썩은 나무둥치를 들치고 쑤셔, 여러 마리의 가재를 잡았어요. 얼마의 시간이 흘렀을까.

"어이~!"

"그만 잡자~!"

숲속 아래쪽 골짜기에서 서로를 부르는 소리가 들렸어요. 예정된 시간이 되었으므로 모두들 물웅덩이가 있는 너른 바위에 모여들었지요. 다들 누가 더 많이 잡는지 상대편 손에 들린 비닐봉지를 살피고 있었어요.

"자, 여기에 쏟아놓고 비교하기다."

"이거 무게로 해야 하나?"

"저울도 없으니, 마릿수로 해야 하는 거 아녀?"

평평한 바위 위에 각자 잡은 가재를 담은 비닐봉지를 놓고 마주 앉았어요. 세 사람이 각각 한 마리씩 꺼내면서 서로 마릿수를 비교하기 시작했어요. 하나, 둘, 셋……. 열하나, 열둘, 열셋.

거기까지 세고 난 후 다들 눈알을 이리저리 돌리면서 상대방의 눈치를 보네요. 아하, 세 사람 모두 열세 마리씩 잡았군요.

"야, 어떻게 똑같이 잡을 수가 있지?"

"그러게……. 하하하."

모두들 신기하다는 듯 웃다가 갑자기 주인아저씨가 무릎을 탁 쳤어요.

"잠깐!"

"왜?"

손바닥을 내밀어 기다리라는 표시를 한 주인아저씨는 재빨리 아까 놓아두었던 작은 돌을 찾았어요. 그러더니 그 돌에 매어있는 실을 살살 잡아당기는군요. 아주 천천히, 조심스럽게…….

"……?"

깊은 물웅덩이에서 실에 묶인 오징어쪼가리가 느릿느릿 올라왔어요. 그런데, 그 오징어의 끝에 커다란 가재 한 마리가 달라붙어 있는 것이 아닌가요? 두 개의 집게발로 오징어를 꽉 잡고 절대로 놓지 않겠다는 의지를 불태우고 있었어요.

"봐라! 내가 이겼다!"

"에이, 이건 반칙이다."

"뭔 소리여? 내가 한 마리 더 잡았다."

"하하하, 그려, 네가 이겼다. 이긴 사람이 노래방비 쏴라."

"하하하하, 크흐흐흐."

이긴 사람이 노래방 비용을 댄다면 주인아저씨가 손해 아닌가요?

그래도 좋아하니 그거 참…….

 ## 터줏대감

　　　　가재골 골짜기의 제일 큰 바위 위에, 오늘의 전리품인 가재들이 무더기로 놓였어요. 가재들은 집게발을 내밀어 다른 가재를 물면서 늘어지고 있었으니, 서로 물고 물린 채 엎치락뒤치락 서열싸움을 하고 있었지요. 그럴 시간에 도망이라도 가면 살 수 있을 텐데…….

멋진 투구에 전신을 두른 단단한 갑옷, 몸통만한 돌덩이도 들어 올리는 엄청난 힘, 세상의 모든 물건을 토막 낼 수 있는 집게발, 툭 튀어나온 눈과 날렵한 더듬이는 물론 위풍당당한 풍채…….

그러나 위용을 자랑하는 모습과는 달리 자신의 힘만 과시하는 미련하기 짝이 없는 것들이었어요. 그중의 한 마리가 한쪽 집게발로는 다른 가재를 물고, 다른 쪽 집게발로는 오징어를 잡고 있네요. 오늘 잡은 가재 중에서 제일 큰놈이었어요. 주인아저씨가 오징어를 이용하여 잡은 녀석이었지요.

이 녀석은 주인님에게 붙잡혀 물을 떠나 땅 위에 놓인 처지면서도 고집을 꺾지 않고 있군요. 이 골짜기의 왕가재로 터줏대감인 듯했어요. 제까짓 게 아무리 터줏대감이라도 그렇지…….

기분이 상했지요. 앞발로 슬쩍 건들었어요. 그런데, 이게 잘잘한

다리마다 힘을 잔뜩 주고 일어서더니 커다란 집게발을 번쩍 들면서 성질을 부리네요. 아니, 쥐뿔만한 것이 그래봤자 한입꺼리지. 자기가 무슨 굴삭기라도 되는 줄 아나…….

비릿한 냄새가 났지만 버르장머리를 고친다는 차원에서 고개를 숙여 녀석을 주둥이로 밀었어요. 까불지 말라는 경고와 함께…….

"으르렁!"

내 소리가 무서웠겠지요? 제까짓 것이 아무리 용맹한 모습이라 한들 나와는 차원이 다른 절지동물이잖아요. 서열도 매길 수 없는 민물가재이니까. 그런데…….

"앗 따!"

코끝이 따끔하면서 무척 아팠어요. 눈물이 날 지경이었죠. 깜짝 놀라 고개를 들어 보니, 가재가 내 코에 달랑달랑 매달려 있는 것이 아니겠어요? 아이고, 아파라! 벌만 쏘는 줄 알았더니, 이놈의 가재도 내 코를 물어뜯네요. 내 코가 동네북인 줄 아나…….

술자리

　　　　　　재미있는 시간은 더 빨리지나가는 것일까요? 금 방 어두워지기 시작하였으므로 골짜기에 오래 머무를 수가 없었어 요. 아저씨들은 천렵을 한다고 나가더니 가재만 잡고 농장으로 돌 아왔군요. 결국 가재요리와 밥상 차리는 것은 주인마나님 차지가 되었지요.

얼마의 시간이 지나고, 주인아저씨의 친구들이 마루에 앉아 와자지 껄 떠들어댔어요. 부글부글 끓어오르는 찌개가 가운데 놓여있네요.

"야~ 이거, 가재가 잘 익었다. 옛날 맛 그대로네. 역시 이집 고추 장 맛이 제일이다."

"자~ 막걸리 한잔씩 하지!"

찌개가 끓을수록 그 안의 가재는 더 빨개져서 먹음직스러웠어요. 아저씨 한 분이 젓가락으로 그 빨간 가재 하나를 집은 다음 입에 넣네요. 막걸리 한 잔에 가재 한 마리, 다시 가재 한 마리에 막걸리 또 한 잔……

"야, 가재는 작은 게 더 맛있다. 부드럽게 씹히잖아."

"그러면 너는 작은 것만 먹어라. 나는 큰 것만 먹을게."

아작 아작 가재 씹히는 소리가 맛있게 들렸어요. 아마 내 코를 물었던 왕가재는 나의 주인아저씨께서 먹었을 것 같아요.

"제수씨! 여기, 찬밥 하나 주세요."

"그려, 가재매운탕에는 찬밥을 비벼 먹는 것이 최고지."

냄비의 찌개국물이 조금만 남자, 식은 밥을 넣고, 구운 김 바수고, 참기름을 둘렀어요. 주걱으로 싹싹 비비는데, 다 비비기도 전에 수저들이 쳐들어오네요. 모두들 얼굴이 불그레했지요.

이양기로 모내기를 했던 아저씨가 빨갛게 익은 가재얼굴이 되어 제일로 말이 많았어요. 주인아저씨와 말을 주고받기 시작하면 끝이 없었지요.

"옛날에는 '가재골'에 가재가 하도 많아서 돌만 치우면 버글버글 했는데, 지금은 가재가 별로 없어. 앞으로는 가재를 구경하기도 힘들 것 같다 야."

"그러게, 산골마다 골짜기 물이 많았잖아. 그런데 지금은 도랑도 없어. 왜 그렇지?"

"지하수를 하도 뽑아내서 그런 거 아닐라나? 여기 축사 자리도 옛날에는 수렁논 자리였잖아. 지금이니까 이렇지, 마누라 없이는 살아도 장화 없이는 못산다는 곳이 여기 '가래골'이다. 하하하."

"그런 것 같네. 여기 논은 수렁이라 논물을 댈 걱정이 없었던 곳이지. 지금은 한 배미만 수렁논이고 나머지는 다 기계가 들어가니까, 물이 많이 마른 거 맞아. 나중에는 지하수도 안 나올지도 모르지. 하하."

"아참, 우리 동네 저수지에 새우도 많잖아. 다음에는 저수지에 있는 새우 잡아서 새우탕 해먹자."

"새우? 좋지. 옛날에 솔가지 꺾어서 넣으면 엄청 많이 잡혔는데, 지금은 새우가 별로 없어. 그런데, 새우를 잡는 것은 불법이 아닐라나?"

"야! 새우 잡는 것이 불법이면 새우어선은 굶어죽으라고? 더구나
요즘 새우는 색깔도 희끄무레한 것이 꺼칠꺼칠하고 맛도 없어. 옛
날 새뱅이가 색깔도 진하고 진짜 감칠맛이 있었지. 끓이면 이 가재
처럼 빨갛게 색이 변했잖아."

"민물새우와 바다새우가 다르니까 불법일지도 모르지. 야, 개구
리를 봐라. 우리 어릴 적에 개구리 얼마나 잡았냐. 그런데, 지금은
그거 잡거나 먹으면 잡혀간단다. 하하하."

"야, 야! 그러면 이 가재를 잡는 것도 불법인가?"

"가재? 글쎄?"

소밥은 누가 주려는지 시간이 지나도록 술자
리가 끝날 줄 몰랐어요. 나와 '진순이'는 밖에서
침만 질질 흘리고 있었지요.

겁쟁이 주인님

　　　　휘영청 달이 밝은 데, 산새는 물론 풀벌레도 울
지 않는 조용한 밤이었어요. 소들도 모두 잠이 들어 적막감이 감
돌았지요. 그런데, 어디선가 갓난아기의 울음소리가 들렸어요.

"응애~! 응애~! 응아~!"

외등이 켜졌어요. 귀 밝은 주인아저씨가 잠자리에 들다 말고 들

으셨나봐요. 주택으로 통하는 출입문이 슬그머니 열리고 주인아저 씨가 한쪽 눈만 내밀었어요. 문 앞을 막아선 채, 나가는 것도 아니 고 안 나간 것도 아닌 상태로 바깥의 동정만 살피고 있자, 주인님 마나님이 주인아저씨를 떠밀고 있네요.

"무슨 일인가 빨리 찾아보세요."

주인마나님은 무엇인지 걱정을 하는 표정이었고, 마나님에게 떠밀 려나온 주인아저씨는 겁을 먹은 얼굴이었어요. 잠옷차림을 한 주인 아저씨가 움츠린 자세로 플래시를 켜자 강력한 불빛이 농장 안과 주변을 훑으며 지나갔어요. 그러나 아무것도 없었지요.

"잘못 들었나봐. 빨리 들어가자."

신발을 꺾어 신어 엉거주춤한 자세였던 주인아저씨가 먼저 들어가 려고 출입문에 손을 댔어요. 이때 또 갓난아기의 울음이 들리네요.

"응애~! 응애~! 응아~!"

깜짝 놀란 주인아저씨와 마나님이 소리가 나는 곳을 찾았으나, 울고 있는 갓난아기는 어디에도 없었지요. 그럴 수밖에요. 그 울음 소리의 주인공은 갓난아기가 아니라 길고양이였으니까요.

암내가 난 길고양이가 지붕 위에서 포복하는 자세로 기고 있었어 요. 고양이가 짝을 찾는 울음소리는 마치 갓난아기가 우는 소리와 같았지요.

주인님들은 누군가가 농장에 갓난아기를 놓고 간 것인지, 지나가 던 어느 여인네가 아기를 낳은 것인지, 별의 별 생각을 다하면서 농 장 주변을 둘러보는 것 같았어요. 그렇지만 없는 아기가 나올 리 있나요?

"갓난아기가 이 시간에 이곳에 있을 리가 없잖아. 빨리 방으로 들어가자."

"짐승 소리인가?……. 꼭 아기울음소리 같네요."

주인님들이 방으로 들어가고 난 이후에도 괴기한 울음소리는 계속되었어요. 길고양이는 농장 구석구석을 돌아다니면서 밤이 깊어지도록 어린애의 울음을 토했지요. 짝을 찾는 길고양이의 울음소리가 멀리멀리 퍼지는 밤이었어요.

"응애~옹! 응애~ 옹!"

흰소리·신소리·헛소리

　　소에게 사료를 주고 나서 주인님들도 저녁밥을
먹고 난 시간, 오늘은 우리나라선수들이 국제대회 결승전을 하는
날이라 주인님부부의 신경이 온통 그곳에 가 있었어요. 두 개의 채
널에서 각각 다른 경기를 중계하는데, 두 분의 의견이 일치되지 않
는 것 같아요.

　“남자들 경기를 봐야지, 국제대회에서 메달을 따면 선수들 군대
입대가 면제된다니까 더 재미있잖아.”
　“여자들 경기가 더 재미있어요. 여자들 경기를 봐야지요. 그리고
군대 면제가 된다면 선수들이 더 잘 뛰어요?”
　“그럼, 군대생활이 얼마나 힘이 드는데……. 나도 군대 면제시켜
준다고 하고 저 나이라면 죽을 각오로 뛰어다닐 걸, 아마.”

"그깟 3년도 안 되는 군대생활이 뭐가 그리 힘이 드나요. 평생을 해야 하는 시집살이가 더 힘들지."

"여자들은 군대를 안 가니 그런 소리를 하는 거지. 얼마나 힘이 들면 메달 따는 선수에게 군대 면제 혜택을 주겠느냐고……."

"그런 소리 마세요. 우리나라 선수는 남자보다 여자가 훨씬 더 잘하는데, 여자들에게는 혜택도 주지 않으면서……."

"혜택? 음……. 그러면 여자들에게도 시집 면제를 하라고 하지 뭐. 시집 안 가면 되잖아."

"뭐요? 이 양반이……. 흰소리만 잘하면 다 되나……."

"내가 하는 소리는 흰소리가 아니라 신소리라네요."

"헛소리 그만하고 리모컨이나 주세요."

"끙~."

제7장

사랑의 계절

 몸엣것

　　　　송아지의 탈출사건을 해결한 이후로 목줄로부
터 자유로워지는 시간이 더 많아졌어요. 그 많아진 시간에 농장
주변을 돌아다녔지요. 주인님을 대신하여 혼자서 농장경비를 책임
지게 되었다고나 할까, 뭐 그런 것이었어요.

　오늘의 일과 중 농장 바깥을 순찰하는 시간, 동그랗고 탄탄한
엉덩이는 살랑살랑, 눈썹을 덮을 듯 머릿결은 나풀나풀, 예민한 코
를 씰룩거리며 논두렁과 밭두렁 그리고 풀숲을 지났어요.

　"흠……"

　어젯밤에 들쥐가 지나간 자리, 아침시간 참새가 앉았던 흔적, 여
러 가지의 오래된 냄새와 새로운 체취, 그리고 내가 순찰을 할 때

마다 영역표시를 했던 은행나무 아래에서 걸음을 멈추었어요.

내 체취가 스민 그곳에 좀 더 강한 냄새가 나도록 할 필요가 있었지요. 엉거주춤 한 자세로 엉덩이를 낮추고 나의 소변을 힘껏 뿜어냈어요. 한 번, 두 번 물총을 쏘듯 오줌을 찍찍……. 그러다가 뒷다리 하나를 살짝 들고 수캉아지 흉내도 내 봤네요.

누구든 이곳에 오는 동물이 있다면 나의 체취를 강하게 느낄 것이 틀림없었어요. 농장과 가까이 있는 모든 지역은 다 내 영역에 속하는 곳이니 말이지요.

아침부터 무언가 허전하고 어딘지 간지럽기도 하며 기분이 찝찝하더니 지금은 신경이 더 날카로워졌어요. 싱숭생숭하여 순찰을 돌다 말고 집으로 돌아왔네요. 별거 아닌 일로 신경질이 나고 이유도 없이 맞은편의 어린애가 더 미워졌어요. 날씨 탓인가요?

꼼지락거리는 것 자체가 싫었고 입맛도 없어져 사료도 먹지 않고 남겼죠. 땅바닥을 긁어대면서 낑낑거리다가 개집 안에 들어가 잠만 쿨쿨 잤어요.

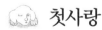

첫사랑

농장의 소들도 주인님도 깊이 잠든 밤이었어요. 맞은편 어린강아지도 자신의 집 안에서 잠이 들었는지 조용했고,

둥근달의 빛줄기가 농장에 내려앉고 있었지요. 고요한 밤이지만 먼 곳까지 나무그림자가 보일 정도로 밝은 날이었어요.

나는 채워지지 않는 어떤 외로움에 잠을 이루지 못하고 하늘의 달님을 바라보고 있었어요. 그런데, 헉? 냄새, 어디선가 풍기는 수 컷의 강한 체취가 콧속으로 빨려들고 있네요. 온몸의 신경세포가 낱낱이 솟았고, 참을 수 없는 유혹의 체향에 피가 끓었어요.

농장으로 누군가의 검은 그림자가 스며들었어요. 농장 입구를 지키고 있던 '진순이'가 귀를 쫑긋하더니 눈을 뜨네요. 벌떡 일어나서 그곳을 향해 경고를 보냈지요.

"크르릉……."

낮은 경고음에 놀란 상대는 잠시 주춤하더니 그대로 다가왔어요. 거친 듯 나부끼는 검은 털과 걸을 때마다 근육이 꿈틀대는 수캐였어요. 줄을 매는데 쓰는 목사리가 없는 떠돌이 개였지요. 나 '복실이'보다는 조금 큰 듯 보였어요.

"으르렁!"

상대가 다가오자 어린강아지가 못마땅한 표정으로 달려들었어요. 하지만 자신의 목에 둘린 줄이 팽팽하게 당겨졌을 뿐이었지요. 떠돌이는 나에게 눈길을 보내고 있었어요. 나와 떠돌이의 눈동자가 허공에서 마주쳤지요. 은근한 감정이 전해지고 있었어요.

"……"

그 후 얼마간의 시간이 흐른 뒤, 농장의 모든 소들은 물론 주인님도 깊이 잠든 밤에 떠돌이여행가로부터 새로운 세계에 대한 이야기를 들었어요. 세상에는 수많은 종족들이 살고 있고, 이곳과는 다른 삶이 있다는 것, 우리가 죽으면 하늘의 별이 된다는 것이었어요.

나와 '진순이'는 꿈을 꾸는 듯 황홀한 표정으로 그 이야기를 듣고 있었지요. 그의 눈은 나와는 다른 어떤 꿈이 가득 차 있었으니까요. 그렇게 홀연히 나타난 떠돌이여행가는 밤새 나와 '진순이'의 마음을 흔들어놓고 아침이 되자 떠나갔어요.

새로운 세계에 대한 동경으로 꿈같은 밤을 보낸 나는, 종일 설레는 마음으로 밤이 다시 오길 기다렸어요. 떠돌이여행가의 모습에서 배가 고프다는 것을 읽을 수 있었으므로 그에게 음식을 나눠주기로 마음먹었던 것이지요. 내가 오래전 나흘간이나 굶으면서 나 스스로와 했던 약속을 지켜야 했으니까요.

내 생애의 가장 긴 하루의 해를 보내고, 기다리던 밤이 찾아왔어요. 밤에 우는 산새가 요사하게 울어대는 시간, 어제의 그가 특유의 체향을 풍기며 다시 나타났죠. 나는 낮에 먹지 않고 남겨둔 사료를 그에게 주었어요.

"오도독, 오도독!"

배가 몹시 고팠던지 시원스레 먹는 소리가 울렸어요. 마음에 둔 그가 음식을 먹는 소리에 미소가 절로 떠올랐어요. 배가 고픈 누군가와 음식을 나누겠다는 오래된 나와의 약속을 지킬 수 있어서 좋았고, 묘한 마력을 풍기는 떠돌이여행가의 야릇한 체취에 정신마저 아찔했으니까요.

부끄러워 그 자리에 있을 수 없어서 농장을 벗어났어요. 농장에서 산으로 이어진 길을 따라 마구 달렸지요. 떠돌이여행가가 내 뒤를 따라오는 것을 살짝살짝 엿보면서……

닿을 듯 말 듯 여행가와 거리를 두고 점점 깊은 산속으로 들어 갔어요. 부서지는 달빛이 나뭇잎에 닿아 파르르 소리를 내는 밤, 나는 숨이 벅차 풀잎에 쓰러졌지요. 이어 여행가도 나에게 넘어지 듯 포개지네요.

"사랑해……!"

귓가에서 그의 달콤한 속삭임 이 울렸어요. 얼굴이 달아올랐 고 심장이 두근두근 뛰었지 요. 온몸의 신경세포 하나 하나가 반응하면서 무한 한 행복감에 젖어들었어 요. 서로의 마음이 통하여 하 나가 되는 것을 느꼈으니까요. 하늘의 달님이 별들 사이로 유영하 고 은하수가 빛나는 밤이었어요.

"아, 세상은 참 아름다워요!"

농장으로 돌아왔어도 그 기분이 계속 되었어요. 그토록 얄미웠 던 '진순이'도 예쁘게 보여, 시도 때도 없이 짖어대는 목소리까지 정겹게 들렸어요. 밥을 먹을 때마다 똥을 싸도 타박하고 싶은 마 음이 없었지요. 내 마음은 한없이 너그러워져 있었어요. 길고양이 가 눈앞을 지나가도 귀여웠으니까요.

그와 함께하는 시간은 꿈길과 같았어요. 그가 있으면 바라만 보 아도 좋았고, 그가 없어도 그의 표정이 떠올라 심장이 두근거렸지요. 심장이 뛰는 수가 증가하고 먹지 않아도 배가 고픈 줄을 몰랐어요.

아스라이 보이는 푸른 산과 들, 농장 옆을 흐르는 작은 개울과 주변의 나무 그리고 바람에 흔들리는 풀잎, 살결을 스치고 콧속으로 들어오는 공기도 나를 위해 노래를 했지요. 아름다운 이 세상은 나를 위해 존재했으니까…….

임신

오늘은 주인님들이 주택과 창고 사이를 연신 오가시네요. 고무로 된 큰 통에 물을 받더니 뜨거운 물을 섞는 중이군요. 그 통에서 하얀 김이 모락모락 피어올랐어요. 그 옆에 있는 작은 병에서 향긋한 샴푸냄새가 났지요.

"'진순이'부터 시키지요."

주인아주머니의 말에 주인아저씨가 얄미운 '진순이'에게 다가가더니 번쩍 안고 오시네요. 눈을 내리깔고 싫어하는 표정을 짓거나 말거나 주인님들이 개를 목욕시키는 날이거든요.

고무로 된 커다란 통에 못생긴 '진순이'가 발을 담그고 서자 주인아저씨가 강아지의 등을 꽉 잡았어요. 그리고 주인마나님은 대야의 물을 등에 뿌리고 액체로 된 샴푸를 듬뿍 바르더니 수건으로 '썩썩' 문지르네요.

"아휴~! 이 때 좀 봐요."

따뜻한 물과 샴푸가 개털에 낀 때를 녹여 검은색의 물이 흘렀어요. 마나님의 부드러운 손길이 어린강아지의 얼굴은 물론 등과 배 그리고 엉덩이까지 골고루 씻어갔지요. 깨끗했던 통의 물이 온통 새까맣게 변한 상태였어요. 진흙에 빠졌다 나온 것도 아니면서 왜 그리 더러운지……. 저것의 몸이 이렇게 더러운 줄 오늘 처음 알았네요.

얄미운 강아지의 몸에 새물을 들이붓자, 몸에 남아있던 땟물이 털을 타고 흘러 통으로 떨어졌어요. 주인님이 마른수건을 고것의 머리에 갖다 대고 물기를 닦아주려 하네요. 그런데 그새를 참지 못하고 몸을 털어버리는 거예요.

"탈탈탈탈, 탈탈탈탈."

얄미운 강아지가 머리, 등짝, 허리, 엉덩이, 다리, 신체의 각 부분에 각각의 힘을 주고 흔들어대자 몸에 있는 털들이 요동을 치면서, 남아있던 물기가 비산을 하고 있었어요. 제법 힘깨나 쓰는 년이니 작은 물방울이 얼마나 튕겼겠어요. 쪼그려 앉아서 목욕을 시키던 주인마나님이 뒤로 넘어지면서 엉덩방아를 찧었지요.

"에고고……."

"저런……."

눈으로 물이 튀었는지, 인상을 찡그리며 마나님이 드라이기를 잡으시네요. 송아지가 태어났을 때 젖은 털을 말리던 드라이기였지요. 아저씨가 통 안에서 어린강아지를 들어내자, 마나님이 그것을 몸에 갖다 대었어요.

"위이잉! 위이잉!"

강한 바람은 뜨거운 바람, 약한 바람은 따스한 바람, 마나님의 손이 요술을 부리며 젖은 털을 향해 바람을 뿜어냈어요. 바람결에 털들이 보송보송해지면서 얄미운 것도 기분이 좋은 표정을 하고 있네요.

"자, 됐다. 이제 '복실이' 차례다."

목욕을 끝내고 뽀얗게 변한 '진순이'가 원위치 되었고, 다음은 내가 목욕을 할 차례가 되었어요. 그런데, 이게 웬일인가요. 주인님이 나를 안아서 아까 그것이 목욕을 했던 그 통에 내려놓는 거예요. 세상에! 시궁창 같이 새까만 물이 찰랑거리는 그곳에 나를 넣고 그 물을 내 등에 붓는 것 아니겠어요?

"깽~!"

다른 물도 아니고 얄미운 것의 몸에서 나온 더러운 물로 나를 씻다니요, 서열이 위에 있는 나를 먼저 목욕을 시키고 그것을 다음에 씻어야지 어찌 이럴 수가 있단 말인가요. 아니면, 새로운 물로 하시면 될 텐데 말입니다. 끔찍한 현상에 하늘이 노래지고 있었어요.

"물이 더럽지 않나?"

"따뜻한 물이 적어서요. 그냥 씻기고 헹구지요."

주인님들은 샴푸를 내 몸에 줄줄 붓고, 그 더러운 물에 수건을 적신 다음 내 몸을 벅벅 문지르기 시작했어요. 새까만 물 위에 거품이 부걱부걱 올라왔고, 샴푸냄새가 풍겼지만 향기롭다는 느낌이 전혀 없었어요. 오! 신이시여, 왜 제게 이렇게 예민한 후각을 부여하셨나이까.

"낑…… 끄응……."

감미로워야 할 마나님의 손길이 징그러워 몸이 푸들푸들 떨렸고, 아무런 생각도 하고 싶지 않았어요. 그저 두 눈을 꼭 감았지요. 깨끗한 물로 몸을 행군 다음에야 눈을 뜰 수 있었어요. 내 생애에 있어 가장 끔찍한 목욕이었다니까요.

"위이잉~ 위이잉!"

내 몸을 이리저리 돌려가며 드라이기로 뜨거운 바람을 내보내던 주인마나님이 갑자기 큰소리를 외쳤어요.

"어머!……. 여보~!"

주인마나님의 놀란 소리가 농장을 울리던 날, 나에게 또 다른 세상이 다가오고 있었어요. 주인님들의 눈이 나의 배를 바라보고 있었으니까요.

"'복실이'가 임신을? 하하, 그거 참……."

대견하다는 듯 주인아저씨가 내 머리를 쓰다듬어주시네요. 따듯한 손이었어요. 나도 주인님의 흰 손을 핥았지요. 자애로운 눈길로 나를 보는 주인님의 입가에 부드러운 미소가 흘렀어요.

주인님은 주택과 붙은 창고를 내가 쓰도록 내어주셨어요. 어린강아지의 잘못으로 인해 밖으로 쫓겨나기 전에 쓰던 그 창고였어요. 그곳으로 나의 개집을 옮겨놓은 것이죠. 예전의 내 자리를 다시금 찾아드니 감회가 무량했어요.

퇴비사를 창고로 고쳐 쓰던 커다란 공간이라, 뜨거운 태양을 가려주고 눈비를 막아주는 3면의 벽체가 튼튼한 곳이었어요. 지붕과 벽체 사이는 공간이 커서 바람이 잘 통했고요. 집 안에 또 하나의 집이 있는 것이라 호화롭기 그지없었지요.

앞쪽의 한 면은 탁 트여 농장 아래편으로 조각
보처럼 이어진 논배미가 보이고, 그 논을 따라
농장으로 들어오는 구부러진 길이 보였어요.
호화로운 건물에 조망까지 갖춘 최고의 보금
자리였지요.

바깥의 개집에서 보초를 서고 있는 '진순
이'가 부러운 눈으로 이쪽을 바라보고 있었
어요. 주택과 붙은 건물에 사는 나를 '진순
이'가 밖에서 지켜주고 있으니 나는 주인님과
동격 아닌가요? 에헴……!

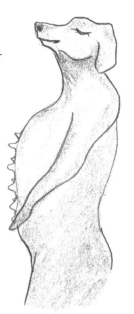

🐶 개밥 예찬

오그라들었던 내 팔자가 늘어지고 있었어요.
한순간에 팔자를 고쳤다고나 할까요? 원래 내 밥그릇은 검정색 고
무그릇이었잖아요! 네모 반듯이 만들어져, 사료와 물을 담을 수
있는 그릇이었는데 '진순이'가 쓰는 것과 같은……. 그러나 지금은
주인님이 쓰시는 하얀 자기그릇을 하나 더 사용하게 되었어요.

내가 먹을 개밥은 이 하얀 자기대접에 담겨져 나왔어요. 밥과 국
그리고 반찬들이 대접에 넉넉히 채워졌지요. 따뜻하게 데워진 적당

량의 물과 함께 섞인 개밥은 그야말로 천하제일의 맛이었어요.

차지게 지어진 향미 그윽한 밥, 먹고 남은 된장찌개에 들어있던 멸치대가리와 호박과 두부조각 그리고 반쯤 타버린 돼지삼겹살과 김치쪼가리……. 아, 이런 것들이 조화롭게 뒤섞여 따듯한 맹물로 간까지 맞췄으니 어찌 맛이 없을 수 있나요.

"우걱, 우걱!"

개밥을 먹을 때마다 가끔씩 씹히는 고기에서 육즙이 배어나왔어요. '진순이'가 자신의 밥그릇에 담긴 사료를 씹으면서 나를 곁눈질하고 있었지요. 부러워하면서도 질투 가득한 눈빛이었어요.

주인마나님이 베푸는 은혜는 밥에 국한된 것이 아니었으니, 하얀 대접에는 하루에 두 번씩 날달걀이 담겨 나왔어요. 주택의 문이 열리고 다정하게 부르는 마나님의 목소리가 들리면 무엇인가 주려고 부르는 소리였죠.

"복실아! 잘 먹어야 애기를 잘 낳지! 에고, 예쁘네."

그럴 때마다 주인마나님의 손에 하얀 달걀이 들려져 있었고 나는 혀를 내민 채 좋아서 팔짝팔짝 뛰었어요. 나만 뛰는 게 아니라 진순이도 함께 뛰었지요. 마나님의 고운 목소리가 들리면 나는 물론 '진순이'의 입에서 침이 줄줄 흘러내렸어요.

"톡! 톡!"

대접 모서리에 깨진 달걀에서 흰자와 노른자가 얼굴을 내밀면, 나의 선홍색 혀가 진득한 날달걀을 핥아먹었지요.

"할짝! 할짝!"

고아하고 품위 있게 날달걀을 핥아 가면, 입 안으로 스며드는 달

달함. 아, 감미로웠어요. 그럴 때마다 건너편의 '진순이'가 낑낑대며
안달을 했지요. 서열 낮은 저것이 별걸 다 달라고 하네요. 이게 뭐
내가 먹는 것인가요? 다 뱃속의 새끼가 먹는 것인데……

🐩 나눔의 미학

            나를 향한 주인님의 사랑은 끝이 없었어요. 살
이 넉넉하게 붙어있는 뼈다귀가 대접 가득 담겼고, 비오는 날이면
기름 냄새 물씬 풍기는 부침개, 수시로 빵부스러기나 과자도 나왔
어요.

 두 개의 그릇에 항상 음식이 넘쳐났으며, 아침에 담긴 음식을 저
녁때까지 다 비우지를 못했어요. 나는 아무거나 먹지 않는, 맛있는
음식만 골라먹는 미식가였으니까요. 그런 반면에 맞은편의 '진순
이'가 먹는 밥그릇은 항상 비어 있었지요.

저녁시간이 되면 주인님은 내 밥그릇에 남아있는 음식을 '진순이'의 밥그릇에 탁탁 털었어요. 그때마다 얄미운 강아지가 얼마나 좋아하는지……. 그것을 보면 나도 괜히 기분이 좋았지요. 역시 나눔의 미학 아니겠어요?

저녁때마다 내게 새로운 밥이 나왔고, 나의 또 다른 그릇에 사료도 담겼으나 저녁에도 음식을 남겨놓았어요. 아침과는 달리 맛있는 음식을 많이 남겼지요. 그것은 달리 이유가 있었어요. 사실, 밤마다 떠돌이와 다정한 시간을 보내면서 그에게 대접하고 싶었던 것이었지요.

그 음식들은 다음날 아침까지 깨끗이 비워졌으므로, 주인님은 잘 먹는다며 무척이나 나를 대견스러워했고요.

"에구, 우리 '복실이'! 낮에는 음식을 남기더니, 밤에는 참 잘 먹는구나. 착해라."

 떠난 사랑

언제까지나 함께 있을 줄 알았던 떠돌이여행가가 나를 떠났어요. 낮에는 물론 밤에도 모습이 보이지 않았으니까요. 그에게 주기 위해 남긴 사료도 입에 댄 흔적이 없네요.

어디로 간다는 말도 없이, 갑자기 사라져 서운한 마음이 가득했지요. 온다고 말을 하고 왔던 것도 아니니, 간다 한들 간다고 말을 하겠습니까만, 그래도 함께했던 귀한 시간들이 있었기에…….

아직도 그의 속삭임이 귓가를 맴돌고, 내 가슴 두근거림이 이어지는데, 알 수 없는 곳으로 흘러가버린 구름처럼 그의 모습을 볼 수가 없네요. 내 가슴에 그의 향기가 아직 남아있는데, 그의 따뜻함은 느낄 수가 없었어요.

실연의 아픔은 마지막 생명줄을 끊을 듯 나의 심장을 헤집었어요. 아스라이 멀리 보이는 푸른 산과 들, 농장 옆을 흐르는 작은 개울과 주변의 나무 그리고 바람에 흔들리는 풀잎, 살결을 스치고 콧속으로 들어오는 공기도 나를 외면했지요. 세상은 나를 위해 존재하지 않았으며, 세상의 행복은 나의 것이 아니었으니까요.

며칠이 지나고……. 시간이 지나고……. 세월이 약이라 하던가요. 영원히 아물 것 같지 않던 내 상처는 또 다른 사랑으로 치유가 되고 있었어요. 또 다른 사랑은 나의 뱃속에서 꿈틀대는 소중한 생명이었지요. 슬픈 사랑이 분신을 남겨놓았고, 그 로인해 그에 대한 사랑의 아픔은 잊혀갔어요.

만남이 예정된 우연이라면 헤어짐은 운명이요 필연이니, 이별도 사랑이라 생각했어요. 그와 함께 했던 짧은 시간들을 사랑

으로 가슴 깊이 간직했으니까…….

미꾸라지와 입덧

　　　　"복실아!"

　주택의 문이 열리는 소리가 평소보다 더 크게 들려 화들짝 놀랐
어요. 무슨 일일까 주인님의 눈치만 살피는데, 작업복으로 갈아입
더니 장화까지 신으시네요. 소에게 사료를 줄 시간이 아니기에 눈
을 동그랗게 뜨고 바라보았지요.

　　"미꾸라지 잡으러 가자."

　주인마나님이 내게 다가와 목줄을 풀어주시며 양동이를 손에 드
셨고, 주인아저씨는 삽을 어깨에 메었어요. 아하, 미꾸라지를 잡으
러 논에 가는 거잖아요. 꿈틀거리는 미꾸라지를 생각하니 마음이
설렜지요.

　장화소리 요란하게 앞서가는 아저씨를 따라 마나님이 나섰고, 나
도 엉덩이를 흔들면서 그 뒤를 따랐어요. 내 뒤에는 어린강아지의
눈길만 따라오고 있겠지요. 아저씨가 기분이 좋은지 흥겨운 콧노래
를 불렀어요.

　　"오호호오, 오호오오, 호오예에, 오호에."

　흥얼거리는 아저씨의 콧노래가 끝나자 농장 아래의 논과 논 사이
의 도랑에 다다랐어요. 둠벙과 연결된 도랑이었지요. 맑은 물속으

로 바닥의 진흙이 보이는군요. 앞서가던 아저씨가 장화 신은 발로 그 도랑 안에 한쪽 발을 천천히 넣었어요.

"엇! 깊네?……."

장화가 진흙에 닿았으나 물이 장화의 목까지 차자 주인님이 도로 발을 빼시네요. 이런 곳은 얕아보여도 수렁이라 잘못하면 질척한 진흙 속에 빠져버리니까요. 삽날을 밑바닥에 대고 누르자 삽자루까지 흙속으로 쑥 들어가 버렸어요.

"야! 미꾸라지 많게 생겼다."

"조심하세요. 수렁이 깊어서……."

주인마나님의 걱정스런 목소리에 펄에 박힌 삽을 힘들게 뺀 주인아저씨는 감히 도랑으로 들어가지 못하고 둑 위에서 엉거주춤한 자세로 삽을 꽂았어요. 진흙을 퍼내려 삽날을 바닥에 누르고 힘을 썼지만 펄이 찹쌀떡처럼 끈덕지게 삽을 놔주지 않네요.

"끙~ 차!"

힘들게 진흙을 퍼내어 둑 위에다 삽을 뒤집었어요. 뒤집어진 진흙 속에서 미꾸라지 한 마리가 꼼지락 꼼지락 움직였고, 진흙을 헤집자 또 다른 미꾸라지가 꿈틀거렸어요. 옆에서 쪼그려 앉아 턱을 괸 채 구경을 하던 마나님이 외치네요.

"어마? 저 미꾸라지 좀 봐요."

"자, 여기!"

마나님의 호들갑에 으쓱해진 주인아저씨의 목소리에 힘이 잔뜩 들어가 있군요. 왼손으로 삽을 잡고, 오른 손으로 흙에 있는 미꾸라지를 잡아 마나님이 들고 있는 양동이에 넣었어요. 이어서 논두렁을 옮겨 다니면서 진흙을 열심히 퍼냈지요.

논두렁 위에 한 삽, 두 삽 쌓인 진흙이 점점 많아졌어요. 수렁논에서 스러진 볏짚과 바람에 날아온 나뭇잎, 그리고 소똥과 수많은 것들이 오랜 세월 쌓이고 쌓여, 온갖 미생물과 하나가 된 진흙이었어요.

수생식물은 물론 곤충과 물고기가 번식하여 살고 있는 냄새가 솔솔 풍겼지요. 예민한 내 코로도 그 많은 것들을 다 분석하지 못할 정도로 복잡하고 미묘한 냄새였어요.

거무스름한 그 진흙더미 속에서 미처 주인님이 발견하지 못한 미꾸라지가 꼼지락거리는 것이 보였어요. 쌓여있는 진흙 사이로 다가가, 꿈틀거리는 미꾸라지에 코를 갖다 대고 냄새를 맡아보았죠. 아, 비린내가 얼마나 심한지 머리가 어질어질하고 속이 뒤집어졌어요. 오랜 세월 물속에서 생성된 야릇한 냄새와 뒤섞여 더욱 비위가 상했지요.

"웩!"

아랫배가 위쪽으로 올라오며 뱃속의 것들이 밀어냈어요. 참을 수가 없었지요.

"우웩!"

"어라? 이놈이⋯⋯."

목에서 넘어오는 것도 없는데 계속 헛구역질을 해대자, 수렁에서 삽질을 하던 주인아저씨의 인상이 찌푸려졌어요. 마나님도 눈을 동그랗게 뜨고 나를 보더니 걱정스레 한 마디 하시네요.

"여보! '복실이'가 입덧을 하는가봐요."

"'복실이'가 입덧을? 개가 무슨……."

미꾸라지의 비린내 때문에 어지러워 죽을 지경인데, 주인님들은 오늘따라 미꾸라지가 많이 잡힌다며 신이 나 있었어요.

"어머? 이렇게 많아요?"

"응, 빨리 담기나 해. 하하하."

집에 갈 생각도 없이 여기저기 삽질을 해댔지요. 몸이 무거운 나는 멀찍이 떨어진 논둑 위에 올라 불어오는 찬바람을 쐬고 있었어요.

"자! 이젠 그만 가자!"

삽을 어깨에 메고 가슴을 쑥 내민 주인아저씨는 양동이까지 손에 들고 으쓱으쓱 어깨를 흔들면서 성큼성큼 걸어갔어요. 주인마나님도 그 뒤를 따라 종종 걸음으로 따라가는군요. 다들 미꾸라지를 많이 잡아서 힘이 나는 모양이었어요.

그러나 나는 고개를 축 늘어뜨린 채, 터벅터벅 걸어서 멀찍이 따라갔지요. 발이 천근만근 무거웠으니까요. 농장으로 들어서자 집을 지키고 있던 '진순이'가 팔딱팔딱 뛰면서 반가이 맞았어요. 그러거나 말거나 몸을 던지듯 엎어져서 눈을 감았어요. 아, 피곤했어요.

주인님은 미꾸라지 잡을 때는 그렇게 좋아하시더니, 집에 돌아와서는 미꾸라지에 관심이 전혀 없군요. 양동이를 주택 앞에 그냥 놔둔 채, 소밥을 주고 와서도 그대로 방으로 들어가 버리시는 것 아니겠어요? 좀 정리나 하고 들어가실 것이지……．

도둑고양이

　　　　　피곤이 밀려왔어요. 평상시에는 쪽잠을 자다 말다 하는데, 오늘따라 깊은 잠에 빠졌었나봐요. 누군가가 가까이 다가올 때까지 알지 못하고 코까지 골면서 자고 있었으니까……． 내가 잠이 깬 것은 맞은편에 자리 잡고 있는 '진순이'가 사납게 짖을 때였어요.

"으르렁~ 웡! 웡! 으르렁~ 웡! 웡!"

'진순이'가 짖는 소리는 침입자에게 보내는 경고음이었어요. 깜짝 놀라, 발딱 일어나 앞발을 세우고 공격 자세를 취하면서 살펴보니, 아, 글쎄 길고양이가 주택 앞에 있는 양동이에 앞발을 올려놓고 있는 것 아닌가요? 고양이의 눈이 파랗게 빛나고 있었어요.

이 겁 없는 고양이는 양동이 안에 들어있는 미꾸라지를 노리나봐요. 앞발을 양동이에, 뒷발은 땅에 댄 채, 있는 대로 몸통을 늘리고 목을 내밀어 양동이 안을 살피더군요.

"저, 저놈이?"

감히 도둑고양이가 사냥개 앞에서 주인님이 아끼는 미꾸라지를 탐내다니, 있을 수 없는 현상이었어요. 자칭 명문사냥개 후손이라는 우리가 그걸 보고 가만히 있었겠어요? 번개처럼 덮쳤지요.

"으르렁!"

그러나 소리만 지르고 말았어요. 나나 '진순이'나 다들 묶여있는 몸이니, 앞으로 가지도 못하고 뒷발로 선채, 줄만 팽팽하게 당겼을 뿐이었지요. 쇠줄이 끊어질 듯 '찌르릉' 울렸어요.

그렇게 겁을 줬으면 고양이가 도망이라도 가야 하잖아요. 그런데, 이 버르장머리 없는 도둑놈 좀 보세요. 개가 짖거나 말거나 계속 도둑질을 하고 있는 거예요. 고양이는 양동이에 올라가 앞발로 미꾸라지를 잡으려고 발짓을 해대다가 그만 양동이 안으로 떨어졌어요.

"철퍼덕~!"

이번에는 고양이도 놀랐나봐요. 양동이에 미끄러져 떨어진데다, 안에 있던 미꾸라지를 밟아대자 그것들도 꿈틀거리며 튀었으니까요. 당황한 고양이는 황급히 그곳을 벗어나려 뛰어올랐으나 이번에는 양동이와 함께 넘어졌어요.

"야옹!"

양동이가 넘어지면서 그 안에 들어있던 미꾸라지들이 땅바닥에 쏟아졌지요. 그 순간에도 도둑고양이는 귀신처럼 몸을 틀어 미꾸라지 하나를 입에 물었어요. 그중에서 제일 큰 놈이었지요. 고양이의 입에 물린 미꾸라지가 어둠속에서도 꿈틀거리는 것이 보였어요.

"아작 아작, 냠냠!"

속이 뒤집어지는 줄 알았어요. 저놈의 괘씸한 고양이, 멸치를 도둑질하지 않나,

이제는 주인님이 아끼는 미꾸라지까지…….

"웡! 웡! 웡! 웡! 웡!"

"멍 멍 멍! 멍 멍 멍!"

분하고 억울하여 목이 터져라 짖어댔어요. 얼마나 짖었을까! 외등이 켜지더니 주택의 닫힌 문 안에서 주인님이 외치는 소리가 들렸어요.

"왜? 무슨 일이야?"

이어, 문을 조금 열고, 얼굴도 반만 내민 주인님이 마당을 살피시네요. 설마 겁이 나서 그러신 것은 아니겠지요? 잠이 덜 깬 주인님의 눈길이 양동이에서 멎었어요. 넘어진 양동이에서 나온 미꾸라지가 바닥에서 꿈틀대고 있었지요.

"저런……. 도둑고양이가 왔었구나……."

밖으로 나온 주인님은 미꾸라지를 일일이 잡아서 다시 양동이에 담으시네요. 그리고 잠시 머뭇거리며 생각을 하는 것 같았어요. 뭐고민을 하고 말고 할 것이 있나요. 주택 안에 양동이를 들여 놓으시면 될 것을……. 아니면, 우리들의 목에 걸린 줄을 풀어주시면 편안히 주무실 수 있으실 텐데…….

나는 미꾸라지를 주택 안으로 들여놓을 줄 알았어요. 그게 당연한 게 아니겠어요? 그런데, 그게 아니었어요. 주인님은 미꾸라지가 들어있는 양동이를 나와 '진순이'의 사이에 있는 곳에 놓아두고 들어가 버리셨으니까…….

"헉?"

주인님은 머리가 비상했지요. 비록 우리가 줄에 묶여있을지라도 두 사냥개 사이에 놓은 양동이에 어느 도둑이 감히 접근할 수 있겠어요? 그런데, 양동이에서 나는 물고기비린내가 장난이 아닌 거였어요. 내가 고양이인 줄 아시나요? 나한테 이러실 수 있어요? 내가 임신한 것을 아시면서 비린내가 지독한 이것을…….

너무해요. 주인님…….

태몽

먹고 자고, 또 먹고 자는 일상이 반복되었어요. 문제는 자고 일어났어도 피곤이 가시질 않는 데 있었지요. 한낮에도 눈앞에서 아지랑이가 아롱아롱 오르면서 머리에 열도 나고 눈꺼풀이 무거워 나른하게 늘어졌어요.

꿈을 꾸었어요. 따스한 날에 주인님들과 물고기를 잡으러 나섰지요. 끝없이 펼쳐진 논의 한가운데에서 주인아저씨가 삽으로 진흙을 크게 떠서 둑에 던지자 축사기둥만한 미꾸라지가 꿈틀거리고 있었어요. 주인마나님이 가슴으로 안아서 잡았지요. 한 마리, 두 마리, 세 마리……. 모두 여덟 마리나 되는 거예요.

주인님들과 만세를 불렀어요. 그런데, 갑자기 주위가 깜깜해졌어요. 수도 없이 많은 파리가 떼를 지어 하늘을 뒤덮고 그 사이를 뚫고 어마어마하게 큰 새가 달려들었어요. 그 새는 비둘기로, 한 마리가 아닌 두 마리였어요.

이때, 멀리보이는 논의 끝에서 작은 점 두개가 점점 가까워지더니 호랑이처럼 커다란 쥐가 되었어요. 순식간에 비둘기 두 마리와 쥐 두 마리가 각각 미꾸라지 한 마리씩 물고 도망했어요. 하늘을 덮고 있던 파리도 새까맣게 내려와 미꾸라지 두 마리를 가지고…….

주인님과 나는 남아있는 미꾸라지 두 마리를 지키려 가슴에 꼭 안고 허우적거리고 있었어요. 그런 와중에 미꾸라지가 점점커지더니 머리에서 뿔이 솟아났고 몸통이 갈라지고 있었지요. 뿔이 솟은 미꾸라지의 갈라진 껍질에 딱지가 생기고 그것이 말갈기와 반짝거리는 비늘로 변하면서, 입에서 연기를 뿜었어요.

"카우~!"

어마어마하게 큰 포효소리에 깜짝 놀라면서 꿈이 깼어요. 입에서 흘러내린 침이 턱까지 적시고 있었지요. 아, 내가 태몽을 꾼 것일까요?

얄미운 강아지 '진순이'가 나의 표정을 본 모양이에요. 나를 향해 잠만 잘 줄 아는 천하에 쓸모없는 존재라고 말하는 것 아닌가요? 어린것이 무얼 안다고 지껄이는지 모르겠어요. 기분이 무척 나빴지요. 그동안 밥을 남겨 저것에게 준 것을 생각하니 후회막급이었어요.

확 달려들어 잘근잘근 물어야겠지만 태교를 해야 할 몸이 그럴 수는 없고요. 더구나 얄미운 강아지는 이제 몸집이 무척 커져서 내가 감당할 수준이 아니었어요. 그저 설교를 하는 것으로 찍어 누르는 수밖에 없었거든요.

야! 이 어린것아! 네가 무얼 안다고 헛소리를 하는 거냐! 너, 임신

해봤어? 못해봤지? 아기 키워봤어? 못했지? 나, 임신한 여자야. 젖
비린내 나는 어린것이 어디서 까불고 있어. 정말…….

🐑 행복감

　　　　　　며칠간 입덧을 하나 싶더니, 식욕이 살아나서
아무리 많이 먹어도 배부른 줄 몰랐어요. 뼈다귀를 푹 삶아 진하
게 우린 소고기국물, 큼직하게 썬 돼지고기 편육, 잘게 찢은 닭의
살코기…….

　특식을 받는 내가 부러웠는지 '진순이'의 낯빛이 변했지만 그 어
린강아지에게도 혜택이 돌아갔어요. 마나님이 조금씩이나마 나눠
주었으니까요. 더구나 내가 남긴 모든 음식은 어린강아지의 차지가
되었으니 횡재를 만났다고 봐야 했어요. 그리고 언제부터인지 '진
순이'가 내 눈치를 살살 보며 꼬리까지 흔드는 거 있지요? 어머! 명
문가라더니, 너도 별 수 없구나……. 호호

　나는 배가 고플 새가 없었어요. 입이 심심하든, 배가 출출하든,
그저 '멍!' 하고 한 번 짖기만 하면 주인님이 간식을 주셨어요. 아
니, 짖을 필요도 없었지요. 가만히 있어도 무엇이든 하나씩은 주었
으니까……. 나는 세상을 사는 맛이 이런 거로구나 느꼈지요.

　호화로운 생활이 하루하루 지나면서 뱃속의 아가들도 무럭무럭
자랐어요. 팥알만 하던 나의 젖꼭지도 콩알처럼 커졌고, 뱃속에서

아가들이 발길질을 하고 있었어요.

얼마나 감사하고 기쁜지 몰랐지요. 하늘은 내게 생명을 주셨고, 거처할 집과 먹을 것을 마련했으며, 떠돌이여행가를 인도해주셨고, 나의 분신인 아가들을 점지해 주셨으니…….

밤이면 개집 안에서 나 홀로 눈물을 흘렸어요. 행복감에 젖어서…….

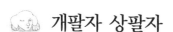 개팔자 상팔자

내 팔자는 상팔자였어요. 날씨 좋은날 아침부터 몸뚱이를 길게 늘이고 푹 퍼진다고 누가 뭐라는 사람이 없었으니까…….

다리를 길게 펴고, 머리뿐 아니라 꼬리까지 땅에 붙이고 귀까지 늘어뜨린 상태에서, 눈을 감고 코를 골거나 무아지경을 헤맸어요. 사실, 코로 들어오는 냄새와 귀에 들리는 소리만으로도 밖에서 일어나는 모든 일을 알 수 있었기에, 놀면서도 할 것은 다 한다고 봐야 했지요.

일광욕을 즐기다가 더우면 그늘로 들어가면 되었고, 날이 흐리면 개집 안으로 들어가 방석에 누워 귓구멍이나 콧구멍을 후볐어요.

그렇게 여유로운 일상이 계속 이어졌지요.

내가 주인아저씨처럼 힘들게 일을 하나, 잠을 잔다고 누가 흉을 보나, 똥 싼다고 누가 뭐라나, 오줌 싼다고 누가 뭐라 하나, 혓바닥을 길게 내민다고 누가 뭐라 하나, 내가 인간처럼 세수할 필요가 있나, 예쁘게 화장할 필요가 있나, 옷을 바꿔 입을 필요가 있나…….

나는 일을 안 해도 먹을 수 있었고, 주인님으로부터 극진한 대우를 받았어요. 주인마나님이 밥 주시지, 간식 주시지, 똥도 치워주시지, 목욕을 시켜주고 털도 말려 주시지, 거기다가 볼 때마다 예쁘다고 내 머리를 쓰다듬어주시지…….

그러고 보면 나는 주인님보다도 더 팔자가 좋았지요. 주인님은 서열만 높았을 뿐 나보다 못한 생활을 하시잖아요. 아침부터 저녁까지 일만 하시니……. 그러니까 인간인 주인님 팔자는 하팔자, 개 팔자는 상팔자…….

🐑 기절

　　오종종한 몸집에 배는 어찌나 부른지 땅에 끌릴 것 같았어요. 뒤뚱거리며 마당을 오갈 때마다 '진순이'가 나를 바라보고 있었죠. 질투의 시선이 아닌 걱정이 담긴 눈빛이었어요. 마나님도 하얗고 부드러운 손으로 내 배를 쓰다듬어 주셨고 그럴 때마다 숨을 쉬기가 벅찼어요.

　"아휴, 여보! '복실이' 배가 무척 커요. 너무 많은 새끼를 밴 거 같아요."

　"글쎄, 새끼를 낳으려면 고생을 좀 할 것 같아."

　봄날의 태양이 살짝 더위를 몰고 오는 점심시간, 눈꺼풀이 천근만근 무겁게 내려앉았어요. 이마에 주름을 아무리 잡아도 몰려오는 잠을 막을 수 없었지요. 정신없이 잠들어있을 때 나를 깨운 것은 주택의 문을 열고 나온 마나님이었어요.

　"복실아!"

　배를 바닥에 대고 엎드려 있다가 힘겹게 눈꺼풀을 밀어 올리니, 빗살처럼 가려진 속눈썹 사이로 마나님의 그림자가 어른거리네요. 게슴츠레한 눈으로 마나님의 손을 바라보았어요. 역시나 먹을거리가 들려있는 것이 보였지요. 과자였어요.

　"머……. 엉……."

　힘없이 짖으며 몸을 일으키는데, 무거운 짐을 지고 일어서는 것처럼 시간이 걸렸어요. 마나님 앞으로 나가기 위해 한 발을 내딛고, 앞으로 또 한 발 그리고 또 한 발……. 그렇게 천천히, 느릿느릿 일어서지요. 그럴 때마다 뱃살도 출렁출렁 물결처럼 흔들렸어요.

"에구, 예뻐."

방긋 웃음을 보인 마나님이 과자를 던지자 포물선을 그리며 나를 향해 떨어졌어요. 그렇지만 받아먹지 못했지요. 몸이 무거워 점프를 하지 못했으니까요. 과자는 내 콧등에 부딪혔다가 땅바닥에 떨어지고 말았죠.

"쯧쯧……."

마나님이 혀를 끌끌 차면서 기가 막힌 듯 바라만 보고 있었어요. 바로 옆에 떨어진 과자를 먹기 위해 고개를 돌렸으나 목이 돌아가지 않는군요. 몸과 목이 구분되지 않을 정도로 살집이 꽉 들어차 있으니…….

"헥, 헥……."

뒷발과 앞발을 옮기고 머리를 굽혀 겨우 과자에 입을 댈 수 있었지만, 땅바닥과 천천히 하나가 되어 갔어요. 앞으로 쓰러진 것이지요.

"끄윽……."

숨넘어가는 소리가 났어요. 그 상태로 일어나지 못하고 있자 마나님이 달려오더니 나를 일으켜 세웠지요. 그러나 나의 몸은 마른 수건처럼 힘없이 내려앉았어요.

"이런……. 복실아! 복실아!"

놀란 마나님이 부르는 소리에 눈을 뜨려했으나 정신이 혼미했어요. 눈꺼풀이 반쯤 감긴 채 눈동자의 움직임이 멈췄고, 마나님의 외침소리가 아득히 멀어지고 있었어요.

"여보! 여보! 큰일 났어요."

과자 한 개를 입에 물고 정신을 놓아버린 내 몸은 고무공처럼 땅땅했어요. 아저씨가 나의 몸을 마구 흔들어댔지만 아무런 움직임도 없었지요.

"여보! '복실이'가 죽었나봐요."

놀란 주인아저씨와 마나님은 허둥대며 내 몸을 주물렀으나 숨이 멎은 듯 가슴의 기복이 없었고, 풍선처럼 빵빵한 배도 조용하네요. 뱃속의 새끼들이 죽은 것일까요.

"어떻게 해요?"

어쩔 줄 몰라 하는 주인님들의 이마엔 땀방울이 솟고 있었어요. 얼마나 지났을까. 한참이 지난 후에야 내 눈이 가늘게 떠졌어요. 마나님의 표정이 밝아지고 있었지요.

"휴~!"

내 귀에도 주인이 내쉬는 안도의 한숨소리가 아련히 들렸어요. 나는 천천히 일어섰지요. 주인님들은 갑자기 쓰러진 이유를 모르겠다며 큰 병에 걸린 것은 아닌지 걱정하기 시작했어요.

곧바로 시내에 있는 동물병원에 가서 진찰을 받았고, 나의 상태를 살펴 본 수의사는 혀를 끌끌 찼어요.

"이대로 가면 죽고 맙니다."

"네?"

깜짝 놀라는 주인님들에게 의사의 설명이 이어졌어요. 의사선생님의 말에 의하면 내가 비만이라는 거였어요. 그것도 고도비만, 살이 너무 쪘고 운동량이 부족하다는 말이었지요.

"먹이를 줄이고 운동을 시켜야 됩니다. 앞으로 출산까지 한 20일쯤 남았으니까 최대한 살을 빼야 됩니다. 그렇지 않으면……."

더구나 뱃속의 새끼가 너무 많아 이대로는 출산을 할 수가 없다 했어요. 이 상태로는 어미와 새끼가 모두 죽는다는 것이 아닌가요. 새끼를 가졌다는 이유로 먹이를 너무 많이 먹은 탓이라네요. 여하간에 다행이었죠. 당장 죽을병에 걸린 것은 아니잖아요.

아! 내 몸이 이렇게 변할 줄 어이 알았던가요. 몸을 제대로 가눌 수조차 없다니……. 날씬한 몸매에 탄탄한 근육과 강력한 전투력을 자랑했건만……. 나의 특기인 180도 날렵한 뒷발차기는 언제 다시 할 수 있으려나…….

🐾 고난의 첫날

저녁밥 먹을 시간이었어요. 여느 때처럼 고깃국에 말은 밥을 기다리고 있었지요. 동물병원에 다녀오느라 간식도

제대로 먹지 못해 배가 고팠거든요. 밥을 주기 위해 다가오는 마나
님을 향해 짖으며 꼬리를 흔들었어요.

"멍멍!"

마나님만 보면 저절로 꼬리가 움직이니 어쩌겠어요. 우리 농장에
서 최고의 서열을 차지하고 있는 마나님이었으니까요. 우리들 사
이에서 최고의 권력은 병권도 아니고 금권도 아닌, 그저 뭐니 뭐니
해도 식권이 최고 아니겠어요?

그런데, 이게 뭡니까? 고깃국은 어디가고 사료를 주시네요? 그것
도 한주먹이 될까 말까……. 아니, 우리 주인님들이 소를 기르다가
갑자기 망하기라도 했나, 이게 어인 일인가요! 옆에 있는 어린강아
지 '진순이'의 밥그릇을 보니 그런 건 아닌 것 같았어요. 거기에는
평상시의 분량이 그대로였으니까요.

"에이……."

하도 같잖아서 입에 대지도 않았어요. 곧 고깃국과 날달걀이 나
올 것이라 생각이 들었기 때문이었어요. 아니면 과자 같은 간식을
먹으면 되니까. 잠이나 실컷 자야겠다고 생각하며 그대로 개집에
들어가 버렸지요.

"꼬르륵!"

밤새 배에서 밥 달라는 소리가 났고 뱃
속의 태아들도 꿈틀거렸어요. 입에 대지
않고 방치하던 사료에서 풍기는 냄새가
나를 유혹했지만 과감히 떨쳐냈지요. 나
도 자존심이란 게 있잖아요.

내 생애에 이렇게 배가 고픈 날도 있구나 생각했어요. 뱃속의 태아를 생각해서도 이러면 안 되는데, 주인님이 너무한다는 생각에 잠도 제대로 못 잤네요. 방석에 앉아 기다렸지요. 새로운 아침을…….

🐑 다음날

"자, 밥 먹자!"

오늘도 아침햇살이 반짝이는 시간, 천상의 목소리가 마나님의 입에서 흘렀어요. 그런데, 마나님은 말과는 달리 어린강아지에게만 사료를 주고 방으로 들어가셨어요. 내 밥그릇에 남은 사료를 힐끗한 번 보고서 말이죠. 내가 사료를 남겼으니 그것을 먹기 전까지는 국물도 없다 뭐 이런 뜻 아니겠어요? 가슴이 덜컥 내려앉았어요.

알만한 우리 종족들은 모두 이 사실을 다 알고 있지요. 고깃국에 말은 밥을 먹다가 사료를 먹는 것이 얼마나 힘이든가를……. 호화롭게 살아가다 하루아침에 없이 살아가기가 어디 쉬운 일이던가요. 인간이나 우리 종족이나 다른 것이 없는 것을…….

종일 맛좋은 개밥은 물론 간식도 없었고, 저녁에도 마찬가지였어요. 어린강아지에게 사료를 주고 뒤돌아 가는 마나님에게 항의를 했지요.

"왕! 왕!"

그러나 그뿐, 마나님은 들은 척도 하지 않았어요. 이러다가 굶어 죽는 것은 아닐까 하는 걱정이 은근히 생겼어요.

어김없이 밤이 찾아왔고 쳐다보지도 않던 사료에서 풍기는 냄새가 나를 유혹했어요. 자다 말고 슬그머니 나가서 밥그릇에 있던 사료에 입을 대었지요.

"오도독, 오도독."

감미로운 사료알갱이가 입안에 향기를 뿜으며 잘게 부서졌어요. 시장이 반찬이잖아요. 그런데 분량이 적어 금방 없어졌어요. 먹으나 마나였어요. 좀 전까지만 해도 눈길도 주지 않던 사료였지만 지금은 그것도 아쉽네요.

"아, 배고파라."

뱃속에서 꼬르륵거리는 소리가 났어요. 먹은 것이 별로 없는데도 나온 배는 들어가지 않았어요. 뱃속의 새끼들은 그대로였으니까요. 기운이 없었어요. 사료 몇 개로 무슨 기운이 나겠어요?

 운동

"복실아! 진순아!"

오늘 아침은 주인님이 부르는 소리가 힘찼어요. 평소와는 다른 무엇인가 색다른 음색이라 가슴이 설렜지요. 그러면 그렇지! 드디어 맛있는 음식이 나올 거잖아요. 임신한 나를 굶긴다면 말이 안 되니까…….

"운동 가자!"

운동? 운동이라니, 이게 무슨 청천벽력 같은 말인가요. 주인아저씨는 나의 목에 줄을 걸었어요. 내 심경 같은 것은 알 필요 없는 듯 줄을 잡아당겼고 나는 어쩔 수없이 몸을 일으켜야 했지요.

"끙~!"

'진순이'는 주인아저씨와 함께, 나는 마나님과 함께 출발했어요. 며칠 전까지 신나게 뛰놀던 뒷동산으로 운동을 간 것이었죠. 다리가 부들부들 떨리고 하늘이 노랗게 보였어요. 먹은 것이 없어서 서 있기도 벅찬데 주인아저씨와 '진순이'가 산으로 막 뛰어가네요. 그것을 따라가려하니 목에서 단내가 풀풀 솟아났어요.

"헉! 헉!"

숨이 막히고 가슴이 터져 죽을 지경이었죠. 마나님 손에 이끌린 '진순이'는 무엇이 그리 좋은지 신이 나 짖었어요.

"컹! 컹!"

어찌나 힘이 좋은지 앞장서서 주인을 끌고 갔어요. 덕분에 내가

더 빨리 가야 했으니 얼마나 힘이 들었겠어요. 정말이지 얄미워 죽겠어요. 평생 도움이 안 된다니까요.

 개팔자 하팔자

고깃국에 말은 개밥도, 그 흔하게 먹던 날달걀도, 과자부스러기 하나도 구경하지 못했어요. 내 팔자가 천하제일가는 상팔자인 줄 알았는데, 내 팔자는 하팔자인가봐요. 하루 두 번씩 주어지는 한 줌의 사료가 내가 먹을 수 있는 모든 것이었고, 주린 배를 물로 채워야 했지요. 슬펐어요.

그런데도 나의 배는 점점 더 커지는군요. 콩알만 하던 젖꼭지도 오디처럼 볼록해졌네요. 배가 나온 만큼, 눈이 퀭하니 십리는 들어간 느낌이었지요.

사료 한줌 먹었을 뿐인데, 주인님은 매일 나를 끌고 뒷동산에 올랐어요. 예전에는 주인님을 앞서 달렸으나 지금은 목줄에 질질 끌려 다녔지요. 하늘이 노랗게 변해서 눈앞에서 빙빙 도는 파리가 보였고, 혓바닥을 길게 뽑아야 겨우 숨을 쉴 수 있었어요.

일을 시키려면 먹을 거나 많이 주시지, 밥도 안 주면서 왜 이리 못살게 구시나요. '일하지 않는 자 먹지도 말라'는 말이 있는 것으로 알고 있는데, 바꿔 말하면 '먹어야 일한다'라는 거 아닌가요? 즉, 굶겼으면 나를 쉬게 해주셔야지요.

뿐만 아니라 주인님은 내가 도망이라도 할까봐 목사리에 줄을 걸어 묶어놓으셨어요. 자고로 개팔자는 주인을 잘 만나야 상팔자 라는데, 이 좋은 관상을 가지고도 이런 꼴을 당하니, 아무리 생각 해도 내가 주인을 잘 만난 것 같지는 않네요.

또한, 아무리 배가 고파도 듬직한 수캉아지 하나 옆에 있으면 그 것 때문에라도 살맛이 날 것인데, 내가 그것마저 복이 없어, 눈앞에 있는 것이 보기 싫은 '진순이'라니…….

에고! 내 팔자야…….

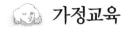 **가정교육**

마나님이 오늘아침에 사료 한 주먹을 주시더니 저녁엔 한 톨도 없는 것이 아닌가요? 배가 고파 죽을 지경인데, 옆 에서 '진순이'가 사료 씹는 소리를 내는군요.

"우두둑, 쩝쩝쩝! 우걱우걱, 짭짭짭!"

먹는 소리도 경박하네요. 미워죽겠어요. 저것이 어릴 적에 누구로 부터 가정교육을 받았는지 식탁예절이 엉망이네요. 밥을 먹을 때 는 경건한 태도로 음식의 한쪽부터 먹어야만 되는 거 아닌가요?

밥이든 사료든 그릇 밖으로 튀지 않게, 그릇도 움직이지 않게, 음식 먹는 소리도 나지 않게, 주변에 있는 자들에게 피해가 되지 않도록 조용조용히 먹어야 하잖아요.

그런데, 머리를 들이밀어 개밥그릇 움직이지, 사료알갱이 밖으로 튀지, 먹는 소리 요란하지, 흘린 알갱이 주워 먹지, 도대체 어디서 누구에게 어떻게 배웠는지 원…….

우리가 사람들처럼 숟가락을 사용할 필요가 있나, 젓가락질을 배울 필요가 있나, 먹는 순서를 따로 정할 필요가 있나, 그저 자세 잡고 맛있게 먹으면 그뿐인 것을…….

우리의 식탁예절처럼 간단하고 쉬운 게 어디 있다고, 그것 하나 제대로 배우지 못했다니……. 내게서 배웠다고요? 천만에요. 그럴 리가 있나요! 내가 저렇게 가르칠 리가…….

저것은 어디를 가든지 그곳에서 음식을 저렇게 먹을 테니, 그때마다 가정교육을 가르친 사람을 욕되게 만들 것이 틀림없군요. 나중에 나의 아가들이 태어나면 가정교육을 철저히 시켜야겠어요.

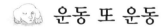 운동 또 운동

"복실아~ 운동가자!"

주인아저씨가 또 운동을 가자고 나를 불렀어요. 헉? 또 운동을 가자고요? 아이고, 주인님 나 좀 살려주세요. 음식을 많이 먹게 하는 것도 아니고, 힘을 축적한 것도 없는데 이렇게 매일 운동을 시키면 정말 어떻게 합니까.

오늘은 '진순이'를 빼고 나만 데리고 올라가려는가봐요. 아니, 운동 좋아하는 '진순이'나 데리고 갈 것이지. 나를 왜 이리 못살게 구나요. 나는 운동이 싫다니까요.

산에 가고 싶은 '진순이'는 제자리에서 빙글빙글 돌면서 줄을 잡아당겼지만 어림도 없었지요. 한 바퀴, 두 바퀴……. 스무 바퀴쯤 돌았을 때 나와 주인님이 산으로 향했어요.

입에서 단내가 풀풀 나고 다리는 안 떨어지는데 주인님이 잡아끌기는 하지……. 아이고, 뒷동산이 이리 높다니……. 겨우 반이나 올랐을까. 아무런 생각도 나지 않았고, 다만 집에서 묶여있는 '진순이'가 그렇게 부러울 수가 없었어요. 아이고, 죽겠네. 헉, 헉.

현기증이 나서 눈앞이 빙빙 돌았어요. 앞이 흐릿하니 먼 것은 물론 가까운 곳의 형체도 알아볼 수가 없었지요. 헛것이 보이기까지 했어요. 눈앞에 '진순이'가 보였으니까…….

"멍! 멍!"

환각도 아니고 환청도 아니었어요. 줄에 묶여 농장에 있어야 할 '진순이'가 내 앞에서 주인아저씨를 향해 짖고 있는 것이 아닌가요? 주인아저씨가 싫어하거나 말거나 팔짝팔짝 뛰면서 달려들었어요.

"아니, 어떻게……?"

주인아저씨도 기가 막힌 표정으로 '진순이'의 목줄을 바라봤어요. 이번에는 쇠꼬챙이가 뽑힌 게 아니라 목줄의 가운데가 끊어져 있었으니까요. 줄에 매인 채, 제자리에서 빙글빙글 돌자 쇠줄이 엮이면서 조여졌고, 부드러움이 없어지자 쇠줄이 끊어졌던 것이네요. 아하, 강하면 부러지는 것이군요.

"허 참……!"

주인아저씨가 감탄사를 내더니 산을 내려가기로 하시네요. 내 생전 처음으로 얄미운 강아지 '진순이'의 덕을 본 날이었어요. 덕분에 산 중턱에서 내려올 수 있었으니 말이지요. 쓰러지기 직전에 일어난 기적이었어요.

'진순이'는 어떻게 되었느냐고요? 어떻게 되긴 뭐가 어떻게 되겠어요! 목줄이 끊어졌으니 마나님이 시내에 가서 새 목줄을 사오셨지요. 소용이 없을 것이라고요? 천만에요! 이번에 사온 것은 보통의 목줄이 아니었어요. 주먹처럼 큰 쇠고리를 엮어서 만든 무거운 쇠사슬이었으니까…….

그 줄은 바닥에 끌릴 때마다 쩔그렁쩔그렁 쇳소리를 냈어요. 연결된 고리의 유연성과 강함을 겸했으니 어떻게 끊어지겠어요!

더구나, '진순이'의 낡은 목사리를 끌러내고, 질기고 튼튼한 가죽으로 바꿨어요. 굵고 긴 쇠말뚝을 깊이 박아, 강한 쇠사슬을 쇠말뚝에 걸었으며, 쇠사슬에 연결된 질긴 목사리에 매었으니, 천하경비견 '진순이'가 탄생했네요.

🐑 진통

앞에 가림막을 쳐 놔서 개집 안은 깜깜했어요. 몸이 좋지 않아 일찍 누웠으나 잠은 오지 않았고, 먹은 것도 없는데 사르르 배가 아파오는군요. 너무 굶어서 이런 것일까요? 좀 지나면 괜찮겠지 하면서 억지로 눈을 감았어요.

"……"

아픔이 멈추는가 싶더니 다시 심해지네요. 배가 똘똘 뭉치는 느낌이었고 심박동이 빨라지며 숨도 가빠졌어요. 뱃속의 새끼들도 웬일인지 움직임이 없어, 겁이 덜컥 났지요. 통증이 아니라 진통이었던 것이니까…….

뱃속의 새끼들이 아래쪽으로 쏠려 세상을 향하고 있었어요. 진통이 끊어졌다 이어지기를 반복했고 점점 고통이 심해졌어요. 그리고 그 주기가 짧아지고 있었지요. 정말이지 눈물이 나도록 아팠어요. '제발 이 고통을 끝내주세요.'

"낑……"

미역국

가림막 틈새로 아침이 밝아오는군요. 가림막이 들려지며 눈부신 햇살과 함께 마나님의 눈동자가 나를 살피고 있네요. 내 사랑 마나님은 '복실이'의 뭐가 그리 궁금하실까요?

"어머!"

개집 안을 들여다보던 마나님이 놀란 소리를 냈어요. 눈을 동그랗게 뜨고 무척이나 좋아하는 표정을 짓고서……

"여보! 여기 좀 봐요. '복실이'가 새끼를 낳았어요!"

"그래? 몇 마리나?……"

아저씨도 뛰어와 나의 개집 안을 살피네요. 나는 진이 다 빠져 기운이 없었지만 뿌듯한 얼굴로 주인님을 올려다보았지요.

"한 마리, 두 마리, 세 마리……. 네 마리……. 다섯……"

"다섯 마리나 낳았어?"

덩치가 작은 '복실이'가 어떻게 다섯 마리나 새끼를 낳았느냐는 듯 아저씨가 물었고, 개집 안을 살피던 마나님은 황당한 표정이 역력했어요.

"그게 아니라……. 여덟 마리나 되네요."

"여덟?"

"예~! 여덟 마리요!"

"허~……!"

"아휴! 작은 강아지가 어떻게 새끼를 여덟 마리나……."

이해되지 않을 정도로 신기하다는 듯 고개를 갸우뚱거리고, 대견하다는 듯 고개를 끄덕이며, 나와 새끼들을 번갈아보곤 했어요. 마당 한쪽에서는 어린강아지 '진순이'가 앞에서 벌어진 광경을 멀뚱멀뚱 바라다보고 있었지요.

오늘의 아침밥은 고기를 넣고 끓인 미역국이 나왔군요. 쇠고기도 듬뿍 들어가 진한 향기를 뿜고 있는 미역국에 쌀밥이 말아져 있었어요. 미역국은 뜨겁지도 차갑지도 않았지요.

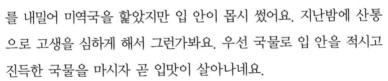

"아휴! 예뻐. 복실아, 많이 먹어!"

"할짝……!"

사랑이 가득한 주인마나님의 목소리를 들으며 작은 혀를 내밀어 미역국을 핥았지만 입 안이 몹시 썼어요. 지난밤에 산통으로 고생을 심하게 해서 그런가봐요. 우선 국물로 입 안을 적시고 진득한 국물을 마시자 곧 입맛이 살아나네요.

"할짝……! 할짝, 할짝!"

미역국을 먹고 있는 내 모습을 얄미운 '진순이'가 불만이 가득한 얼굴로 바라보고 있군요. 지난 일이 떠올라 욕이라도 해주고 싶었지만 그런 기운도 없네요. 지금 그런 사소한 것에 신경을 쓸 시기도 아니고…….

자장가

전성시대

　　아기를 낳고 나자 세상이 변하더군요. 어제까지만 해도 주인님들이 새벽에 일어나 제일먼저 소를 찾았는데, 오늘아침 집에서 나온 주인님은 내게 먼저 오셨어요. 그 손에는 하얀 대접이 들려있었지요. 그곳에서 맛있는 냄새가 풍겨왔어요.

"멍! 멍!"

"왕! 왕!"

어린강아지 '진순이'가 나보다 더 크게 짖었으나 그 밥은 내 전용 대접에 넣은 내 밥이었어요. 이 농장에서 내가 제일 먼저 밥을 먹기 시작한 것이지요. 그 밥 또한 사료가 아닌 하얀 쌀밥에, 진득한 고깃국이 담긴…….

“아휴, 착해라. ‘복실이’ 많이 먹어!”

“할짝, 할짝!”

나는 어느 누구의 눈치도 보지 않고 고깃국을 소리 내며 먹었어요. 어린강아지 ‘진순이’는 자신의 개밥그릇에 사료가 쏟아지자, 내가 먹는 고깃국과 자신의 사료를 번갈아보더니 못생긴 코를 실룩거리네요. 불만이야 있겠지만 어떻게 하겠어요. 안 먹으면 자신만 손해인데…….

“우걱, 우걱, 우걱!”

‘진순이’가 오늘따라 신경질적으로 사료를 씹어댔어요. 주인님이 내게 다가오더니 나를 옥죄던 줄도 풀어주시는군요. 나야 산모니까 당연한 것 아니겠어요? 산모를 묶어놓으면 안 되는 거잖아요. 그렇지요?

그것을 보고 ‘진순이’가 얼마나 놀라는지 작은 눈이 소눈깔처럼 커지고 입을 딱 벌린 채 다물 줄을 모르네요. 더구나 마나님이 내 목줄만 풀어주고 그냥 가버리자 야코가 팍 죽어 실망한 표정이 역력했어요.

반면에, 나는 나를 옥죄고 있던 줄까지 완전히 풀렸으므로 환호를 했지요.

만세! 만만세!!

자장가

　　　　　　내 가슴에 얼굴을 묻고 잠이 든 아가들의 박동소리, 나의 숨소리와 맥박소리가 어우러져 울렸어요. 아가의 접힌 귀에서 윤기가 자르르 흘렀고, 작고 귀여운 입이 오물오물, 살포시 감은 눈은 행복한 꿈을 꾸고 있었지요. 주둥이를 살짝 벌린 채 새근새근 잠이 든 아가들, 어찌 이리 예쁜가요.

　누구를 닮아서 이리도 예쁜가, 아빠를 닮았나, 엄마를 닮았나. 이리 보아도 예쁘고, 저리 보아도 예쁘네요. 아가들은 나의 전부고 사랑이었죠. 바라만 보아도 좋았고 눈을 감아도 행복했어요. 담요로 덮여 어두운 개집 안에서 종일토록 아가들과 있었어요. 아가들과 함께 있으면 시간이 가는 줄을 몰랐으며, 행복감에 눈물이 났지요.

　내가 아가들과 떨어져 있는 시간은 먹고 싸는 시간밖에 없었어요. 개집 밖으로 똥오줌을 보러나가다가 아가들이 우는 소리에 급히 되돌아왔고, 밥을 먹다가도 아가들을 살펴보고 또 살펴보고…….

"하하하, '복실이'가 어미노릇 제대로 하는구나."

그런 나를 보고 주인님이 짓궂은 장난을 치기도 했는데, 개집 안에 있던 아가들을 개집 밖에 옮겨놓곤 했어요. 깜짝 놀란 나는 자리에서 벌떡 일어나, 아가들을 입에 물어 도로 데려다 놓았어요. 주인님에게 눈을 흘기면서…….

🐀 어미의 독기

며칠이 지나자 새끼들이 눈을 떴어요. 들리지 않던 귀도 열렸는지 소리에 반응을 하는 것 같네요. 개집 안에만 있던 녀석들이 아장아장 걸어서 개집 밖으로 기어나가기 시작했고, 내 신경도 점점 날카로워져 갔지요. 누군가가 내 아기들에게 해코지를 할까 무서웠거든요. 가장 크게 신경 쓰이는 존재는 가장 가까운 곳에 있는 '진순이'였어요.

여덟 마리나 되는 아가들이 한꺼번에 밖에서 돌아다니면 내가 다 보호할 수가 없었어요. 밖으로 나간 아가들은 제일 먼저 사냥개의 성질을 가진 '진순이'와 마주쳤지요. 줄에 묶인 '진순이'가 아기들에게 달려들 것 같아서 미리 방어를 해야 했어요.

"으르렁!"

내가 이빨을 내밀며 날카롭게 짖자 놀란 '진순이'가 뒤로 한 발 물러서네요. 내 눈에서 뿜어지는 독기가 사냥개를 물러서게 한 것이지요. 지금의 나에게는 그 무엇도 두렵지 않았으니까…….

농부 한 사람이 삽을 어깨에 메고 농장 옆 논길을 지나고 있는 것이 보였어요. 날카로운 삽날이 아기강아지를 때릴 것 같았지요. 어미의 본능으로 농부를 향해 달려들었어요.

"으르렁! 왕! 왕!"

"엇! 이놈이……."

놀란 농부가 나를 향해 삽자루를 휘둘렀어요. 그 삽날에 맞을까 무서웠지만 더욱 크게 짖어댔지요.

"왕! 왕! 왕!, 왕! 왕!"

앙칼지게 짖는 소리가 골짜기를 울렸어요. 내 성질이 변한 것은 그것뿐이 아니었는데, 무엇이든 눈에 띄면 공격을 해야 직성이 풀렸지요.

하루는 농장 안을 돌아다니던 길고양이가 눈에 보였어요. 나의 영역에서 내 허락도 받지 않고 나의 신경을 거스르는 버릇없는 존재잖아요. 내가 어찌 이런 것들을 내버려둘 수 있겠어요. 나의 멸치를 먹을 때도, 주인님이 보물처럼 아끼는 미꾸라지를 훔쳐 먹을 때도, 목에 줄이 묶여있었기에 어쩌지 못했는데 지금의 나는 자유였으니까…….

"으르렁~!"

날카로운 소리를 내며 바람처럼 도둑고양이에게 달려들었어요. 고양이가 기겁을 했지요. 언제나처럼 못생긴 엉덩이를 살랑거리며 여유롭게 창고로 들어서던 중이었거든요.

"야옹!"

창고의 한쪽 구석에 몰린 고양이의 눈동자가 확장되고 있었어요. 나보다 훨씬 작은 고양이를 내 발아래에 깔아뭉갤 일만 남았다고 생각했지요. 고양이가 도망한 곳은 막다른 벽이 있는 곳이니까…….

"후다닥!"

그러나 고양이는 날렵했어요. 벽에 부딪치는가 싶더니 얄밉게도 벽을 타고 위로 올라가는 것이 아니겠어요? 참, 기가 막히는 재주였어요. 고양이 쫓던 나는 지붕만 쳐다보고 있어야 했지요.

"멍 멍!"

지붕에서 내려다보는 고양이에게 앞발을 쥐고 흔드는 수밖에…….

"너, 나중에 걸리면 국물도 없을 줄 알아~!"

🐕 아가 사랑

아기강아지는 수놈이 세 마리, 암놈이 다섯 마

리였고, 털은 검정과 흰색이 섞였어요. 옹알이를 하는 듯 젖을 찾는 주둥이, 작고 앙증맞은 코, 가지런하고 반질거리는 털과 양 옆에 달린 귀, 생긴 모습 하나하나가 예뻤지요.

내 아가는 8마리나, 내 젖꼭지는 10개나 되거든요. 젖을 다 물려도 젖꼭지가 2개나 남으니 어디서 2마리를 데려와도 잘 기를 것 같아요. 어미젖이 필요한 강아지를 데리고 계신 분 없으세요? 제가 잘 보살필게요.

아기 중에 힘센 수놈이 제일 먼저 젖을 찾네요. 젖이 펑펑 나오는 제일 위쪽의 젖꼭지를 차지한 녀석은 코가 유난히 솟았으므로 '우뚝코'라 이름 지었어요.

여덟 마리의 아기들은 서로 젖이 잘 나오는 자리를 차지하기 위해 몸싸움을 했고, 힘이 약한 암캉아지 무녀리는 아랫배의 젖꼭지에 매달렸어요. 무녀리의 코가 투명할 정도였으므로 '하얀코'라 이름 붙이고 젖을 빠는 아가에게 속삭였어요.

"무녀리 '하얀코'야! 너는 본시 어미의 뱃속에서는 가장 튼튼한 아가였던 것을 내가 안단다. 태중에 있을 때 여덟 아가 중에 으뜸이라 동생들을 돌보는 역할을 마다하지 않았고, 세상에 태어나던 날은 첫 번째로 문을 열고 나오느라 기를 소진하여 무녀리가 되었구나.

눈치껏 나왔다면 가장 먼저 젖을 차지했을 텐데, 세상 밖에서는 또 다른 경쟁이 기다리고 있건만, 너는 비겁하지 못해 젖을 먹는 경쟁에서 밀려나는구나. 첫째로 나왔으나 막내가 된 무녀리 '하얀코'야! 세상살이가 맵고 매서워도 당당하게 살아가려무나."

무녀리 '하얀코'가 내 말을 알아들었다는 듯 열심히 젖꼭지를 찾았어요. 아기강아지가 젖 빠는 모습을 한참 구경하던 주인님이 아기강아지들의 위치를 바꿔주시네요. 그래야 젖을 골고루 먹을 수 있으니까요.

주인님이 위쪽에 달라붙어 힘차게 젖을 빨아대는 '우뚝코'를 잡아당겼어요. '우뚝코'는 작은 입으로 젖꼭지를 꽉 물고 있었으나 주인님의 힘을 당하지 못하고 젖꼭지를 놓치고 말았지요.

"쪽!"

어미인 나의 젖꼭지에서 주둥이가 떨어지는 소리가 났어요. 그 젖꼭지 자리에 '하얀코'를 놓고, '우뚝코'는 '하얀코'가 있던 제일 아래쪽에 갖다놓자, '하얀코'가 새로운 젖꼭지에 매달려 허겁지겁 빨아대네요.

"쪽! 쪽! 쪽……. 쪽! 쪽! 쪽!"

아래쪽으로 밀려난 '우뚝코'는 새로운 젖꼭지를 입에 물었지만 젖이 나오질 않았어요. '우뚝코'는 이내 젖 냄새가 나는 위쪽으로 움직였고, 머리로 형제들을 밀치고, 젖이 잘 나오는 젖꼭지를 차지하네요. 절대로 서열에서 밀려날 녀석이 아니로군요.

사랑스런 내 분신이 내 품에서 나와 함께 평온한 꿈을 꾸고 있

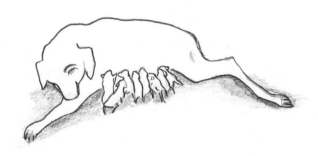

었으므로 행복했어요. 눈을 지그시 감고 생각했지요. 이놈은 어떻게 키우고, 저놈은 뭐로 기르고, 또, 요놈은 어떤 직업을 갖게 할까…….

보신

세상은 나와 아가들을 위해 존재했어요. 주인 마나님과 주인아저씨도 나를 위해 일을 하셨지요. 아침밥을 먹을 시간, 주택에서 맛있는 냄새가 풍기더니 마나님이 대접에 무엇인가를 가지고 나오셨어요.

그 대접에는 폭 삶은 닭고기가 노란 국물과 함께 들어있었지요. 예전에 주인아저씨가 친구들과 옻닭을 먹으면서 뼈다귀도 주지 않던 닭고기, 내가 그토록 먹고 싶어 하던 그 닭고기였어요. 그것도 뼈를 발라낸 살코기로만…….

"짭짭! 짭짭짭!"

육즙이 밴 하얀 살코기를 먹고 있는 나를 보고, 출입구 쪽 진순이가 팔짝팔짝 뛰며 어쩔 줄 몰라 하네요. 사냥개인 진돗개가 김이 모락모락 올라오는 닭고기 냄새를 맡았으니 오죽 하겠어요? 먹고 싶겠지요! 나는 못 본 척 앞만 보고 닭고기를 먹으며 속으로 중얼거렸어요.

'쯧쯧, 그렇게 먹고 싶으면 너도 아기를 낳던가…….'

아기가 여러 마리이다 보니 개집이 비좁았어요. 개집 안에 누워있으면 내가 아가들에게 덮여있는 것으로 보일 지경이었지요. 젖을 물리고 있는 나를 주인님들이 자애로운 표정으로 내려다보시며 말씀들 하시네요.

"젖이 많이 부족할 텐데……."

"돼지족발을 좀 먹으면 나을 거 같아요. 사람도 젖이 부족하면 고아먹으니……."

다음날 아침은 주인님이 커다란 돼지족발을 가져오셨어요. 뼛국물이 우러나도록 푹 끓여, 족발에 붙은 살코기가 흐물흐물 했지요. 그 냄새를 맡은 '진순이'가 목줄이 팽팽해지도록 몸을 이리저리 흔드네요.

"웡! 웡! 웡!"

주인님은 안됐다 싶은지 내가 먹다 남은 뼈다귀 하나를 '진순이'에게 던져주었어요. '진순이'가 기다렸다는 듯 땅에 떨어진 뼈다귀를 앞발로 누르고 입으로 바수기 시작하네요. 진돗개의 작은 눈이 소의 눈처럼 커져서…….

"으드득, 으드득!"

먹는 소리도 요란하네요. 말로만 진돗개지 족보만 좋으면 뭐하나요. 제대로 배우지 못하고 음식을 저렇게 상스럽게 먹어대는데…….
식탁에서의 예절은 가정교육의 산물인 것을…….

'진순이'는 좌우를 살피며 딱딱한 뼈다귀를 깨물었으나, 나는 부드러운 살코기를 편하게 먹어도 되었지요.

"짭, 짭, 짭!"

육즙이 촉촉하게 배어있는 맛좋은 고기에, 진하게 우러나온 고기국물도 실컷 먹었어요. 팔자가 늘어진 나는 배가 터질 것 같았지요. 주인님은 내 젖이 잘 돌게 하려는지 날이면 날마다 맛있는 고기를 대령했으며, 나는 고기가 질리도록 먹었고, 그때마다 주인님들이 옆에서 나의 시중을 들었어요.

내가 다시 공주님이 되었나? 아니지, 여왕님인가?

탈진

아이고! 어지러워라……. 날씨는 덥고, 좁은 개집 안에 아가들은 8마리나 바글대지, 칭얼대며 젖은 빨아대지, 이거 보통 중노동이 아니네요. 아기를 기르는 것이 이리 어려운 줄 정말이지 몰랐어요.

아기들에게 시달리다 개집 안에 떼어놓고 혼자서 밖으로 나왔어요. 누워만 있다가 일어서니 다리가 후들후들 흔들리고 중심을 잡기가 쉽지 않군요. 아! 하늘이 노래지더니 그만 정신을 놓치고 말았어요. 아득히 먼 곳으로부터 마나님의 목소리가 아련히 들려오네요.

"여보! '복실이'가 또 쓰러졌어요!"

얼마나 시간이 지났을까. 눈을 떴을 때 링거에 이어진 줄이 보였
어요. 몸에 꽂은 주사기를 통하여 주사액이 톰방톰방 떨어졌지요.
헉? 아기들이 보이지 않네요. 깜짝 놀라 눈을 두리번거리는데, 바
로 옆에서 끙끙대는 아기강아지들의 소리가 들리는군요. 안도의 한
숨이 절로 나오네요.

"휴~!"

송아지들이 설사를 하면 링거액을 주사했는데, 내가 그 꼴이 되
었네요. 투명한 줄을 타고 약물이 몸으로 들어오는 것을 보며 하
루를 보냈어요. 기운이 좀 나는 것 같았지요.

아기를 기르는 것이 힘은 들었으나, 다들 무럭무럭 자랐어요. 아
장아장 걷기 시작했으니까요. 주인님은 아기강아지에게 우유를 사
다 주셨지만, 아기강아지는 잘 먹지 않았고 주인님은 그것을 나에
게 먹으라고 주셨어요.

입맛이 써서 먹고 싶지 않았으나 주인님은 억지로라도 먹이고
싶어 했어요. 이것을 본 '진순이'가
또 질투의 눈빛을 보내고 있네요.
쯧, 저 어린것은 먹을 것만 보면
환장을 한다니까요.

아가들이 하는 일은 자다 일어
나 먹고 또 자고, 자다 일어나 먹

는 것을 반복했어요. 한 마리도 아니고 여덟이나 되는 아가를 기르는 것이 쉬운 일은 아니었죠. 개집에 들어서면 아기강아지들이 품으로 파고들었어요.

"낑, 끼잉, 낑, 낑."

한 모금이라도 젖을 더 빨겠다며 여덟 마리가 경쟁을 하듯 서로 밀치면서 젖꼭지를 찾아 물었지요. 젖꼭지가 빨갛게 부풀고 나중에는 핏물이 배어나왔어요.

"아휴! 여보, '복실이' 젖꼭지가 다 헐었어요. 이걸 어째요."

보다 못한 주인님은 아기들과 어미인 나를 따로 떼어놨어요. 소파와 의자 사이에 나무판자로 칸막이를 둘러, 아기강아지가 나에게 다가오지 못하도록 했지요. 하루에 시간을 정해 젖을 물리도록 했어요. 한결 나았지요. 그러나 밤이 깊어지면 아기들이 칭얼거렸어요.

"낑……. 끼잉……!"

배가 고픈 모양이었어요. 어미로서 어찌 새끼의 배고픈 울음소리를 듣고 그냥 말 수 있을까요. 둘러진 나무판자를 뛰어넘어 새끼들에게 갔지요. 젖 냄새를 맡은 아기강아지들이 허겁지겁 달려들었어요.

"끼잉……. 낑……. 끼잉……. 낑."

젖꼭지가 쓰렸지만 열심히 젖을 빠는 아기들을 보니 행복했어요. 며칠간을 그렇게 지냈어요. 내 젖꼭지에서 흐르는 피가 멈추지 않았던 이유였지요.

"여보! '복실이'가 밤에 새끼들에게 젖을 주나봐요. 줄을 다시 매서 젖을 못주게 해야지 안 되겠어요."

그날 이후, 밤마다 배고픔에 우는 아기들의 소리를 들어야 했어요. 아기들에게 가려고 했으나 줄에 묶여 그럴 수가 없었지요. 내 젖꼭지는 아물어갔지만 가슴은 찢어질 듯 아팠어요. 또 다시 목줄에 묶였다는 것이 나를 더욱 비참하게 만들었지요.

아, 내 팔자는 왜 이런지……. 그저 주인님이 원망스럽군요.

옥수수

옥수수는 소똥과 개똥을 번갈아먹고, 태양과 개울물을 연이어 삼키며 쑥쑥 자랐어요. 옥수수가 축사우리 남쪽으로 빙 둘러져, 마치 울타리를 친 것처럼 보이는군요. 그 옥수수가 긴 팔을 흔들면서 손짓하는 것을 보고, 소들이 긴 혀를 내밀어 탐을 냈지요.

꼭대기에 대롱대롱 매달린 수꽃이 잎겨드랑이에 숨은 암꽃에게 눈짓을 하고, 날씬한 옥수수가 배를 쑥 내밀더니 그것이 점점 커졌어요. 아하! 임신을 했군요.

하나의 몸통에 두 개 세 개씩 달린 연초록 옥수수수염이 흑갈색 옷으로 갈아입은 오늘, 주인아저씨는 옥수수를 하나씩 따기 시작했어요. 잠시 후 옥수수가 가득 찬 소쿠리를 옆구리에 끼고 씩씩하게 돌아왔지요. 개선장군처럼…….

개집이 바라보이는 마루에 앉아, 초록빛 옥수수껍질을 하나둘 벗겨내네요. 옥수수수염도 뽑고, 망사처럼 생긴 연녹색 속껍질을 한 겹만 남겼지요. 뽑은 수염을 쓰레기장으로 힘껏 던지시네요.

"잠깐! 그 수염 버리지 마세요."

"버리지 마? 왜?"

"이거 끓여서 차로 먹으려고요. 몸에 좋다 하네요."

"그래? 그럼, 잘 둬야지."

주인아저씨가 주섬주섬 옥수수수염을 소쿠리 한쪽에 모아놓고, 요염한 자태를 뽐내는 옥수수를 찜통에 넣었어요. 한 개, 두 개, 세 개……. 찜통 한가득…….

얼마의 시간이 지나지 않아, 달콤한 옥수수의 향기가 방에서 마당으로 퍼져갔어요. 뜨거운 찜통을 마루에 올리고 뚜껑을 열자, 수증기가 확 올라오면서 더욱 강한 향기가 진동했지요.

"멍! 멍!"

먹을 것이라는 것을 알고 '진순이'가 짖어댔어요. 주인아저씨가 옥수수를 꺼내 소쿠리에 담는데, 뜨거운 김이 모락모락 올라오네요.

"앗 뜨거……!"

"저런, 조심하세요."

주인아저씨가 손가락을 호호 불었다가 귀에 대기도 하면서, 옥수수에 붙은 속껍질을 뒤로 젖혔어요. 노란 알갱이가 주인마나님의 이빨처럼 가지런하게 열을 지어 있었지요.

"맛있겠다."

"호호, 색깔이 참 예쁘네요."

두툼한 손으로 옥수수 하나를 든 주인아저씨가 입을 크게 벌리더니, 옥수수 가운데를 꽉 물었어요. 옥수수를 옆으로 돌리면서 드르륵 소리가 나도록 뜯어먹네요. 눈을 감고 입만 움직이는 것이, 맛이 무척 좋은가봐요.

"냠, 냠, 냠, 으음……!"

하나를 다 해치우고 나서, 또 하나를 먹으면서 나에게 눈길 한 번 안주시네요. 그까짓 옥수수가 뭐 그리 맛이 있다고……. 그리고 아무리 맛이 좋아도 그렇지…….

두 개의 옥수수를 다 먹고 난 주인아저씨가 그제야 나에게 눈을 돌리셨죠. 뭐 미안하거나 잘못했다는 표정은 아니었어요. 무의식적으로 그냥 눈을 돌리시는 거로 보였거든요.

"먹고 싶냐? 옜다, 이거나 먹어라."

주인아저씨가 나에게 옥수수 하나를 던지셨어요. 그렇지만 그 옥수수는 알맹이가 없는, 속대만 남은 것이었어요. 진짜는 주인아저씨가 다 뜯어먹고 못 먹는 속대만 주시다니…….

드문 드문 주인아저씨의 이빨자국과 씹다만 알갱이가 남아있었지요. 거지에게도 이러지는 않을 거라는 생각에 기분이 몹시 상했지만, 주인님이 맛있게 먹는 것을 본지라 슬슬 냄새를 맡다가 혀를 내밀어 맛만 봤어요. 달달한 냄새가 느껴졌지요.

딱 봐도 찰진 알갱이가 쫄깃쫄깃하리란 판단이 들었어요. 입으로 꽉 물고 씹었는데, 에이 별거 없군요. 이게 뭐 그리 대단하다고……. 구시렁거리다가 옥수수를 입에 물고 고개를 휙 돌리면서 아무데나 던져버렸지요. 그것을 보았는지 옥수수가 떨어진 땅바닥으로 나의 아기강아지들이 달려들고 있네요.

"힝, 힝, 힝!"

'우뚝코'가 폴짝폴짝 뛰어가 내가 버린 옥수수속대를 물고 신이 났어요. 아가들이 달려들어 옥수수속대를 서로 차지하려 넘어뜨리고 덮치고 난리가 났지요. 몸싸움을 벌이면서 속대가 옆으로 튕겨 나며 무녀리 '하얀코' 앞에 떨어졌어요.

이게 웬 횡재냐 싶은지 '하얀코'가 재빨리 입에 물고 도망을 가네요. 촐랑촐랑 뛰는 모습이 어찌나 귀여운지…… 정신없이 뛰어가던 무녀리 '하얀코'가 돌에 걸려 앞으로 푹 고꾸라졌어요.

"깽!"

'하얀코'가 비명을 지름과 동시에, 입에 물고 있던 속대가 땅에 떨어져 데굴데굴 굴렀어요. 땅에 넘어진 '하얀코'가 머리를 털고 일어나 두리번거리며 옥수수속대를 찾네요. 그런데, 옥수수속대가 '진순이' 앞에 떨어져 있는 것이 아닌가요?

지금까지 계속해서 입을 딱 벌린 상태에서 침을 질질 흘리며 옥수수속대를 노려보던 '진순이'였어요. 옥수수속대가 자기 앞에 굴러오자 얼마나 좋아하는지…….

졸지에 옥수수속대를 가운데 두고 사냥개와 무녀리가 대치하고 있는 꼴이 된 것이지요.

'진순이'가 천천히 앞발을 내밀어 옥수수속대를 잡고, 여유만만하게 자기 쪽으로 끌어당겼어요. 비록 묶여있는 신세였지만 누가 감히 이 진돗개를 건들겠어요. 그런데 이때였어요. '진순이'와 대치를 하고 있던 '하얀코'가 옥수수속대를 향해 확 달려드는 것이 아닌가요?

"앙!"

아가가 처음으로 짖었어요. 소리도 앙증맞았지요. 하룻강아지 범 무서운 줄 모른다더니 지금의 '하얀코'가 딱 그 짝이었어요. 이제 막 젖 떨어진 잡종강아지가 큰 진돗개에게 감히 도전을 하다니…….

나는 성질 더러운 '진순이'가 나의 아가에게 해코지할까 무서웠어요. 그렇잖아요. 그런데, 오히려 놀란 것은 '진순이'였어요. 무녀리 '하얀코'가 짖으면서 달려들자 움찔 놀라면서 뒤로 물러섰으니까요.

그 순간, 무녀리 '하얀코'가 옥수수속대를 재빨리 입에 물고 저 멀리 내빼고 있군요. 아니, 별일 다보겠네요. 저 못된 사냥개가 아기강아지에게 사냥감을 뺏기다니…….

사냥개 '진순이'는 무녀리 '하얀코'가 무서웠던 것일까요? 어마나! 세상에…….

제9장

여름의 상처

🐕 태풍

　　　　여름은 정렬의 계절이었어요. 축사 주변에 심은 고추의 마디마디에 풋고추가 주렁주렁 달렸고, 가지는 가지마다 크고 작은 자주색 가지가 덜렁덜렁 열렸으며, 옥수수는 겨드랑이에 감춘 팔을 늘리면서 하늘높이 쭉쭉 올라갔어요.

　호박이란 놈은 가늘고 긴 손가락을 내밀어 옥수수에 올라탄 후, 제일 높은 축사지붕까지 넘보고 있었지요. 다들 소똥은 물론 개똥까지 먹어가며 신나게 여름을 향유하고 있었으니까…….

　뜨거운 태양이 작물을 태울 듯 맹렬하게 햇빛을 쏘아 흙길에서 일어나는 먼지가 자욱했고, 밭작물은 빨갛게 타들어갔어요. 올해는 마른장마가 와서 다들 비가 부족하다고 걱정들 하셨지요. 주인아저씨께서 하늘을 올려다보면서, 날이 건조하면 축사하는 사람은 좋지만 비는 꼭 와야 한다고 중얼거리시곤 했어요.

그런데, 오늘은 어둑어둑한 날씨가 이어지더니 먹물을 뿌린 듯 먹장구름이 하늘에 깔렸어요. 구름이 드리운 하늘에서 천둥소리가 무겁게 울렸지요.

"우르릉! 우르릉!"

눈앞의 세상이 한순간에 어두워지면서 서늘한 기운이 돌았어요. 비구름이 그 무거움을 이기지 못하고 장대 같은 빗줄기를 쏟아냈어요.

"쏴아!"

멀리까지 보이던 창고 밖 풍경이 빗줄기에 가려 보이지 않았어요. 빗줄기가 축사지붕을 때리는 소리가 요란하게 울렸지요.

"따다다당! 따다다다당! 따다다다당!"

잘게 부서진 빗물이 안개처럼 공간을 떠돌았어요. 방에서 늦은 점심을 먹고 있던 주인님들이 놀라서 밖으로 튀어나오셨지요.

"야~! 비가 오네."

"정말, 반가운 단비네요."

주인님들은 비가 내리는 하늘을 바라보며 좋아하셨어요. 그러나 그 비와 함께 찾아오는 검은 그림자를 눈치 채지 못하고 있었지요.

수해

"쏴아~!"

오늘 같은 날은 '진순이'가 상당히 불편할 것이란 생각이 들었어요. '진순이'의 개집은 마당에 위치해 있으므로 빗방울이 '진순이'의 개집 안으로 튕기지 않겠어요? 빗방울 뿐 아니라 빗물까지 흘러들지 모르지요. 거기에 비하면 내가 있는 창고 안은 대궐과 같네요.

"쏴아~!"

비 내리는 농장을 지키고 있는 나와 '진순이'도, 축사우리에 배를 깔고 있는 소들도 조용히 잠든 시각, 장맛비는 그칠 줄 모르고 밤이 새도록 내렸어요. 그 빗물이 낙엽에 스며들 새도 없이, 뒤이어 내린 빗물에 밀려 아래로 내려갔지요.

"콸, 콸, 콸, 콸!"

밀려든 황톳물이 배수로를 빠져나가지 못하고 둑을 타고 넘으면서 흙더미를 깎아냈어요. 그 바람에 논둑이 패이며 도랑으로 변해가고 있군요.

"콸, 콸, 콸, 콸, 콸."

논둑을 타고 내린 황톳물은 흙더미를 휩쓸었고, 휩쓸린 흙더미는 배수로를 막아버렸어요. 막힌 배수로가 수로 깊숙이 품었던 흙탕물을 토해내면서 점점 불어난 물이 농장을 호수처럼 만들고 있네요. 소들은 물론 주인님까지 깊이 잠이 든 밤에 일어난 일이었어요. 밀려들어온 물이 아랫배미의 논으로 바로 흘러내렸기 때문에

다행히 큰 문제는 없었지요.

구름이 걷힌 새벽시간, 주택의 문을 열고 나온 주인님이 소밥을 주러 나갔다가 눈이 휘둥그레졌어요. 농장의 마당 안에 흙더미가 밀려든 것이 보였던 것이죠.

"어머나!……."

주인아주머니가 몇 달 동안 일궈놓은 농작물이 물에 잠겼던 흔적이 역력했어요. 호박과 고추 그리고 조롱박 줄기가 물에 녹아있네요. 주인아주머니가 아까운 듯 물에 녹아버린 호박잎을 만지며 혼잣말을 하시는군요.

"에고, 수재민이 되었네요."

그날은 주인님과 인근의 아저씨들이 무너진 도랑을 보수하면서 물길을 크게 내고, 배수로의 막힌 흙을 퍼내느라 땀을 뻘뻘 흘렸어요.

내가 있는 창고에도 바닥에서 스며든 빗물이 흥건했지요. 아기강아지들은 눈을 동그랗게 뜨고 뒷걸음을 쳤으며, 주인님은 열심히 밀걸레로 물을 훔쳐냈어요. 축축해진 바닥을 말리려 선풍기도 틀었지요.

"윙~ 윙~!"

선풍기가 고개를 숙이고 바람을 날려 보내자 아기강아지들이 고개를 갸웃거리며 신기해하네요. 이때, 갑자기 '탁'소리가 들리며 선풍기가 힘을 잃고 멈췄어요. 전기차단기가 내려갔나봐요.

"엇! 전기가 나갔네?"

지하수를 뿜어내는 자동펌프에 물이 들어가 합선이 된 것인지, 빗물에 의해 누전이 된 것인지 잘 모르겠다며 주인아저씨가 차단기를 내렸어요.

"화재 위험이 있으니까 오늘밤에는 불을 켜지 말아요."

"언제 고치려고요?"

"오늘은 늦었고, 내일 고칩시다. 그리고 오늘 초상집에 가야 해서……."

"오늘은 비가 많이 와서 무서운데, 안 가면 안 되나요?"

"안 갈 수가 없는 집이란 걸 당신도 잘 알잖아요."

"언제 들어오는데요?"

"일찍 오기 어려우니까 문단속 잘하고 일찍 자요."

주인아저씨의 말에 마나님이 기운 없는 표정을 지으셨어요. 무엇인지 모르게 불안을 느끼는 듯했지요. 옷을 갈아입은 주인아저씨가 내 머리를 쓰다듬더니 아기강아지도 하나하나 털을 쓰다듬어 주시네요.

"복실아! 진순아! 아저씨는 오늘 못 들어오니까 아기들 잘 봐라. '진순이,' 네가 집을 잘 지켜! 알았지?"

"멍!"

"웡! 웡!"

그렇게 말을 하고 주인아저씨는 비바람이 부는 속으로 차를 타고 나가셨어요. 농장에는 마나님과 우리만 남긴 채…….

불

주인님이 계실 때는 몰랐는데, 안 계신 오늘은 까닭 없이 불안하군요. 전기가 나간 축사는 물론 주택도 깜깜했어요. 먹구름이 하늘을 덮어 달빛도 별빛도 보이지 않아 천지가 어두웠지요.

오늘따라 잠도 오지 않았어요. 이것저것 걱정이 많아 눈이 감겨지지 않았지요. 집이 무너지는 것은 아닐까, 갑자기 불이 나서 농장이 다 타버리면 어쩌나, 쓸데없는 걱정이 머릿속을 지배하고 있었어요.

튼튼하게 지어진 집이라 무너질 염려 없고, 전기가 나간 축사에서 갑자기 불이 날 일도 없잖아요. 아하! 그렇지요. 걱정이 되는 것은 하나 있네요. 어제 있었던 물난리처럼, 한 번 더 농장으로 물이 들어올 지도……

마나님은 무엇을 하시는지, 나의 아가들은 잘 자고 있는지 귀를 세우고 기척을 살폈어요. 주인마나님은 일찍 잠자리에 드셨고, 나의 아가들이 꼼지락거리며 배냇짓을 할 뿐 조용했지요. 그런데, 음습한 바람이 불어왔어요.

"후웅~ 획! 후우웅~ 휘익! 후우우웅! 휘이익!"

불어오는 바람이 가는 방향을 알 수 없는데, 갑자기 양철지붕 위로 빗방울 떨어지는 소리가 울렸지요.

"후두두둑, 후두두둑, 후두두둑!"

비를 가득 머금은 바람이 골짜기를 타고 내려왔고, 그 바람은 폭우가 되어 축사의 지붕을 사정없이 내리쳤어요. 빗물이 위에서 아래로 쏟아지는 것이 아니라 바람과 함께 옆으로 들이치는군요.

"휘이잉~ 쏴아! 휘잉~ 쏴아!"

겁이 왈칵 솟았어요. 개집 안으로 들어가 숨을 죽이고 눈치만 살피는데, 쌓아놓은 빈 사료포대에 물이 떨어지고 있네요. 비가 멈출 줄 모르고 무섭게 쏟아져 겁이 난 나는 주택의 방문을 응시했지만, 마나님은 깊이 잠이 들었는지 조용했지요. 그렇게 얼마의 시간이 흘렀을까.

"앗, 차가워!"

내 고운 털이 물에 닿아, 깜짝 놀라 소리를 쳤어요. 개집 안으로 물이 들어오다니……. 개집 안이 젖을 정도였으므로 창고바닥 전체가 물이 흥건했어요. 홍수가 난 것일까요? 겁을 먹은 나는 마나님에게 도움을 청하기 위해 마구 짖었어요.

"멍! 멍! 멍! 멍! 멍!"

그러나 주택의 문은 열릴 줄 몰랐고, 내가 짖는 소리를 들었는지 밖에 있던 '진순이'가 따라 짖기 시작했어요. 용감한 사냥개도 무서웠던 것일까요?

"웡! 웡! 웡! 웡! 웡! 웡!"

'진순이'가 짖는 소리는 나보다 우렁찼어요. 같은 편이 된 듯 크게 위안이 되었지요. 그동안 미워한 것이 미안할 정도로…….

개 짖는 소리가 요란했지만 주택의 문은 열릴 줄 몰랐어요. 덥고 습한 공기로 개집 안이 더워서 그런지 몸에서 열이 확확 나면서 기분 나쁜 냄새가 느껴졌지요.

"킁!……."

종이 타는 냄새가 났어요. 이상하네요. 장맛비가 요란하게 내리는데 종이가 타는 냄새라니……. 그 속에 야릇하고 독한 냄새도 섞여있네요. 사료포대가 쌓여있는 곳에서 실처럼 가느다란 연기가 피어오르고 있었어요. 본능적으로 무엇인가 잘못되었다는 것을 느낄 수 있었지요.

"푸쉬쉬, 푸쉬쉬……."

사료포대가 쌓인 곳은 생석회가 담긴 톤백이 놓인 곳이었어요. 생석회에 물이 들어가자 거대한 톤백이 부글부글 끓어오르며 열기를 뿜어대네요. 그곳에서 팽창한 열기가 연기를 만들고 안개와 뒤섞여 창고 안이 자욱해지고 있었지요.

"펑~!"

화염이 일어나며 순식간 사료포대에서 불이 붙었어요. 자욱한 연기 속에서 시뻘건 불길이 점점 커졌으며, 빈 사료포대가 타오르면서 재티가 허공으로 올라갔다가 다시 바닥으로 떨어지는군요.

"빠직, 푸르르, 빠지직, 푸르르."

불씨도 없는데 불이 생기다니……. 불을 끄는 물이 불씨가 되어 불이 일어나게 하다니 믿을 수가 없었어요. 돌풍이 빗물을 몰고 와 창고에 쏟아졌지만, 그 빗물은 톤백에 있는 생석회를 더 끓게 할 뿐이었지요.

"빠직! 푸르르, 빠지직, 푸르르!"

불은 창고 안의 가재도구로 빠르게 옮겨지고 있었어요. 농장마당에 있는 '진순이'도 나와 함께 목이 터져라 짖어댔고, 건너편 축사에서 잠을 자고 있던 소들이 일제히 울음을 터뜨렸어요.

"멍, 멍, 멍, 멍, 멍, 멍! 멍, 멍, 멍, 멍, 멍, 멍!"

"웡, 웡, 웡, 웡, 웡, 웡! 웡, 웡, 웡, 웡, 웡, 웡!"

"움머~! 움머~! 움머~! 움머~! 음머~!"

깜깜한 공간이 불꽃에 의해 밝아졌다가 검은 연기에 다시 어두워지기를 반복하고 있었어요. 그을음과 연기 때문에 숨을 쉬기조차 어렵게 되었고 아기들도 울어대기 시작하는군요.

"낑, 끼잉……. 낑……. 끼잉……. 낑……."

개집 주변에 있던 소파와 의자 그리고 칸막이로 쓰던 나무판자가 불에 붙어 활활 타올랐어요. 매캐한 연기와 뜨거운 불꽃이 아가들을 위협하고 있네요. 나의 아가들은 불에 타 죽을 운명이란 말인가요.

"멍멍! 멍멍멍! 멍멍! 멍멍멍!"

신이시여! 어찌하여 저를 버리십니까. 저에게 힘을 주세요. 저의 아기들을 살려주신다면 무엇이든 하겠습니다. 울부짖으면서 마지막 힘을 다해 아가들이 있는 곳으로 몸을 날렸어요. 그러자 기적이 일어났어요.

"툭! 투둑!"

소파가 불에 타는 바람에 소파에 연결된 쇠고리가 모두 풀어지며 땅에 떨어졌어요. 나의 약한 힘에도 장식이 '툭툭' 떨어지면서 줄이 빠진 것이지요. 총알처럼 아기들이 있는 곳으로 쏘아들었어요.

"월월월월! 월월월월……. 월월월월! 월월월월……!"

여덟 마리의 아가들은 한곳에 뭉쳐 불길을 피했는데, 아기강아지 한 마리가 무리 속에 들어가지 못하고 혼자서 떨고 있는 것이 보였

지요. 몸이 제일 약한 무녀리 '하얀코'였어요.

재빨리 무녀리의 뒷목을 입에 물고 창고 바닥의 한가운데로 옮겨갔어요. 그곳에는 아직 불길이 닿지 않았거든요. 힘이 제일 센 '우뚝코'가 장애물을 건너 뒤를 따라왔어요. 나머지 아가들을 구하기 위해 뒤돌아서는 순간, 눈앞에서 개집이 무너져 내리고 있는 것이 아닌가요?

"와르르, 털썩 쿵! 와르르, 두둑!"

아, 아무것도 생각을 할 수 없었어요. 다른 아기강아지들은 어찌되었는지 몰랐고, 겁에 질린 '하얀코'가 오들오들 떨고 있는 것만 보였지요. 그 와중에서도 숨이 막혀죽을 것 같았어요. 맵고 지독한 냄새로 인해……

 ## 진화

"쏴아~ 쏴아~ 쏴아아!"

하늘에서는 폭우가 쏟아지고 있었으나, 지붕 아래의 창고는 불이 더 크게 번지고 있었어요. 나는 '하얀코'를 입에 물고 개집을 벗어났으나 아직 창고 안에서 나가지 못하고 있었지요. 창고와 주택을 잇는 벽체에서 검은 연기가 시작되었고…….

이 위기를 구해줄 수 있는 것은 오직 마나님뿐인데 그 마나님마저도 위험했어요. 주택으로 통하는 문은 굳게 잠겨있었지요. 창고와 주택 사이에 댄 자재는 스티로폼이었으며 새까만 연기가 꾸역꾸역 솟아나 위급한 상황이 전개되었어요. 주변의 불은 물론 내 가슴도 바싹바싹 타들어갔으나 아무것도 할 수 없었어요. 내가 할 수 있는 것은…….

"아! 제발 살려주세요!"

또다시 하늘을 보고 빌 수밖에 다른 방도가 없었어요. 무서움에 떠는 '햐얀코'가 품을 파고들었고, 노출된 나의 등짝으로 뜨거운 불길이 덮쳤지요. 눈을 감으며 '하얀코'를 꼭 감싸 안고 죽음의 순간만을 기다리고 있었어요.

그런데, 이때 또다시 기적이 일어났어요. 빨간 소화기를 들고 있는 사람이 불꽃 사이에 아른거리더니 소화기의 하얀 분말가루가 쏘아지는 것 아닌가요?

"쐐애액~! 쐐애액~!"

가구를 불태우고 있던 불길이 일시 숨을 죽였지만, 벽과 벽 사이에서 연기가 폴폴 솟았어요. 소화기를 쏘고 난 검은 그림자는 주택 출입문을 열려고 했으나 잠겨있자 발로 힘차게 차기 시작했어요.

"쾅! 쾅! 쾅! 문 좀 열어요! 쾅! 쾅! 쾅! 안에 누구 없어요? 쾅! 쾅! 쾅! 쾅! 쾅!"

얼마나 거칠게 걷어차는지 주택이 마구 흔들렸어요. 얼마 후, 출입문이 열리며 안에서 마나님이 놀란 표정으로 나왔지요. 마나님을 깨운 것은 경찰관아저씨였어요. 잠을 자다 깬 마나님은 엄청난 주변상황에 놀라 얼굴이 굳어버렸죠. 그 얼굴에 재티가 내려앉는 것이 보였어요.

"삐뽀! 삐뽀! 삐뽀!"

소방차가 요란한 소리를 내며 농장으로 들어서고 있었어요. 농장으로 들어오는 좁은 길을 어떻게 들어왔는지 모르겠군요. 폭풍우가 쏟아지는 농장마당에는 여러 대의 소방차와 수많은 사람들이 모여들었지요. 무엇인가를 손에 들고 시끄럽게 떠들면서 이리저리 뛰어다녔어요.

"후다닥! 두두두! 쿵쿵쿵! 두두두!"

소방차의 강력한 헤드라이트의 불빛이 농장마당을 뛰어다니는 사람들의 그림자를 길게 늘어뜨리고 있었어요.

"전기를 내려!"

"차단기는 내려져 있어요!"

소방차에 연결된 소방호스가 길게 펼쳐졌으며, 거센 물줄기가 창고 안으로 뿜어지기 시작했어요.

"푸슈슈! 치이익! 푸수슉! 치이익!"

빈 사료포대가 물과 범벅이 되었고, 타오르던 잔해가 물에 휩쓸려갔어요. 소방아저씨에게 발견된 나는 겨우 밖으로 나갈 수 있었지요. 창고 밖 하늘에서는 그때까지 비가 쏟아지고 있었어요.

"쏴아!"

잠을 자다 잠옷 차림으로 밖에 나온 주인마나님은 농장마당 한

쪽에서 발을 동동 구르면서 엉엉 울었어
요. 연기가 폴폴 솟고 있는 창고를 바라
보며 누군가를 걱정하고 계신 것이 틀림없었
지요.

"엉엉엉! 어떻게 해, 어떻게 해…… 흑흑흑……."

내가 아는 세상에서 최고로 아름답고 마음씨 고운
우리 마나님, 지상 최고의 서열을 차지하고 있는 마나
님이 이렇게 마음을 아파하다니……. 울지 마세요. 이제까지 눈물
이 나지를 않았었는데, 마나님의 눈물을 보니 나도 갑자기 눈물이
나오기 시작했어요.

"흑흑흑!……."

내가 크게 울면서 마나님의 앞으로 다가가자 주인마나님이 고개
를 돌려 나를 알아보시고 눈이 커졌어요.

"복실아!"

정신이 반쯤 나간 표정으로 달려와 나를 덥석 들어 품에 안으시
네요. 순간, 조금씩 나오던 눈물이 펑펑 쏟아졌어요. 나는 물론 주
인마나님도 죽을 뻔했다가 살아난 기쁨, 주인마나님이 내가 죽은
줄 알고 울고 있었다는 사실, 얼마나 나를 사랑하고 있었는지 알
고 난 지금 어찌 울지 않을 수 있었겠어요.

"엉엉엉……. 엉엉엉!"

빗물과 눈물이 범벅이 되어, 내 눈에서 흐르는 눈물이 빗물인지
눈물인지 알 수가 없었어요.

"쏴아~!"

쏟아지는 장대비가, 불을 끄려 달려온 많은 사람들의 어깨 위로 쏟아지고 있었어요. 나의 머리와 몸 그리고 눈으로 빗물이 쏟아졌으나, 이제 살았다는 느낌 외에 아무런 생각도 나지 않았어요. 몸의 털이 빗물에 젖고 있었으나 몸을 털 생각도 하지 못했지요.

소방아저씨들이 창고 안에 쌓여있던 빈 사료포대를 풀어헤치고 그곳에다 물을 쏘아대자 잔불도 꺼지고 있군요.

"피식, 푸시시……."

아주 가느다란 연기만 마지막 몸부림을 치고 있었지요. 울고 있던 마나님은 나의 어디가 그리 좋은지 나를 가슴에 꼭 껴안고 놓아주질 않으셨어요. 엄마에게서 느꼈던 향긋한 냄새가 났지요. 마나님의 가슴에서…….

아가들

완전진압을 했다고 판단한 소방차가 철수를 한다며 차를 이리저리 방향을 바꾸네요. 그제야 정신이 들은 나는 아가들 생각이 퍼뜩 들었어요. 마나님의 품에서 벗어나려 움직이자 마나님이 나를 땅에 놔 주셨지요.

땅에 코를 대고 쿵쿵 냄새를 맡고, 고개를 둘레둘레 하면서 아가들을 찾았어요. 마음이 무척이나 급했으니까요. 나와 함께 밖으로 나왔던 '하얀코'는 어디로 갔으며, '우뚝코'와 다른 아가들은 어떻게 되었는지 알지를 못했으니 심정이 어떠했겠어요. 이때였어요.

"웡!"

그동안 수도 없이 듣던 소리, 얄미운 '진순이'가 짖는 소리였어요. '진순이'의 개집이 있는 곳으로 고개를 홱 돌려 바라보고 깜짝 놀랐어요. 줄에 묶인 '진순이'가 자신의 개집 앞에 떡 버티고 있는데, 무녀리 '하얀코'가 공포에 짓눌린 눈동자로 오들오들 떨고 있는 것이 보였으니까요. 순간, 가슴이 '쿵' 내려앉았지요.

"왈왈왈! 왈왈왈!"

죽기를 각오한 심정으로, 일격필살의 힘을 다해, 아기를 구하겠다는 일념 하나로 얄미운 '진순이'를 향해 돌진을 했어요. 어린강아지 '진순이'는 이제 내가 감당할 수 있는 상대가 아닌 것을 잘 알고 있었지만, 지금은 그런 것을 따질 때가 아니었으니까. 공격소리와 함께 번개처럼 달려들어 우악스레 얄미운 '진순이'의 목을 물어뜯었어요.

"으르렁!"

갑작스런 나의 공격에 놀란 '진순이'가 고개를 돌리는 바람에, 목을 물지 못하고 어깨만 물 수 있었어요. 이빨에 개털이 뭉텅 뽑힐 정도로 강한 공격이었지만 어찌된 일인지 '진순이'가 꼬리를 내리고 뒤로 빼네요.

"깽!"

얄미운 '진순이'의 개집에는 '하얀코'는 물론 '우뚝코'도 있었어요. 다행히도 모두들 아무런 이상이 없어보였지요. 얄미운 '진순이'의 개집에서 나의 아가들을 끌어안은 채, 얼굴을 맞대고 오열했어요.

"끄으윽, 끄윽……!"

주인마나님도 우리를 보고 한없이 울었어요. 그렇게 많은 눈물을 흘리고 아직까지 눈물이 남아있다니, 재티가 눈에 많이 들어간 모양이었어요. 멀찍이 떨어져 우리를 바라보고 있던 '진순이'가 고개를 뒤로 젖힌 채, 하늘을 바라보고 있었지요. 그런 '진순이'의 얼굴에 빗줄기가 주룩주룩 내리고 있었어요.

우울증

불이 지나간 창고 안은 타다 만 사료포대와 가구, 그리고 집기들이 물과 범벅이 되어 뒹굴었어요. 바닥엔 녹아내린 생석회가 흥건하여 폐허 그 자체였죠. 소식을 듣고 달려온 주인 아저씨는 마나님을 보고 망연자실한 표정을 지었어요.

"……"

아기강아지들이 살고 있던 개집은 다 타서 숯덩이만 남았고 그 안에 놀고 있어야 할 강아지들도 없었어요. 여덟 마리의 아기강아지 중에 살아남은 두 마리가 창고 밖의 마당에서 오들오들 떨고 있을 뿐 나머지 아기강아지는 흔적을 찾을 수도 없었지요.

살아남은 두 마리도 정상이 아니었어요. '하얀코'의 코는 불길에 그슬려 '검은코'가 되어 있었고, '우뚝코'도 불에 데어 '납짝코'가 되었으며, 내 모습은 더욱 심했어요.

머리털은 물론 몸의 여기저기 그슬려 털이 짧아졌고 단백질 타는 냄새가 났으며, 복슬복슬한 털이 아니라 볶아놓은 털이 되어 있었지요. 정신이 멍하니 아무런 생각도 나지 않았어요.

다행히 불은 창고 안의 집기만 태웠고, 주택과 축사는 물론 창고 건물도 멀쩡하네요. 창고도 벽과 천정이 그슬린 것 외에는 별다른 피해가 없었지요. 주인님은 창고를 청소하고 그 자리에 새로운 개집 하나를 마련해주셨어요. 개집 안에는 바닥에 신문지를 겹쳐 깔아 습기를 막아서……

그런데, 왜 이렇게 이곳이 싫은지 모르겠네요. 사고가 나기 전에는 포근하고 아늑하여 항상 몸과 마음이 편안했는데, 전과 같은 장소이건만 자리에 있는 것조차 싫어지니……

새로운 밥그릇에 밥과 국 그리고 사료가 담겨 나왔지만, 식욕이 날 리 없었어요. 먹고 싶은 생각이 없는 것은 물론, 밥이 나오거나 국이 나오거나 눈길도 가지 않았지요. 살아남은 아기 두 마리가 품으로 파고들었어요. 젖이 먹고 싶은 것일까요? 그렇지만 그마저 귀찮았어요. 눈치를 챈 주인님이 나를 달래시네요.

"복실아! 미안하구나. 새끼들을 지켜주지 못해서……. 그래도 어떻게 하느냐, 네가 잘 먹어야 아가들도 젖을 먹을 수 있지."

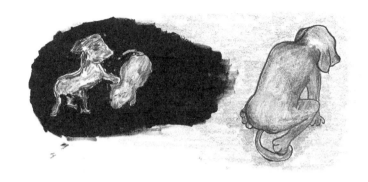

마나님이 위로하는 말이 나를 더 슬프게 만들었어요. 새로 마련된 개집 앞에서 매일 울기만 했지요. 마나님이 나를 새 집 안으로 밀었지만 발로 버팅기고 들어가지 않았어요. 그저 죽고 싶을 따름이었으니까…….

그런 나를 딱하게 생각하셨는지 주인마나님이 내 목사리에 매인 줄을 풀어주셨어요. 그리고 손으로 머리를 천천히 쓰다듬어주시네요. 그러나 그 손길도 싫었어요.

"여보! '복실이'는 여기가 싫은가봐요. 탄 냄새가 아직 많이 나요."

"하기는……. 충격이 컸겠지."

팔짱을 끼고 나를 내려다보던 주인아저씨가 한참을 생각하더니 새로 만든 개집을 번쩍 들고 밖으로 나가셨어요. 새집은 '진순이' 개집의 바로 건너편에, 즉, 주택의 벽에 놓였지요. 아가를 임신하기 전에 있던 곳이었어요. 예전처럼 '진순이'와 진입로를 사이에 두고 마주보게 된 것이었죠.

하루가 멀다 하고 으르렁 거리던 앙숙지간인 '진순이'와 가까이 있게 되었으나 다툴 일이 없었어요. 이번에 '진순이'로부터 큰 신세를 입은 거잖아요. 아가들이 위기에 빠졌을 때 안전하게 지켜주었으니까요. 그것도 모르고 '진순이'의 어깨를 물어버렸으니 무척 미안하기도 했어요. 그런저런 고마움을 표해야 했으나 세상의 모든 것들이 귀찮았어요. 밤이나 낮이나 맨 정신으로 있기가 어려울 정도로 괴로워 눈물이 나더군요.

"무우우우! 무우우우……!"

목이 쉰 소리를 고개를 쳐들고 울부짖었어요. 하늘이여, 나의 분신인 여섯 아가들을 데려갔으니 이제 나도 데려가라고…….

가출

　　　시간이 지나면서 아기강아지들도 젖을 찾아 품으로 파고들었어요. 힘이 센 '우뚝코'가 제일 먼저 젖꼭지를 찾았고 무녀리 '하얀코'도 허겁지겁 내 가슴을 헤집었지요. 개집 안쪽으로 자리를 옮겨 피했으나 새끼들은 계속 달려들었어요.

그것이 싫어서 새끼들을 피해 개집 밖으로 나갔지만, 악착같이 젖꼭지에 매달리며 따라 나왔어요. 한쪽 다리를 들고 짝발을 디딘 채 깡충거리며 앞으로 나가니 젖꼭지를 물었던 새끼가 떨어지네요. 젖꼭지가 벗겨지는 것 같았어요.

아무도 오지 못하는 곳에 숨고 싶었어요. 개집과 벽체의 사이가 아주 좁아 보여 그 사이로 비집고 들어갔지요. 머리를 집어넣고 온 몸을 비비적거리며 힘겹게 들어섰는데, '우뚝코'가 내 뒤를 따라 좁 은 공간으로 들어오려 하네요. 울컥 짜증이 났어요.

"으르렁~!"

경고음을 발하자 움찔 놀란 새끼들이 더 이상 다가오지 못하는 군요. 나는 세상살이가 싫어졌으며, 주인님은 물론 새끼들도 다 미 웠어요.

얼마의 시간이 지났을까. 소에게 사료를 주고 주택으로 들어가던 주인님들의 인기척이 나는군요.

"여보! '복실이'가 없어졌어요. 줄을 풀어줬더니 나갔나봐요."

"새끼강아지들은 다 있는데, 어미만 어디로 갔나?"

"복실아!"

"복실아! 어디 있니?"

주인님들의 목소리가 점점 멀어졌어요. 아마, 내가 농장 밖으로 나간 줄 알고 찾아 나선 모양이었지요. 그렇게 주택과 개집 틈새에 박혀 날이 어두워지고 있었어요.

다음날 아침, 소에게 사료를 주기 위해 축사로 향하던 주인님이 제일 먼저 새끼강아지들을 살펴보네요. 나는 틈새에 숨어 숨을 죽 이고 있었지만 결국 주인님에게 들키고 말았지요.

"아휴! 여기에 숨어 있었네."

"복실아! 밥을 먹어야 살지."

나는 주인마나님의 손에 잡혀 개집 안으로 옮겨졌어요. 밥그릇에 담겨있던 밥과 사료는 그대로였지만, 마나님은 밥과 국을 새로 담아주시는군요.

"복실아! 맛있게 먹어. 그래야 새끼들에게 젖도 주고 하지."

밥을 먹을 생각이 없는 것은 물론 주인님들의 목소리도 듣기 싫었어요. 그냥 개집 깊숙이 들어가 엎드린 채 얼굴을 바닥에 묻었지요. 하지만 주인님들이 새끼강아지 두 마리를 밀어 넣는군요. 새끼들도 배가 고픈지 젖꼭지를 찾아 품을 파고들었어요. 주인님이 지켜보고 있어 어쩔 수 없이 젖을 물려야 했지요.

밤이 깊어지자 농장 주변의 논에서 개구리 우는 소리가 들렸어요. 떼를 지어 우는 소리가 내 가슴을 후비는 것 같아 귀를 막았지요. 하늘의 별빛이 마당은 물론 개집 안까지 환하게 비췄지만 얼굴을 벽에 대고 눈을 감았어요. 새끼강아지 두 마리가 꼼지락거리는 것도 싫네요. 가슴이 울렁이면서 울화가 솟구쳤고, 누구를 향한 것인지 알 수 없는 분노가 치밀어 그저 앞발로 바닥만 긁어댔어요.

"드드득, 드드득"

바닥에 깔린 신문지가 발톱에 의해 길게 찢어지는군요. 한 번 두 번 세 번, 계속해서 바닥을 긁어대자, 어미의 이상한 행동에 겁을 먹은 새끼들이 숨을 죽이고 있네요.

얼마나 시간이 지났을까. 농장 주변의 논에서 울어대던 개구리소리도 잦아든 새벽녘, 어둡던 공간이 희뿌옇게 밝아오는 시간, 개집을 벗어났어요. 아무도 몰래 집을 나섰지만 아기강아지들이 뒤를 따라왔지요. 귀찮았어요.

"으르렁~!"

새끼들을 보고 무섭게 눈을 부라려 쫓았어요. 맞은편 개집에서 잠을 자던 '진순이'의 눈이 동그래졌지요. 나는 새끼들과 농장을 뒤로하고 새벽녘의 들판을 무작정 걸었어요. 넋이 나간 것처럼……

터벅터벅 논둑을 지나 산길로 접어들었어요. 얼마나 걸었을까. 짙푸른 숲 사이로 태양이 고개를 내미는군요. 이어지던 산길도 끊어지고 마른 낙엽이 발에 걸렸어요.

"바스락, 바스락."

조용한 산속에서 울리는 낙엽소리에 정신이 좀 들었어요. 여기가 어딜까? 처음 와보는 곳이었어요. 오던 길을 돌아보았으나 어디가 어딘지 알 수 없었어요. 피곤했어요. 바스락거리는 낙엽더미 속에 몸을 뉘었지요. 아, 눈이 감겨오네요. 이대로 영원히 잠들었으면…….

마른 낙엽에 파묻혀 잠을 자다 깨고, 또다시 잠을 자다 깨기를 반복했어요. 여명의 시간에 집을 나와 한낮이 지나고 다시 밤이 깊어질 때까지…….

이대로 이곳에서 아무도 모르게 생을 마치고 싶었으니까…….

"부엉! 부엉! 부엉!"

산속 어디선가에서 부엉이가 울어댔어요. 찬 기운이 느껴졌지요.

"끼르르르륵, 끼리리리릭."

이름 모를 산새가 요상한 소리를 내며 울어댔어요. 갑자기 무서운 느낌이 들어 죽은 듯 누워있던 몸을 일으켰어요.

"바스락, 바스락."

낙엽 스치는 소리가 들렸어요. 내가 내는 소리가 아니네요. 깜깜하여 아무것도 보이지 않는 숲속 어디에선가 들리는 소리였어요. 누굴까? 겁이 왈칵 솟았어요.

"우우~ 오르르르~ 우엉~!"

소름이 끼치도록 괴이한 울음소리가 산속을 울렸어요. 머리털이 곤두섰어요. 나도 모르게 산 아래로 냅다 달리기 시작했어요.

"바삭, 바삭, 부엉 부엉, 끼리릭, 끼리릭."

산의 모든 무서운 것들이 나를 향해 덮쳐드는 소리로 들렸어요. 방향도 모르고 무조건 산 아래를 향해 도망했지요. 오래도록 굶었는데도 어디서 그런 힘이 나는 것인지······.

"헉, 헉, 헉······. 헉, 헉, 헉······. 헉, 헉, 헉."

달빛이 하얗게 내리는 속을 달리고 달렸어요. 숨이 턱에 닿도록 달려 한밤중에 농장에 도착했는데, 하늘의 둥근 달이 내려다보고 있었지요. 나를 비웃는 얼굴로······.

 분노

발톱이 끊어질 듯 아팠어요. 돌아오는 도중에 돌부리에 걸렸는지 발톱에 핏물이 뭉쳐있군요. 절룩거리면서 '진순이'의 개집을 지나 창고 안의 내 집으로 들어갔어요. 그런데 집에 있어야 할 아가들이 보이지 않았지요.

개집 안에 들어가 자리를 잡고 한참동안 누었지만 아가들은 돌아오지 않네요. 어디로 갔을까. 힘없이 일어나 밖으로 나가 살피는데 조그맣게 짖는 '진순이'의 소리가 났어요.

"멍!"

'진순이'의 소리에 고개를 돌려 바라보니 '진순이'의 가슴에 나의 아가들이 잠을 자고 있는 것이 보이네요. 모두들 '진순이'의 젖꼭지를 물고 있는 것 같았어요. 다행이라 생각하며 잠이 들었지요. 극심한 피로가 한꺼번에 몰려왔거든요.

"여보! 복실이가 있어요. 어젯밤에 돌아왔나봐요."

"그래? 괜찮은가?

주인님들의 소리에 잠이 깼는데, 아침햇살이 눈부셨어요. 내가 돌아온 것을 보고 주인님들이 무척이나 좋아하는 것 같아, 지금까지 서운하던 마음이 약간 풀렸지요.

주인님들이 소밥을 주는 것도 잊어버렸는지 내가 있는 개집 앞을 떠날 줄 몰랐어요. 주인님은 애처로운 표정으로 나를 내려다보았으나 나는 주인님의 눈을 바라다 볼 수가 없어 고개를 숙였지요. 그런 나를 안타까운 눈으로 바라보던 주인님이 내 목사리를 잡더니 줄을 걸고 쇠말뚝에 매는 것이 아닌가요? 분노가 울컥 솟았어요.

"으르렁~!"

내가 성질을 확 내었으나 주인님은 내 마음은 아랑곳없이 막무가내로 나를 잡아당기는군요. 이번에도 꼼짝없이 줄에 묶인 신세가 되었네요. 아마 내가 밤에 다시 도망하는 것을 방지하려는 모양이었어요. 내 심정을 아는지 모르는지 아기강아지들이 젖꼭지를 물려

고 달려들었어요. 짜증이 밀려왔지요. 발로 확 걷어 차버렸어요. 아
가들이 나가떨어지며 울음을 터뜨리네요.

"깽~! 깨갱~!"

 ## 상처

또다시 밤이 찾아왔어요. 눈을 감으면 생석회
가 물에 젖어 끓어오르는 환청이 들렸고, 불이 붙어 활활 타오르
는 사료포대에 폭우가 들이치는 환각이 보였어요. 무서웠지요.

"끼이잉……. 끼잉……. 끼이잉……."

잠을 자면 괜찮을까! 잠이 들었으나 꿈은 더욱 끔찍했어요. 시뻘
건 혓바닥을 날름거리며 불을 뿜는 괴물이 천정에서 내려와 아기강
아지를 삼키고 있었지요. 그 괴물이 나의 가슴을 입에 물고 허공을
향해 집어던졌어요.

"으아악~!"

젖꼭지가 찢어지는 아픔에 눈을 떴어요. 깨어보니 아기강아지들
이 내 젖꼭지를 물고 있네요. 숨을 쉴 수가 없을 정도로 젖가슴에
극심한 통증이 몰려왔어요.

"끄엉~!"

소스라치게 놀라 새끼들을 밀쳐내었어요. 심장이 벌렁벌렁 무섭
게 뛰었고 머리가 쿵쿵쿵 울렸지요. 목에 걸린 줄이 숨을 쉬지 못

하게 옥죄고 있었어요. 아, 정말이지 미칠 것 같았어요.

밤마다 계속되는 악몽에 시달리다보니 밥도 먹히지 않았어요.

새끼들에게 젖을 주고 싶은 생각도 없었지요.

그렇게 지내길 며칠이 되었을까. 새끼들은 우유를 먹어가며 그런대로 자랐지만 어미인 나는 걸음을 걷지 못할 정도로 수척해졌어요.

"복실아! 네 새끼가 여덟 마리 중에 두 마리는 아직 살았잖아. 아가들을 잘 길러야지! 밥도 먹고 힘 좀 내어."

말을 마친 주인님이 내 몸 상태를 보려고 배를 뒤집어 젖꼭지를 살피네요. 나를 내려다보던 마나님의 눈이 커졌어요.

"여보! '복실이' 젖 좀 보세요. 껍질이 다 벗겨졌어요."

주인님들이 모두 다가와 내 젖꼭지를 살펴보는데, 내 가슴에 난

두 개의 젖꼭지가 살가죽이 모두 벗겨져 흘러내리고 있었어요. 나머지 젖꼭지도 빨갛게 부어올라있었지요.

"왜 이러지?"

"아휴, 젖꼭지만 그런 게 아녀요. 머리하고 등의 피부도 진물이 나와요."

놀란 주인아저씨가 내 몸을 살폈어요. 주인아저씨가 내 몸의 상태를 본다면서 여기저기 만졌으므로 그 손이 닿는 곳곳마다 쓰리고 아팠어요. 내가 몸을 뒤로 빼자 주인아저씨는 손에 힘을 주고 나를 붙잡은 다음에 털을 쓰다듬어가며 상처를 확인하네요.

"목의 상처가 더 크네."

그랬어요. 화재사고가 나던 날에 그 뜨거운 불기운이 몸을 덮쳐 온몸이 불에 데었던 것이고, 목사리와 쇠줄에 묶인 상태에서 아기 강아지를 구하려 힘을 쓰느라 목의 피부가 벗겨졌으며, 머리와 등은 물론이고 불길이 지나간 곳 전체에 상처를 입었던 것이지요. 그 연약한 젖꼭지를 아기강아지가 물고 빨아댔으니……

"에구……. 불쌍해라. 그래서 새끼들에게 젖을 주지 못했구나……."

주인마나님이 눈물을 글썽이며 나를 위해 슬퍼해주었으나 나는 아무렇지도 않았어요. 이미 감정이 메말라 있었으니까……

"약을 좀 발라주지."

주인아저씨의 말에 마나님이 조그만 약병을 가지고 나와서, 나를 잡고 그 병에 들은 약을 내 몸에 떨어뜨리네요. 젖꼭지는 물론 여기저기 몸에 난 상처자국을 따라 약이 발라졌지요. 온몸이 찌릿찌

릿하니 몹시 따가워 비명소리가 절로 났어요.

"깽!"

그리고 마나님이 내 목의 살가죽을 잡아당겨 쭉 늘린 다음, 살과 가죽 사이에 주사바늘을 푹 찔렀어요. 상처를 빨리 낫게 하는 주사라네요. 송아지에게 주사를 놓는 실력이니 강아지에게 주사하는 거야 일도 아니겠지요.

이어, 연고와 알로에를 상처에 바르고, 생감자즙을 갈아 진액을 내서 물에 희석한 다음 분무를 하시는군요.

"치익! 치익!"

시원한 물안개가 얼굴과 몸 위로 안개처럼 내렸어요. 가슴속의 울화도 많이 가라앉는 것 같았지요.

우두커니

한 주일, 두 주일 그리고 한 달이 지나자 몸의 상처는 어느 정도 아물었어요. 완전하지는 않아도 그런대로 몸을 움직이기 괜찮았지요. 그렇지만 몸에는 검은 줄처럼 여기저기 흉터가 남았어요. 인디언전사가 화장을 한 것처럼……

그렇게 몸의 상처는 나았지만 마음은 그렇지 못했으니, 놀란 가슴은 약으로도 치료가 되지 않았어요. 오히려 날이 갈수록 심해져서 조금만 바스락거리는 소리가 들려도 심장이 움츠러들었고, 주택의 문이 열리는 소리에도 가슴이 덜컥 내려앉았지요. 어린강아지 '진순이'가 짖는 소리에도…….

그까짓 어린강아지 '진순이'가 짖는 소리에도 내가 놀라다니 기가 막혔어요. 창고 안에서 생쥐가 지나가도 깜짝깜짝 놀랬으니…….

농장동물 제1위의 서열에 있는 천하의 '복실이'가 이렇게 겁쟁이란 말인가. 머릿속에서는 그러지 말아야 한다고 생각했으나 머리보다도 심장이 더 빨리 반응하곤 했지요. 머리가 심장을 통제하지 못했고, 생각과 몸뚱이가 따로따로 놀고 있었어요.

더욱 큰 문제는 말을 잊어버렸다는 데 있었지요. 목소리가 나오지 않았을 뿐 아니라 개집 앞에 그대로 굳어버린 듯 서 있는 경우가 많아졌어요. 표정 없는 얼굴에, 눈은 뜨고 앞을 향해 있었으나 동공이 정지되어, 내가 무엇을 하고 있는 것인지 인식도 되지 않았어요. 석상처럼 우두커니…….

제10장

가을

 언니라는 말

　　시간이 지날수록 상처가 난 표시는 더 뚜렷해
졌어요. 불에 그슬려 짓물렀던 얼굴, 그리고 배와 등에는 길게 새끼
줄을 감아 놓은 것처럼 거무튀튀한 자욱이 선명했지요.

　그 자국처럼 내 마음의 상처는 아물지 않았고 세상이 싫어졌어
요. 모든 것이 보기 싫어 개집 뒤편의 구석진 공간을 파고들기만 했
지요. 그런 내 모습이 안타까웠을까요?

　"복실아! 정신 좀 차려라."

　소들에게 저녁사료를 주고 난 주인마나님이 나를 개집에서 억지
로 밀어냈어요. 밖으로 나가지 않으려 힘을 주고 버텨보았지만 주인
님이 두 손에 나를 안고 나가서 '진순이'의 개집 앞에 내려놓았지요.

얄미운 '진순이'가 꼬리를 살랑살랑 흔들었어요. 그 흔드는 꼬리가 주인마나님이 좋다는 것인지 나를 반기는 행동인지 알 수가 없었지요. 그러거나 말거나 나는 별 관심이 없었지만……

"자! 둘이서 사이좋게 놀아봐라."

주인님은 나를 그곳에 두고 주택 안으로 사라졌어요. '진순이'의 개집 앞에서 나와 '진순이'가 서로 마주본 채 서 있었고, 해는 서쪽 산으로 넘어가고 있을 무렵, 저 멀리서 화물열차가 지나가고 있었지요.

"덜컹, 덜컹, 덜컹, 덜컹, 덜컹~"

기차를 바라보던 내 눈이 그대로 고정되었어요. 기차가 다 지나갔지만 고개를 돌려 다른 곳을 봐야 하는 것을 잊어버렸지요. 머릿속에 들어오던 모든 풍경이 멈춰버렸고, 청각과 그에 연결되던 생각들이 모두 정지되었어요. 신경세포가 죽어버린 듯 아무런 생각도 느낌도 없었으니까……

"……"

산에서 부는 바람결이 몸의 털을 흔들었지만 미동도 하지 못했어요. 맞은편 '진순이'가 나를 바라보는지, 기차는 지나갔는지, 내 눈과 귀에는 아무것도 보이지도 들리지도 않았지요. 그렇게 얼마의 시간이 지났는지 몰라요. 주인마나님이 내 눈앞에 홀연 듯 나타나 크게 외쳤지요.

"복실아! 복실아! 아휴, 얘가 넋이 나갔네……"

뇌세포가 얼마나 죽었는지, 예전의 그 활기차던 나는 어디가고 우두커니 서 있는 현상이 계속되었어요. 주인님이 주택으로 들어가고 난 이후에 '진순이'가 다가와 나의 냄새를 맡았지만 나는 아무런 느낌도 없었지요.

"언니……!"

무슨 소리가 들리는 것 같았으나 무슨 소리인지 몰랐어요.

"언니!"

같은 소리가 났고 그 소리는 '진순이'가 누군가를 부르는 소리였지요. 누구를 향해 부르는지 판단이 서지 않았어요. 우두커니 서 있기만 하고 있는데, 내 얼굴의 털을 누군가가 핥았어요. 길고 거칠게 난 목의 털은 물론 짧은 얼굴의 잔털과 눈썹까지 부드럽게 쓰다듬었지요.

"언니야!……."

속삭이며 나를 부른 '진순이'는 계속해서 나의 털을 핥아갔어요. 촉촉한 감촉이 느껴지자 내 눈동자가 흔들리는 것 같았지요. 그렇게 얼마의 시간이 지났는지, 내 눈에 '진순이'의 눈이 들어왔어요. 그러니까 얄미운 어린강아지 '진순이'가 나를 핥아주고 나를 언니라고 부르는 것을 알아본 것이지요.

"……?"

나를 바라보고 있는 '진순이'의 눈동자는 적개심을 품은 눈동자가 아니었어요. 무언지 모를 애정이 가득 찬 그런 눈동자였지요. 그 눈동자가 나에게 힘을 내라고, 정신을 차리라고 말하고 있었어요. 그래서였을까요? 나의 머릿속 죽어가던 세포가 살아나 정신이 돌아오고 있었어요. '진순이'의 짖는 소리가 계속 이어졌으니까…….

"멍! 멍! 멍!"

처음 주인마나님의 품에 안겨 어린강아지로 나에게 다가왔을 때 초롱초롱하던 눈빛이 떠올랐어요. 앞발로 아장아장 걸어 내게 안기던 그 앙증맞은 몸놀림, 밤새 뒤척이며 울기에 내 품에 꼭 안아주었고, 어느 날 논둑에서 굴러 떨어져 진흙에 범벅이 되었을 때 바들바들 떨고 있던 그 어린강아지의 냄새가 풍겼어요. 꿈인 듯 혼미한 가운데 어린강아지를 불렀지요.

"아가……!"

중얼거리듯 혼잣말이었는데도 '진순이'가 알아들었나보네요.

"언니……!"

'진순이'가 대답을 하며 내 품에 달려들었어요. 어린강아지의 체취가 내 정신을 확 깨어나게 했지요. 부둥켜안고 서로 얼굴을 부비며 눈물을 흘리는데, 하얗고 부드러운 털이 콧등을 간질였어요.

"언니야! 흑흑흑. 제가 잘못했어요. 엉엉엉!"

그렁그렁하던 눈에서 눈물이 펑펑 쏟아지더니 얼굴의 털을 타고 턱으로 흘러내렸지요. 하얀 털을 적셔가며 '진순이'가 우는 모습을 보니 애처롭기 짝이 없네요. 고약스럽기만 한 줄 알았는데, 이렇게 연약한 면도 있었다니…….

"미안하다. 아가야! 내가 너를 다 미워하고……."

나를 위해 울고 있는 '진순이'가 불쌍하여 눈물에 젖은 털을 핥아주었어요. 오래 전에 진흙에 범벅이 된 어린강아지를 닦아주던 그때처럼……. 어린강아지 '진순이'에게서 느낄 수 있었던 냄새가 풍겨왔지요. 오래도록 뇌 세포에 간직되었던 냄새였어요.

"흑흑흑……."

언제부터였는지, 마나님이 보고 있었던
가봐요. 부드러운 손으로 나와 '진순이'
의 머리를 쓰다듬어 주셨지요. 마나님의
눈에서도 눈물이 그렁그렁했어요.

 ## 파리 왕국

　　　　　벼가 고개를 숙이기 시작하네요. 고추잠자리가
떼를 지어 다랑이논과 농장의 마당을 오가고 있어요. 한낮은 무더
위가 계속되었지만 아침저녁으로는 제법 서늘하니 결실의 계절 가
을이 다가오고 있군요.

'우뚝코'와 '하얀코'가 개집 앞에서 재롱을 피우고 있네요. '우
뚝코'가 엔실리지를 넣었던 비닐봉지를 입에 물고 팔짝팔짝 뛰면서
흔들자 '하얀코'가 그것을 빼앗으려 달려드는군요. 요리조리 방향
을 바꿔가며 서로 입에 물고 땅에 뒹굴면서 잡아당기고 놀았어요.

"멍! 멍!"

"멍! 멍!"

아! 아가들이 잘도 짖네요. 이젠 제법 어른 흉내를 내고 있군요.
기운 센 '우뚝코'가 아래에 깔린 '하얀코'를 누른 상태에서 두 녀
석이 서로 으르렁거리며 눈을 부라렸어요. 벌써부터 서열다툼을 하
는 것은 아니겠지요?

두 마리 새끼강아지가 노는 모습을 개집 안에서 물끄러미 바라보았어요. 아가들이 재롱을 떨었지만, 아직 우울증이 완전히 가신 것은 아니어서 심드렁했지요. 매사 의욕이 일어나지 않았고, 세상을 사는 것이 의미도 없어 보이고 영 재미도 없었어요. 여덟 마리의 아가들이 뛰노는 것을 바라보고 있어야 하는데, 지금 내 눈에는 두 마리밖에 보이지 않았으니……

괜히 눈물이 흘러나오네요. 머리를 바닥에 대고 눈을 감았어요. 또 잠이나 자야겠다고 생각했으나 파리 몇 마리가 허공을 날다가 내 콧등에 달라붙었어요. 간지러웠지요.

"킁!"

고개를 흔들며 콧바람을 쏴 귀찮은 존재를 쫓아 보냈지만, 곧 얼굴로 눈으로 기어 다녔어요. 도대체 이놈들은 내 얼굴에 왜 앉는 것인가요? 내 얼굴이 음식으로 보이나요?

소똥 속에서 태어나 소똥을 잘만 먹는 것들이, 우리마다 산더미처럼 쌓인 소똥은 놔두고 왜 내게 달라붙느냐 이 말이지요. 내 몸에 무슨 먹을 것이 있다고……

파리란 놈이 내 눈곱을 먹으려는지, 콧물을 마시려는 건지 발바닥으로 비비고 혀로 핥아대는데, 짜증이 확확 솟았어요. 세상이 아무리 살기 싫고 재미가 없다 해도, 파리란 놈은 없애버리고 싶었지요.

파리는 내 얼굴뿐 아니라 소똥이 쌓인 축사 바닥, 사료포대가 놓인 곳, 소에게 사료를 주는 먹이통에 떼를 지어 앉았고, 축사공간을 비행하면서 군무를 췄어요. 입을 벌리면 입에도 들어왔으므로 입을 조그맣게 벌리느라 마음껏 짖지도 못했지요.

이 농장은 한우농장인 줄 알았는데, 큰 파리와 작은 파리, 살찐 파리와 마른 파리, 집파리와 쇠파리, 거기다가 똥파리까지……. 아주 파리 왕국이로군요. 주인님이 파리사육장을 하시는 건가요?

얄미운 파리들을 잡아보려 개집에서 밖으로 나왔어요. 창고 밖에서 나의 어린강아지 '진순이'도 파리 때문에 짜증이 났는지 일어서서 이쪽을 바라보고 있네요. 허공을 날아다니는 놈들을 물어죽일 수도 없고, 그렇다고 발로 잡아 챌 수도 없는 일이었죠. 어떻게 하면 이놈의 파리새끼들을 없애버릴까요?

내 기분을 알았는지 주인님이 창고로 들어오시더니 연막소독기에 소독약을 넣었어요. 잠시 후, 기관총 같이 생긴 소독기를 양 손에 들고 나타나셨지요. 그것을 둘러메니 화염방사기 사수가 되었네요.

"부우우우우웅! 부우우우웅웅!"

하얀 연기가 화염방사기에서 쏟아지며 가을날의 안개처럼 자욱하게 퍼져나갔어요. 그 연기를 보는 순간 또 심장이 덜컥 내려앉았지요.

"헉?"

불이 나던 악몽의 그날이 연상되었어요. 그 연기가 악마로 변하면서 나를 잡아 삼키려 달려드는 것 같았어요. 심장이 쿵쿵쿵 마구 뛰어 진동을 일으켰지요. 꼬리를 감추고 개집 안으로 들어가 머리를 구석에 박고 말았네요.

아무것도 아닌 연막소독일 뿐이라고 머릿속으로 수없이 되뇌었지만 한 번 떨리기 시작한 심장의 고동은 오랫동안 멈추지 않았어요.

"부우우우우웅! 부우우우웅웅!"

연막소독을 하는 소리는 마당을 지나 소들이 사는 축사로 이어졌어요. 연기가 꾸역꾸역 피어오르자 '진순이'가 좋아서 짖어댔고 소들도 시끄러워졌어요.

"웡! 웡!"

"음머~! 음머~! 음머~!"

나는 바보인가보네요. '진순이'는 물론 겁쟁이 암소들도 연막을 보고 좋아서 웃는데 나만 이렇게 개집에 숨어서 두근대는 심장을 감싸고 있다니⋯⋯.

"부우우우우웅! 부우우우웅웅!"

주인님이 축사 여기저기를 다니면서 연막소독을 하였으나 파리란 놈들은 줄어들 줄 몰랐어요. 초가을에 접어들자 더 기승을 부리고 있었지요. 개집에 있는 개밥그릇에도 내려앉았고, 아기의 콧등에 앉아 두 손을 싹싹 비비면서 콧물을 빨아먹었어요.

"여보! 끈끈이도 좀 놓아보세요."

"알았어. 그러잖아도 쥐가 있어서 놔야겠어."

주인님은 용기 안에 들은 끈끈이용액을 사료포대에 따랐어요. 그리고 주걱 같이 생긴 것으로 포대종이의 겉면에 골고루 바르셨죠. 그 끈끈이를 바른 포대종이를 창고 안과 축사 여기저기에 놓아두었어요. 물론 나의 개집과 개밥그릇 주변에도⋯⋯.

창고 안 허공을 유영하면서 여기저기 착륙과 비상을 반복하던 파리들이 끈끈이에 달라붙었어요. 파리가 좋아하는 냄새가 끈끈이에 배어있었는지 파리가 그곳에 더 내려앉았지요. 파리의 발이 딱 달라붙자 날개를 움직여 날아가려하였으나 그 날개마저도 끈끈이에 붙어버렸고 힘이 소진되면서 천천히 죽어갔어요.

"윙! 위잉!"

파리는 그들의 동료가 있는 곳에 몰려들었고 사료포대는 파리의 주검으로 뒤덮였어요. 마치 공동묘지처럼……

아가들의 머리 위에서 비행하던 파리의 숫자가 줄어들고 있었지요. 더 이상 달라붙을 공간이 없을 정도로 포대종이에 파리가 붙으면 주인님은 새로 끈끈이를 놓았어요.

파리들의 공동묘지인 포대종이는 점점 늘어갔고, 파리 왕국은 파리 지옥으로 바뀌고 있었어요.

 악마의 끈끈이

먹고 자고, 또 먹고 자기를 반복했어요. 오늘도 푹 퍼진 상태에서 잠을 자고 있는데 아기강아지들의 우는 소리가 나네요.

"깨갱, 깽, 깨갱, 깽!"

도움을 청하는 소리로군요. 어떤 생각이 들기도 전에 또다시 심장이 덜컥 내려앉았어요. 그러나 심장의 반응에 뒤를 이어 머릿속에서는 별일 아니라는 판단이 서고 있었지요.

밖에서 '진순이'가 문지기를 하고 있으니 아기들에게 어떤 위험이 닥칠 일이 전혀 없었으니까요. 그런데, 이번에는 밖에 있던 '진순이'가 귀가 찢어질 정도로 울부짖었어요.

"웡! 웡! 웡! 웡 웡 웡!"

짖는 소리가 울음이 뒤섞여 평소와는 아주 달랐지요. 덜컥 내려앉는 심장을 꽉 잡고 벌떡 일어섰어요. 아기강아지들이 보이지 않았어요. 아가들이 또 어디로 간 것일까요?

"끼잉, 깨엥!"

아기강아지가 우는 쪽으로 고개를 돌렸는데, 이게 웬일인가요? 정말로 심장이 천길 벼랑으로 떨어지고 있었어요. '하얀코'와 '우뚝코'가 큰 대자로 앞발과 뒷발을 쩍 벌린 채 끈끈이에 붙어 있었으니…….

"헉?"

너무 놀란 나머지 내 몸이 그대로 굳어버렸어요. 아기강아지들이 끈끈이에 얼마나 오랫동안 붙어있었는지 탈진한 표정이 역력했어요. 그곳을 벗어나려 몸부림을 치는 바람에 끈끈이가 범벅이 되어서…….

앞발 뒷발은 물론 뱃가죽까지 사료포대에 딱 달라붙어서 꼼짝을 하지 못했고, 겨우 고개를 돌려 애처롭게 어미를 바라보고 있네요. 나의 놀란 가슴이 급격하게 뛰었고, 처절한 비명이 저절로 나왔지요.

"왈, 왈, 왈, 왈, 왈, 왈, 왈…… 왈, 왈, 왈, 왈, 왈, 왈…… 왈, 왈, 왈, 왈, 왈…… 왈, 왈, 왈, 왈."

미친 듯 짖어댔어요. 어제까지는 쥐구멍만 있어도 들어가 숨으려 했던 나였어요. 우두커니 먼 산만 바라보던 내가 그런 목소리를 어떻게 낼 수 있는지 모를 일이었지요. 밖에서 보초를 서고 있던 '진순이'도 울부짖었어요.

"웡, 웡, 웡!…… 웡, 웡, 웡!…… 웡, 웡, 웡!…… 웡, 웡, 웡!……"

그 다급하게 짖어대는 소리에 주인님들이 놀라 뛰쳐나왔어요.

"왜? 무슨 일이야?"

놀란 주인님들의 눈이 끈끈이에 붙어버린 아기강아지들에게 꽂혔어요.

"저런……."

"쯧쯧……."

주인님이 '우뚝코'를 한 손에 잡고 다른 손으로 끈끈이가 발라진 포대종이를 잡아당겼지만, 쩍 달라붙은 아기강아지의 털이 살가죽과 함께 길게 늘어났을 뿐 떨어지지 않았어요. '하얀코'도 마찬가지였지요. 마지막 남은 새끼들을 잃을 지도 모른다는 두려움에 두근대는 심장이 급격한 파장을 일으켰어요.

'살려주세요. 살려주세요. 나의 아가들을 살려주세요! 잘못했어요. 잘못했어요. 제가 잘못했어요! 아가들을 살려주신다면 지금까

지보다 더욱 아가들을 위해 열심히 살겠어요. 제발, 남은 아가들을 데려가지 마세요. 살려주세요!'

마음속으로 수도 없이 그 누군가를 향해 빌고 또 빌었어요. 그동안 불만을 가지고 있었던 것이 후회가 되었지요. 끈끈이에 붙은 아가들을 보면서 주인님들도 곤혹스런 표정을 지었어요.

"어쩌지요?"

"글쎄……."

강아지를 떼어내지 못하자 주인님들은 바닥에 쪼그려 앉고 포대 종이를 찢기 시작했어요. 한 조각, 두 조각 크게 잘라내었고 나중에는 종이를 가위로 오려내었지요. 한참 뒤에야 겨우 강아지 모습이 되었군요. 그러나 아기강아지는 끈끈이에 의해 몸이 굳은 채 애처로운 눈빛을 하고 있었지요.

끈끈이에 붙잡혀 생을 마친 수많은 파리와 생쥐들 그리고 비둘기의 모습이 떠올랐어요. 내 아기도 그렇게 죽을 것 같았지요. 무서운 끈끈이가 내 아기들을 잡아먹을 줄 몰랐어요. '주인님! 제발 내 아기들을 살려주세요.' 그렇게 외치고 또 외쳤어요.

"월! 월! 월!"

"웡! 웡! 웡!"

내 목소리는 물론 '진순이'의 짖는 소리도 안타까움이 배어있었어요. 주인마나님이 주택 안으로 들어가 한참 뒤에 무엇인가를 가지고 나왔어요. 큰 통에 김이 모락모락 오르는 물이 담겨있었고, 한 손에는 거품이 일어나는 세제가 들려있었어요.

"이것으로 한 번 씻어보지요."

끈끈이에 절은 아기의 털에 액체를 쏟아 부었죠. 투명한 액체가 '우뚝코'의 몸에 주르륵 떨어졌어요. 그 액체를 골고루 바르면서 주인님이 털을 쓰다듬듯 닦아내기 시작했어요. 겁에 질린 아기는 숨소리도 내지 못한 채 눈을 감고 있었지요.

주인님의 손이 움직일 때마다 아기의 몸이 이리저리 힘없이 흔들렸어요. 그러나 그뿐, 끈끈이는 쉽사리 분리되지 않았고 덕지덕지 종이가 붙은 아기의 모습은 지저분하기만 했지 나아지지 않았지요. 아가들의 초롱초롱하던 눈빛이 탁해지고 있었으므로 내 속이 바짝 타들어갔어요.

"여보! 이것으로도 안 되겠어요."

"강아지가 힘든가보네. 이러다가 죽는 건 아닌지 모르겠어."

"무슨 방법이 있을지도 모르겠어요. 내가 언니에게 물어보지요."

주인마나님은 주택에 들어갔다 나오며 이번에는 식용유병을 가지고 나왔어요. 그리고 식용유를 아기강아지의 몸에 따르자 투명한 액체가 '우뚝코'와 '하얀코'의 몸을 덮었어요.

"자! 이렇게 하면 된단다. 조금만 참아라."

주인님들이 또다시 아기강아지의 털을 문지르며 손가락으로 훑어
내자, 끈끈이가 식용유에 녹아내리고 있군요. 그 끈끈이가 녹아들
은 식용유를 따스한 물로 닦아내니 촉촉하게 젖은 아기강아지의
털이 눈에 들어왔어요. 추운지 그 털들이 오들오들 떨고 있네요.

"아휴! 이제 됐네."

그 떨고 있는 털에 주인님이 드라이기를 대고 틀었어요.

"위잉~! 위잉~! 위이잉~!"

뜨거운 바람이 드라이기를 빠져나와 아기강아지의 털을 흔들었
어요. 곱고 하얀 주인마나님의 손가락이 아기강아지의 털을 쓰다듬
자 그 털 사이로 따스한 바람이 스며들었지요. 부드러운 바람결에
기분이 좋은지 아기강아지가 눈을 깜박였고, 예전의 그 보드라운
털의 모습을 찾아가고 있었어요. 살아 숨 쉬는 생명체로…….

 회복

　　　　　나의 아기강아지가 끈끈이에 붙었던 날, 어찌나
급하게 뛰었던지 내 앞발의 발톱 하나가 부러지고 말았어요. 앞발
의 다섯 개 발톱 중에 둘째 발톱인데, 며칠 전에 돌부리에 걸렸던
것이었지요.

나를 지키기 위한 비장의 무기는 첫째가 이빨이요 둘째는 발톱인
데, 그 중 하나가 고장이 났으니 큰일이 아닌가요. 나를 사랑하시

는 주인마나님이 절룩거리는 나를 보시고 연고를 발라주셨어요.

다친 발톱이 아물면서 조개껍데기 벌어지듯 빠져버렸네요. 그 빠진 발에서 새로운 발톱이 새싹처럼 돋았지요. 또다시 며칠이 지나자 그 선홍색 새싹발톱이 은은한 핑크색으로 변하더니 서서히 하얗게 되었다가 단단해지는군요.

불길에 덴 상처도 아물었고 우울증도 계절이 바뀌면서 없어졌어요. 세월이 약이라고 했던가요? 나의 경우는 세월이 약이 아니라 '진순이'가 약이 되었지요.

내가 우울증을 극복할 수 있었던 것은 나의 사랑하는 '진순이' 덕분이었어요. 얄미웠던 어린강아지 '진순이'가 나를 지극정성으로 보살펴 준 덕분에 내 기억이 되돌아왔으니까요.

집에 불이 났을 때 나의 아기들을 안전하게 보호했고, 끈끈이에 달라붙었을 때에도 같이 울어주었으며, 젖도 나오지 않는 자신의 젖을 나를 대신하여 아가들에게 물렸지요.

또한 우울증에 걸려 우두커니가 된 나를 따뜻하게 핥으며 간호를 했기에 내가 회복을 할 수 있었어요. 만약에 '진순이'가 없었다면 나는 물론 나의 아기강아지들도 세상에 존재하지 못했을 거예요. 정말이지 '진순이'는 나의 고마운 동생이지요.

밤과 낮의 기온 차가 심하여 아침안개가 자주 끼고 있네요. 여름내 자신의 몸집을 키우던 작물들이 후손을 남기는 계절이군요. 태풍과 수해를 입어 흐느적거리던 작물들이 언제 그랬냐는 듯 탐스런 열매를 맺었어요.

'진순이'가 싼 개똥거름을 먹고 자란 호박넝쿨에 방석만한 호박

이 여러 개 열렸고, 농장 가장자리를 따라 심어진 고추와 가지도 크게 자랐지요. 호박은 노랗게 늙어가고, 주렁주렁 열린 고추가 빨간 옷으로 갈아입었네요.

농장 앞의 논배미마다 고개를 숙인 벼들이 바람결에 흔들렸고, 언덕에 서 있는 수은행나무에 참새들이 모였다가 건너편 암은행나무로 옮겨 다녔어요.

'아롱이'와 '초롱이' 그리고 다른 송아지들도 무럭무럭 자랐어요. 그동안 숱한 설사와 감기를 견뎌내고 주인님의 사랑으로 훌쩍 커있었지요. 모두들 활기에 넘쳐서……

 ## '복순이'와 '순둥이'

개집에서 가장 가까운 축사우리에 사는 미끈하게 잘 생긴 암소, 그 암소 두 마리는 '초롱이'의 어미인 '복순이'와 '아롱이'의 어미인 '순둥이'라고 했던 건 아실 거예요. 한 마리는 멋진 뿔이 머리에 나 있었으나 다른 한 마리는 머리에 뿔이 없었는데, 뿔이 자라는 송아지시기에 불에 달궈 없앤 것이라 했지요.

주인님들은 다른 소들에 비해 이 '복순이'와 '순둥이'를 이만 저만 편애하는 것이 아니었어요. '복순이'와 '순둥이'의 축사우리는 다른 곳에 비해 톱밥도 더 많이 깔아서 푹신 거렸고 제법 깨끗하였지요.

주인님들은 아침 일찍 일어나 사료를 줄 때, 첫 번째 축사우리에서 사료포대를 뜯었고, '복순이'와 '순둥이'에게 사료를 제일 먼저 주시곤 하셨어요. 주인님들은 소에게 사료를 주는 시간이 아니더라도 하루에도 여러 번 그 축사우리에 가셨지요.

"복순아! 순둥아!"

"움머~!"

"움머~!"

그들의 소리가 나면 마나님이 두 손바닥을 막 흔들며 좋아하셨고, 주인아저씨도 씩 웃으면서 그들을 부르는 것으로 응답을 하시곤 했어요. 그들에게는 사료도 엄청나게 많이 배급되었지요. 축사 통로 맞은편의 다른 암소들에게는 두 바가지의 사료를 주었고,

'복순이'와 '순둥이'에게는 다른 암소보다 많은 세 바가지나 되는 사료를 주셨으니까……

이들은 사료나 짚 이외에도 배추 시래기나 과일껍질도 먹었으며, 주인아저씨는 축사 기둥에 걸려있는 소 긁개를 가지고 '복순이'와 '순둥이'의 등을 긁어주셨어요.

그럴 때마다 건너편 축사우리에서 다른 소들이 울어대면서 항의

를 하였지만, 주인님들의 '복순이'와 '순둥이'에 대한 사랑은 변치 않았어요. 나 '복실이'가 질투를 느낄 정도로……

"자, 시원하냐?"

오늘도 주인아저씨가 소 긁개로 '순둥이'의 넓은 등짝을 득득 긁고 계셨어요. '순둥이'의 커다란 눈망울에 행복이 가득했지요. 긁개는 등에서부터 꼬리까지 길게 이어지며 털을 고르는데, 긁개가 엉덩이의 털을 긁어나가면 소털이 좌우로 물결처럼 밀려났어요. 기분 좋은 표정으로 '순둥이'가 엉덩이를 갖다 들이밀었지요.

"음머~!"

옆에서 보고 있던 '복순이'가 뿔 없는 머리로 '순둥이'를 밀치네요. 그리고 주인님 앞에 자신의 엉덩이를 슬그머니 내밀었어요. 빨리 내 엉덩이를 긁어주세요 하는 몸짓의 표현이었죠.

"하하하. 알았다. '복순이'도 긁어주마."

주인님이 크게 웃으시면서 '복순이'의 등을 긁개로 긁기 시작했어요. 등을 지나 허리로, 그 허리를 지나 엉덩이, 그리고 엉덩이를 지나 꼬리까지 긁개가 시원한 빗질을 했지요. '복순이'가 흐뭇한 표정을 지으면서, 커다란 콧구멍을 벌름거리면서 웃었어요. 그럴 때마다 나 '복실이'도 괜히 등이 간지러워져 주인님에게 소리를 쳤지요.

"멍, 멍!"

그 암소들이 있는 축사우리는 농장마당이나 창고 안에서도 바라다보였어요. 주인님이 나타날 때마다 그 암소들이 아는 척 소리를 냈고 주인님들은 응답을 하는 듯 손을 흔드셨어요. 그것을 바라보고 있는 암소들의 눈망울에는 주인님을 향한 사랑과 믿음이 가득했지요.

　그렇게 그들은 주인님과 하루에도 여러 번씩 눈빛을 주고받는 그런 사이였어요. 어찌 보면 농장 동물 중에서 제일 앞선 서열인지도 몰랐지요. 인정하기 싫지만…….

 ## 슬픈 눈망울

　　　　　한낮은 무덥고 밤이 되면 싸늘하여 낮과 밤의 기온 차가 심해지고 있었어요. 농장 앞의 논에서 벼들이 고개를 숙이고 뒷산 밤나무의 여린 밤송이가 탱탱하게 살이 오르는 가을이었으니까요. 추석이 한 달 앞으로 다가와 있었지요.

　농장에서 주인님의 사랑을 가장 많이 받고 깨끗한 환경에서 살아온 '복순이'와 '순둥이'는 사료를 실컷 먹어온 터라 털에서 기름기가 돌아 반질반질 하였고, 피둥피둥 살이 쪄서 걸음을 걸을 때마다 살집이 출렁거렸어요.

　커다란 엉덩이는 살이 붙어 모래더미가 쌓인 것처럼 울퉁불퉁했지요. 몸을 움직이는 것이 버거운 듯 행동이 느렸고, 육중한 몸이 움직일 때마다 바닥에 깔린 톱밥이 먼지를 일으켰어요.

　"여보! 살이 많이 찐 것 같아요."

　"응……."

　무엇인지 모르게 주인님의 목소리가 무거웠고 얼굴에 그늘이 스쳤어요. 새끼를 밴 것도 아니니 살이 쪘다고 걱정하실 것 없는데, 무엇이 주인님의 마음을 상하게 하는지 알지를 못했지요.

새벽녘이었어요. 산 아래에서 농장으로 들어오는 길목으로 자동차의 불빛이 들어오고 있었지요. 낯선 차량의 방문에 농장 입구를 지키고 있던 '진순이'가 크게 짖었어요.

"웡! 웡! 웡! 웡!"

"멍! 멍! 멍! 멍!"

나도 '진순이'를 따라 요란하게 짖어대자 주인님들이 일어나셨나 봐요. 창고와 축사의 전등에 불이 들어왔으니까요. 차가운 새벽의 공기를 뚫고 자동차가 농장 안으로 들어서고 있었지요.

"부릉~! 부릉~!"

그 소리는 소차에서 나는 소리였어요. 트럭을 개조하여 쇠파이프를 덧대고 뒷문을 만들어 단, 소를 전문적으로 이동할 때 쓰는 소차였지요. 그 안에서 낯이 설은 두 사람의 아저씨가 내렸어요.

"움머~! 움머~! 움머~! 움머~!"

농장 안의 소들이 일제히 울음을 터뜨렸어요. 평소보다 약간 톤이 높고 불안감이 느껴지는 소리였지요. 낯선 사람을 경계하는 소리가 역력하네요. 그 사람들은 '복순이'와 '순둥이'가 있는 축사우리를 바라보며 주인님과 무슨 말을 주고받았는데, 그들의 손에는 밧줄로 만든 올가미가 들려있었어요. 그리고 소차의 뒷문이 천천히 열렸어요.

"덜컹! 끼이익……."

축사우리 출입문에 소차를 바짝 대고 뒷문이 젖혀지며 철문이 땅바닥에 내려앉았어요. 자신들의 축사우리 앞에 소차가 닿자, 소들의 눈망울이 더 커지네요. 다들 겁을 먹었는지 몸을 돌려 엉덩이를 보이고 있군요.

"덜컹!"

낯선 아저씨들이 '복순이'와 '순둥이'가 있는 축사우리의 출입문을 열고 들어섰어요. 아저씨의 손에 들린 올가미가 암소의 머리를 노리고 다가가자 '복순이'와 '순둥이'가 뒤로 멀찍이 자리를 피하네요. 커다란 눈망울은 겁에 잔뜩 질려 눈동자가 흔들리고 있었어요.

"메~!"

좁은 축사우리에서 소의 머리를 묶으려는 아저씨들과 피하려는 암소들의 쫓고 쫓기는 경기가 이어졌어요. 축사우리 안에서 빙글빙글 헛바퀴를 돌고 돌았지요.

"허허허……. 안 되겠네."

한 아저씨가 밖으로 나가더니 기다란 막대기를 들고 들어와 그 막대기에 올가미를 감더니 '복순이'의 머리 앞에 내밀었어요. 아저씨와의 거리가 멀어 방심하고 있던 '복순이'의 머리에 올가미가 걸렸지요.

"엇차!"

또 다른 아저씨의 손에 있던 올가미도 '복순이'의 입을 꽉 조이고 있군요. 두 개의 올가미에 머리와 입을 묶인 '복순이'가 어쩔 줄 모르며 버둥거렸어요. 이 광경을 옆 눈으로 보고 있던 '순둥이'는 귀퉁이에서 꼼짝 못하고 벌벌 떨고 있었지요.

"자, 가자!"

나이 들어 보이는 아저씨가 '복순이'의 코를 쥐고 앞에서 힘껏 당겼고, 젊어 보이는 아저씨는 '복순이'의 뒤에서 꼬리를 비틀며 축사 우리 밖으로 밀기 시작했어요. 겁을 먹은 '복순이'는 발에 힘을 주고 버텼지요.

"쉭, 쉬익!"

올가미가 소의 코를 조여들자 좁아진 콧구멍에서 숨소리가 거칠게 울렸어요. 이어, 소꼬리를 잡고 있던 아저씨가 꼬리를 세게 비틀어댔어요. 무척 아픈지 울음을 터뜨리네요.

"움머~!"

앞에서 줄을 잡아당기던 아저씨가 소차 옆으로 재빨리 오르더니 줄을 차에 걸었어요. '복순이'가 움직일 때마다 한 발씩 한 발씩 소차로 밀려 올랐지요. 점점 힘이 빠진 '복순이'가 고개를 돌려 주인님들을 바라보네요. 주인님들의 눈과 '복순이'의 커다란 눈이 마주쳤어요.

"뭬~!"

왕방울처럼 커다란 '복순이'의 눈이 주인님들에게 살려달라고 말하고 있었어요. '살려주세요, 살려주세요! 주인님, 제발 저를 살려주세요!' 하얀 눈자위에 박힌 검고 깊은 눈동자에서 눈물이 쏟아질 것 같았어요.

소차에 태워지는 광경을 바라보던 주인님들이 '복순이'의 애절한 눈빛을 보더니 고개를 숙이며 옆으로 돌렸어요. 고개 숙인 주인님의 표정은 굳어있었고 눈동자가 흔들거리고 있네요.

앞다리에 힘을 준 채 버티고 있던 '복순이'는 주인님이 외면하자

눈물을 주르륵 흘리더니 그대로 소차에 올라탔어요. 슬픈 울음소
리를 내며……

"메~!"

'복순이'를 먼저 태운 낯선 아저씨들은 다시 '순둥이'를 올가미
에 걸었어요. '순둥이'는 '복순이'와 달리 크게 버티지 않고 순순히
소차에 올랐지요. 소차에 오르기 전에 고개를 돌려 주인님들을 한
번 봤을 뿐이었어요.

소차 위에 올라 탄 '복순이'와 '순둥이'
는 줄에 묶여 어깨를 나란히 하고 있었고,
어깨를 축 늘어뜨린 상태로 작은 움직임도
없었으나 눈 아래쪽 고운 털에는 눈물길이
길게 나 있었어요. 주인님들은 차마 그들을
바라보지 못했지요.

'복순이'와 '순둥이'는 자신들이 도살장으로 끌
려갈 것을 알았나봐요. 평소에는 그렇게 잘 먹던 사료를 어제는 종
일토록 입에도 대지 않았으니까요. 소차에 태워진 지금 주인에 대
한 원망인지, '초롱이'와 '아롱이'를 떠올리는 것인지, 눈망울에 눈
물이 계속 흘렀어요.

"덜컹!"

땅에 닿아 발판 역할을 했던 소차의 뒷문이 닫혔어요. 그리고 낯
선 아저씨들이 소차에 올랐지요.

"부르릉! 부웅~!"

'복순이'와 '순둥이'를 실은 소차가 농장을 떠나가자 농장의 소

들이 일제히 울음을 터뜨렸어요.

"음머~! 음머~! 음머~!"

어딘지 모르게 톤이 낮은, 슬픔에 젖은 소리였어요. 그 소리에는 '아롱이'와 '초롱이'의 울음소리도 섞여있었지요. '순둥이'와 '복순이'는 자신들을 전송하는 울음소리를 뒤로 하고 점점 멀어졌어요. 주인님들도 힘없이 주택으로 들어가고 있군요. 눈물을 글썽이면서……

 ## 소팔자 하팔자

가을은 살찐 소들에게는 시련의 계절이었어요. 사람들은 추석명절에 쓸 쇠고기가 필요했고 이에 맞춰 농가에서 소를 내다 말았으니까요. 우리 주인님께서도 추석대목을 노리고 소를 출하하셨어요. 더구나 이번 가을에는 농장관리방식을 바꾼다면서 예정에 없던 일을 벌이셨어요. 소를 대거 처분하신 것이지요.

긁개로 등을 긁어줄 때마다 뿔 없는 머리를 흔들면서 어리광을 부리던 '복순이', 자신의 새끼 '아롱이'에게는 물론 '복순이'의 새끼에게 아낌없이 젖을 물리던 '순둥이', 날이면 날마다 뿔질을 해대면서 힘을 자랑하던 황소 두 마리를 포함하여 농장의 오래된 모든 소들을 그렇게 실려 보냈어요.

주인님은 '순둥이'와 '복순이'를 보낸 날, 무척이나 언짢아하면서 말이 없더니, 며칠 후에는 등급이 아주 잘나왔다고 싱글벙글 웃고 다녔어요. 그러나 그 다음에는 어느 소가 등급이 안 나와서 사료비도 못 건졌다고 시무룩한 표정을 지었지요. 나로서는 주인님의 속마음을 통 모르겠어요.

소들은 나와 달리 팔자가 무척 좋은 줄 알았는데, 지금에 와서 보니 나보다도 훨씬 나쁜 하팔자를 타고 난 것이었어요. 먹고 싸면서 하는 일이라고는 잠만 자는 상팔자로 알았는데…….

시련은 올봄에 태어난 수십 마리의 송아지들에게도 다가왔어요. 큰 소를 다 팔고 며칠이 지나지 않아, 수송아지들은 거세가 되었고 암송아지들은 외지로 팔려나갔지요.

태어난 날이 달랐던 수송아지들은 한 날 한 시 한꺼번에 거세가 되어 우리에 쓰러져 누었어요. 거세를 당한 수송아지들 중에는 '아롱이'와 '껄렁이'도 있었지요.

태어난 날이 달랐던 암송아지들도 그날 같은 시간에 소차에 타고 있었어요. 그 암송아지들 중에는 '초롱이'도 보이는군요.

고기의 육질을 위한다는 구실로 강제 거세당한 '아롱이'는 어미인 순둥이와 '초롱이'를 부르며 끙끙 앓았어요. 그러나 어미는 이미 도살장으로 떠난 지 오래였고, 동생처럼 보살피던 '초롱이'도 어디론가 떠나기 위해 소차에 실려 있군요.

몸의 일부를 절단 당한 아픔에 눈물을 흘리는 '아롱이'의 눈동자와 올가미에 걸려 차에 실린 '초롱이'의 눈동자가 허공에서 서로 마주쳤어요. 커다란 눈망울에 눈물이 가득했지요.

'내 동생 초롱아! 내가 없는 곳으로 가면 누가 너를 보호해준단 말이냐, 아, 슬프구나.' '아롱이'의 커다란 눈동자가 그렇게 말했지요. '초롱이'의 눈망울은 그저 무섭다고 눈물만 흘렸어요.

며칠 전까지는 남아있는 소들이 떠나는 소에게 슬픈 울음으로 전송하더니, 오늘은 아무런 소리도 내지 못하는군요. 울음으로 전송해야 할 일이 사흘 건너로 계속되어서 그런 것일까요? 농장의 모든 소들이 불안한 표정으로 주인님들의 눈치만 보고 있네요.

얼마 전까지만 해도 주인님이 나타나면 먹이를 빨리 달라고 활기차게 외치던 소들이었는데……. 주인님을 향한 사랑과 믿음 그리고 행복이 넘쳤는데……. 지금은 공포만 가득하네요. 커다란 눈망울에…….

'초롱이'를 비롯한 암송아지들을 실은 소차가 떠나가자, '아롱이'의 구슬픈 울음만 길게 울리고 있군요.

"음매에~! 음매에~ 음매에~! 음매에~!!"

소와 나

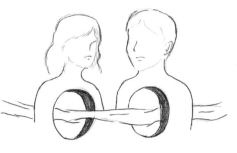

　　　　　며칠 전까지
축사우리마다 통로 양쪽에 큰
소가 서너 마리씩 자리하고 있
었는데, 지금은 통로 한쪽의 축
사우리에는 아무것도 없이 텅
비었어요. 문짝이 제멋대로 열려있고 휑한 모습이었지요. 파란물결
이 출렁거리던 바다가 황량한 개펄만 남은 것처럼……

　그렇게 소가 떠난 자리는 소똥만 쓸쓸하게 남았어요.

　그날 저녁밥을 먹고 난 뒤, 마나님이 수심에 찬 얼굴로 주인아저
씨에게 말문을 여네요.

　"내가 일을 도와주지 못해서 처분하는 건가요? 암송아지를 다
팔면 앞으로 소는 어떻게 키우려고……"

　"번식은 그만 한다고 했잖아……. 앞으로는 비육우만 할 거라니
까……"

　"비육우가 더 나을지 어떻게 장담하지요?"

　"아무래도 번식우보다 낫겠지. 한우가격 형성이 잘 되어 있어
서 괜찮을 테고, 비육시키는 것이 번식우보다 일도 훨씬 적으니
까……"

　"자금회전이 길어져서 곤란하지 않을까요?"

　"지금 남아있는 암소는 한 번 더 출산한 다음에 처분하면 되지,

뭐."

"미안해요. 나 때문에 괜히……."

"아니라니까……. 그렇잖아도 비육우로 전화하려던 참이었는 걸……."

"차라리 소 그만 기르고 다른 걸 하면 어떨까요? 소 길러도 그다지 돈이 되는 것도 아니니……."

"참나……. 소를 기르던 사람이 다른 일을 어떻게 하겠다고……. 뭐니 뭐니 해도 농촌에서는 소를 기르는 것만큼 희망적인 것도 없어요. 당신은 그냥 지켜만 봐요. 내가 다 알아서 할 테니까……."

"……."

주인아저씨의 말에 주인마나님은 아무런 말도 없으셨지요. 밖에서 주인님들의 대화를 들으면서, 농장에서 벌어지고 있는 변화의 바람을 이해할 수 있었어요. 또한 나에게도 큰 영향을 미칠 수도 있다는 걱정이 생겼지요. 그리도 아끼고 보살피던 소들을 망설임 없이 처분하시는 것을 보면, 소를 지키는 개도 그 대상에서 자유로울 수 없을 것이란 느낌이 들었으니까요.

'가래골'의 밤은 깊어가고, 낮에 생성된 뜨거운 공기가 새벽의 차가운 기운과 뒤섞이면서 밤안개가 꾸물꾸물 농장에 깔렸어요. 나는 깊은 상념에 한숨도 자지 못하고 아침을 맞이했어요. 소들에게 아침밥을 줄 시간이 된 것이지요.

"삐이걱!"

외등의 불이 들어오고 주택의 문이 열리면서 주인아저씨가 나오시자 '진순이'가 개집 앞에서 주인아저씨를 맞았어요. 내 옆에서 잠을 자고 있던 아가들도 발딱 일어나 주인님을 향해 쪼르르 달려가네요.

"멍!"

"멍 멍!"

'하얀코'와 '우뚝코'가 주인아저씨를 향해 아침인사를 했지만 주인님은 쳐다보지도 않고 고개를 떨어뜨린 채 축사로 향하시는군요. 평소보다 쳐진 어깨에 걸음걸이도 힘이 없고 얼굴표정도 굳어 있었지요. 그런 주인아저씨를 맞이하는 소들의 소리도 작네요.

"음머! 음머!"

소들의 울음소리는 그리 오랜 시간이 지나지 않아 들리지 않았어요. 먹을 것을 빨리 달라고 외치는 소리가 평소보다 더 일찍 멈춘 것이지요. 소들의 숫자가 반으로 줄었으므로 사료와 볏짚을 주는 시간도 그만큼 짧아졌기 때문인가 보군요.

그렇기 때문에 주택으로 돌아오는 시간도 빨랐어요. 그렇지만 주인님의 발걸음 소리도 예전에 비해 조용했지요. 그 주인님을 향해 '진순이'와 나의 아가들이 평소와 마찬가지로 꼬리를 흔들며 좋아하는군요.

"멍!"

"멍 멍!"

아가들이 주인님을 향해 짖자, 주택으로 들어서려던 주인님은 아가들의 머리를 쓰다듬어 주셨어요. 그리고 내 동생 '진순이'의 머리도……

나는 옆에서 주인님의 그 모습을 가만히 바라보고 있는데, 주인님이 고개를 돌려 나를 바라보시네요. 그리고 몸을 돌려 두 손으로 내 얼굴을 감싸고 똑바로 눈을 마주했어요. 내가 주인님을 올려다보자 두 손을 나의 얼굴에 대고 엄지손가락으로 천천히 쓰다듬어 주시네요. 뜻 모를 눈빛을 내게 보내면서……

 ## 마나님의 눈물

아침부터 주인마나님이 효소를 담근다며 오미자를 물에 씻어 방으로 들어가시는군요. 방바닥을 차지하고 있는 신문지 위에 고무다라이, 그 고무다라이에는 수북이 담긴 빨간색 오미자, 그 옆에는 투명한 유리항아리 두 개와 설탕이 가득 들어있는 설탕포대가 놓였네요.

마나님은 콧노래를 흥겹게 부르며 오미자를 두 손에 담아 유리병으로 옮기고 그 위에 설탕으로 덮는 것을 반복했어요. 두 개의 유리항아리에 빨간색 오미자와 하얀빛 설탕이 시루떡처럼 켜켜이 들어나 보이네요. 아주 예뻤어요. 주인마나님이 흐뭇한 표정을 지으셨지요. 방 안 모서리마다 효소를 담가놓은 유리항아리가 빙 둘러 있었으니까……

빨간색은 딸기, 자두, 오미자, 검은색은 오디, 쑥, 노란색은 양파, 복숭아, 아카시아, 칙칙한 색은 질경이, 엉겅퀴, 뽕잎, 빨주노초파남

보 무지개색이 아름다움을 자랑하고 있었어요.

또, 방을 나가면 창고 안에도 식초를 담근 단지가 바둑판의 바둑알처럼 많았지요.

주인마나님이 방금 담근 오미자효소를 구석으로 옮기려하자, 팔짱을 끼고 바라보던 주인아저씨가 대신 들어서 옮겨주시네요. 그런데, 한 말씀 한 것이 문제였어요.

"이제 그만 담가도 되잖아?"

"……."

"소나 벌이 먹는 것보다 이런 것들 만드는 데 설탕을 더 쓰니 원!"

"왜요, 아까워요?"

옆으로 빗겨서 앉은 주인마나님이 톡 쏴 부치자 주인아저씨가 한 발 물러서네요.

"아니, 아깝다는 건 아니고, 오미자효소는 전에 담은 것도 있잖아."

잠시 대화가 중단되고 어색한 침묵이 흘렀어요. 주인마나님이 대화를 이어가네요.

"나, 내일 병원 가는 날인데요."

"벌써 그렇게 됐나? 잘 다녀와."

또 잠시 침묵이 흘렀어요. 마나님이 대답을 하지 않는 것으로 보아 무언가 불편한 것이 있는 것 같았고, 주인아저씨는 텔레비전만 보고 계시네요.

"다른 사람들은 혼자 병원에 오는 사람이 한 사람도 없어요. 나는 병원 갈 때마다 혼자서 가니 내가 혼자 사는 사람인가요?"

"나 원 참, 소는 누가 키우고 그런 데를 가나. 그건 당신이 이해해야지. 별거 아닌 걸 가지고 다 트집을 잡네."

비스듬히 앉아서 말을 하던 주인마나님은 몸을 세우고 아저씨의 정면을 똑바로 바라보며 따지기 시작했지요.

"별거 아니라니요? 이게 어떻게 별거 아닌 건가요?"

"축산 하는 사람들이 다 그렇지 않아? 부모가 돌아가셔도 문상 받다 말고 소밥을 줘야 하는 것이 현실이잖아."

"소밥 주는 것은 도우미 쓰면 되잖아요."

"우리지역은 아직 '헬퍼지원제도'가 없어서 안 돼. 혼자 다녀오셔."

"그러면 돈 주고 용역을 쓰면 되잖아요."

주인마나님의 말에 주인아저씨는 방바닥에 누워 리모컨으로 텔레비전 채널만 여기저기 돌리고 있었어요. 주인아저씨가 아무런 대답이 없자 주인마나님은 바닥에 앉아 자신의 손톱을 긁고 있더니 벽을 보고 눕네요. 몸을 웅크린 채…….

"……."

한참동안 침묵이 흘렀고 주인마나님의 훌쩍거리는 소리가 아주 작게 들렸어요. 밖에서 듣고 있는 내 가슴이 다 타들어가고 있었지요. 주인아저씨가 마나님의 등 뒤로 다가가 어깨를 감싸더니, 들릴 듯 말 듯 한 목소리로 말을 하네요.

"괜찮아, 이젠 괜찮잖아. 다 나았는 걸……."

주인아저씨의 말이 이어짐에 따라 주인마나님의 훌쩍거리는 소리가 더 커지고 있었어요. 그런 마나님을 살포시 안아주자 뒤로 돌아선 마나님은 주인아저씨의 가슴에 얼굴을 묻었어요.

"여보! 나 무서워. 흑흑흑."

주인마나님의 눈에서 흘러내린 눈물과 콧물이 범벅이 되어 주인아저씨의 가슴을 적시고 있었지요. 주인아저씨의 눈에서도 눈물이 그렁그렁했어요.

"미안해……. 당신이 나 말고 다른 사람을 만났더라면 지금쯤 호강하고 잘 살고 있을 텐데……. 나같이 못난 사람을 만나서……."

"그런 소리 말아요……. 내가 일을 못해서 얼마나 미안한데……."

"당신이 그동안 얼마나 열심히 소를 길렀는데……. 지금은 몸이 아프잖아……. 당신 같이 착한 사람이 왜 아픈지……."

주인아저씨는 주인마나님을 꽉 안으면서 눈물을 닦아주시네요. 그렇지만 주인마나님의 울음은 더욱 커져만 갔지요.

"흑흑흑……. 엉엉……."

나와 '진순이'는 숨소리도 크게 내지 못하고 있었어요. 안에서 들려오는 주인마나님의 울음소리에…….

마나님의 사연

　　　　사실, 주인마나님에게는 가슴 아픈 사연이 있다고 했어요. 주인마나님은 내가 이곳 농장에 오기 전, 큰 수술을 받았다 하네요. 이후 여러 번의 항암치료로 머리카락은 모두 빠졌고, 계속되는 구역질에 음식을 먹지 못해 힘든 생활을 하셨다지요.

　무엇보다도 힘이 들었던 것은 병으로 죽을 가능성도 있었기에 정신적인 고통이 심하실 거라네요. 그래서 소를 기르는 일도 주인아저씨가 도맡아 하고 있는 것이고요. 불행 중 다행으로 수술과 항암치료를 무사히 마치고 지금은 회복단계에 있다는군요.

　주인마나님이 산과 들을 돌아다니면서 나물을 뜯고 각종 효소를 담는 것도 다 이런 연유가 있었어요. 몸에 좋은 음식을 먹어야 병을 이겨낼 수 있기 때문이라지요. 지금도 정기적으로 병원에 가서 암세포가 전이된 곳은 없는지, 몸에 다른 이상은 없는지를 검사해야 했어요.

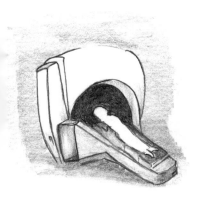

　그 검사 역시 몸에 약물을 주사하고 밀폐된 통에 들어가 사진을 찍어야 하는 것이라 무서움을 많이 타는 주인마나님에겐 부담이 되었던가봐요. 주인마나님의 사연을 알고 난 지금 안쓰러운 마음 금할 길이 없네요. 내일 병원에 함께 갈 사람이 없다면 제가 모시면 안 될까요?

주인마나님에 대한 걱정에 잠을 이룰지 못해 뒤척이는 밤을 보내고, 벌써 소에게 사료를 줘야 하는 시간이 돌아왔네요. 주택에서 나오는 주인아저씨가 외등을 켰거든요. 밥을 빨리 달라고 외치는 소들의 울음소리가 시작되었지요.

"음매~ 음매~ 음매~!"

주인아저씨의 뒤를 따라 주인마나님도 나오셨어요. 곱게 차려입은 마나님이 차에 올라타고 손을 흔드셨지요. 마당에서 전송하는 주인아저씨를 보고 차안에서 생긋 웃으셨어요. 주인아저씨가 미안한 표정을 짓고 있네요.

"잘 다녀와! 안전운전하고……."

"걱정 마세요. 집 잘 봐요!"

나와 '진순이'도 주인마나님을 향해 기운을 내라고 크게 짖었어요.

"멍! 멍!"

"월! 월!"

 가을걷이

농장 앞산이 알록달록 화려한 옷으로 갈아입고, 다랑이의 벼들은 알알이 영글어 고개 숙인 계절, 뜨거운 한낮의 햇볕과 새벽녘의 차가운 기운을 먹고 자란 벼들이 지나가는 바람에도 일렁였어요. 황금빛 물결이 출렁대는 가을이었지요.

오늘은 농장 주변에 있는 논에서 가을걷이를 하는 날. 논의 물은 미리 빼내어 바닥이 단단해졌고, 메뚜기가 '투두둑' 소리를 내며 다랑이에서 다랑이로 날아다녔어요.

농장과 이어진 농로를 따라 콤바인 한 대가 탈탈거리며 들어서고 있네요. 커다란 바퀴에 튼튼한 이빨을 단 콤바인이었어요. 모자를 쓰고 수건을 두른 동리아저씨가 운전을 하여 오다가 농장 입구에 서 있는 주인아저씨에게 손을 들어 아는 척을 하셨어요.

"어이!"

"오늘도 수고가 많네!"

주인아저씨도 손을 들어 인사를 하셨지요. 주인아저씨의 친구이며 지난봄 모내기를 할 때와 옻닭과 가재천렵 때 본 적이 있었어요. 나도 반가웠지요. 콤바인이 논에 들어가자 벼들이 밀리며 메뚜기 몇 마리가 날아올랐어요. 동리아저씨는 콤바인을 운전하여 앞으로 나아가네요.

"부릉, 부르릉, 부우우우우웅."

콤바인이 앞으로 갈 때마다 넘어질 듯 휘어지던 벼들이 콤바인 속으로 빨려들었어요. 오래 지나지 않아서 황금빛 물결이 일렁이던 다랑이에는 콤바인이 지나간 흔적만 남았지요. 콤바인은 낟알을 먹고 볏짚을 똥으로 싸는가봐요.

주인아저씨와 마나님도 추수하는 것을 오래도록 보고 계셨어요. 동리에 사시는 할아버지와 할머니께서도 구경을 하시다가 한 말씀 하시네요.

"옛날에는 일꾼도 많았는데, 요즘은 기계 한 대가 일을 다 하네……."

"그러게요. 이맘때면 동네잔치를 하는 것 같았지요! 옛날에는 추수철에 미꾸라지와 새우도 많이 잡았는데……. 그렇지요?"

"벼 베기 전, 물을 빼기 위해 물길을 타면 물고로 나가는 곳에 미꾸라지와 새뱅이가 바글바글했지! 참게와 뱀장어까지 있었는 걸……."

"그 많던 것들은 다 어디로 갔을까요?"

"예전에는 장마철 황톳물 내려갈 때면 미꾸라지가 산란을 많이 했잖아. 지금은 미꾸라지 새끼가 보이지 않으니……. 농약 때문이기도 하지만, 무엇보다도 농수로를 시멘트로 만든 다음부터는 완전히 사라졌어. 살 수가 없겠지……. 뱀장어 같이 회유하는 어종은 논에서 흐르는 물이 바다까지 연결이 되어야 하는데, 물길이 끊어지고부터는 구경할 수가 없네……."

"농수로를 시멘트로 만들어서 편리하기는 하잖아요?"

"옛날보다 농사짓기는 많이 편해졌지. 논둑 무너질 염려 없어 좋고……. 그렇게 따지면 4대강 사업도 그럴 테지만……. 어떤 것이 더 좋은지는 잘 모르겠어……."

할아버지와 할머니는 볏모가지를 빨아들이고 있는 콤바인을 바라보고 있었어요. 할아버지가 다시 말씀을 이어갔지요.

"가을에 잡은 새뱅이를 햇볕에 빨개지도록 말렸다가, 파랗게 익은 무와 함께 뽀글뽀글……. 당신이 끓여주던 새우탕의 그 맛, 참 구수하고 시원했는데……."

노인들의 눈은 옛날을 회상하는 듯했고, 콤바인의 소리가 더 커지고 있었어요.

"부릉, 부르릉, 부우우우우웅!"

제11장

이별

깨달음

　　　　여름의 상처가 나를 성숙하게 만든 것일까요?
내 아가가 여덟이 아니고 둘만 남았지만 가을의 나는 행복했어요.
하늘은 나를 건강하게 만들어 세상에 살도록 했고 나의 분신인
아가를 둘이나 둘 수 있도록 했으니까…….

　거기다가 내 동생 '진순이'도 아가들을 위해 궂은 일을 도맡아 하
고 있으며, 주인님들이 부족함이 없이 먹을 것을 주시면서 오갈 때마
다 내 머리를 쓰다듬어 주시니 이 어찌 행복하지 않을 리 있겠어요.

　그동안 내가 가진 복이 얼마나 큰 것인지 알지 못하고, '우뚝코'
와 '하얀코'를 보살피지 않으면서 우울증까지 걸렸었으니……. 모
든 것이 나의 생각이 짧았음이요, 내가 아주 어리석었기 때문 아니

겠는지요.

그렇게 정신을 차리지 못하고 있던 나를 '진순이'가 일깨워줬고, 내 아가들이 끈끈이에 붙는 바람에 제 정신을 차리고 깨달음을 얻게 되었으니 이 또한 나의 복이라 하겠네요.

긍정적인 마음가짐을 하고 있으니 모든 것들이 다 잘 되는 것 같았어요. 파리가 코끝에 앉아도 가렵지 않았을 뿐 아니라, 한낮의 무더위도 덥지 않았지요.

주택에서 들려오는 주인님들의 대화도 그 의미를 알 정도로 지혜가 생겼어요. 주인님들이 오늘은 무엇을 할지, 어떠한 생각을 가지고 있는지, 무엇을 좋아하는지, 걱정은 무엇인지 등등을 알 수가 있었으니까요.

익어가는 가을과 함께 생각도 깊어지는군요. 마음의 여유가 생긴 요즘, 지나간 세월을 반추하는 날도 많아졌어요. 오래 전 아파트에서 추방된 후 새로운 주인님에게 충성하는 마음으로 농장을 지켜온 일, 어린강아지 '진순이'와의 갈등, 떠돌이여행가와의 만남과 나의 분신인 아가들, 그리고 닥쳐온 고난과 극복과정……

되돌아보면 내 삶은 아름답기도 했으나, 어느 한편으로는 지금까지 부질없는 짓을 많이 했다는 생각이 들었어요. 오래전에 '진순이'와 다투던 생각이 났지요. 개밥을 먼저 먹든 나중에 먹든 그게 뭐가 중요하고, 개밥그릇이 크던 작던 뭐가 대단하다고 그리 싸웠단 말인가요.

그동안 서열은 곧 자존심이라 생각하여, 서열상승을 위해, 또 서열에서 밀려나지 않기 위해 얼마나 노심초사했는지……. 지금 생각하면 참으로 웃음밖에 나오지 않네요. 오늘날까지 가장 중요시 여겼던 서열이란 것이 사실은 별 의미가 없다는 것을 깨달았으니까요. 근본적으로 그 자존심이라는 것이 어떤 것인지 판단도 안 될 뿐더러, 내가 아무리 서열이 높아져봤자 결국 인간의 손바닥 안에 있는 것이니…….

이제까지는 나의 잘못으로 농장에 불이 났고 나의 아가들을 잃었다고 생각했었어요. 이에 대한 죄책감이 오랫동안 나를 힘들게 했던 것이고요. 그런데, 이 또한 정해진 팔자에 의해 그렇게 되었을 뿐이라는 생각이 들었어요.

하루하루 이런 생각들이 꼬리를 물었으며, 어느 날은 진리를 깨달은 것 같아 가슴이 두근거렸고, 며칠이 지난 후에는 그것은 진리가 아니라는 생각이 들어 모든 것이 원점으로 돌아갔어요. 결국 처음의 생각에서 한 발짝도 앞으로 나가지 못하고 있었던 것이지요.

처음의 생각이 바로 진리였을까요? '나는 행복하게 살기 위해 태어났으며, 타고 난 팔자대로 주는 밥이나 잘 먹으면서 집이나 잘 지키면 된다. 주인님의 의도에 맞춰, 내가 하는 하나하나의 사소한 일에 최선을 다하는 것이 곧 행복이며 내 삶의 목표다.'라는 것이…….

 ## 닮은꼴

"얘들아! 밥 먹어라!"

자상한 목소리를 내며 마나님이 사료를 내오셨어요. 나와 '진순이'의 개밥그릇에 한 바가지 반씩, '우뚝코'와 '하얀코'에게는 반 바가지씩이 배당되었지요. 아가들에게 주어진 사료는 새로운 그릇에 담겨 나왔군요. 주인님들이 사용하던 자기로 만들어진 하얀 그릇이었어요. 그것을 보더니 아가들이 좋아서 어쩔 줄 모르며 짖네요.

"멍! 멍!멍! 멍!"

아가들은 어깨를 좌우로 흔들고 엉덩이에 매달린 꼬리를 방정맞게 흔드는 것이 천하를 다 가진 것처럼 신이 났어요. 주인님이 쓰던 물건을 아가들에게 주는 것을 보니 나도 흐뭇하여 미소가 절로 피었지요.

"오독! 오독! 오도독!"

아가들의 조그만 얼굴이 커다란 대접에 잠긴 것 같군요. 사료를 씹는 것인지 삼키는 것인지 모를 정도로 허겁지겁 먹어대는 모습이 얼마나 귀여운지…….

나의 어릴 적 모습도 저랬을 거라 생각하니 기분이 묘했어요.

사료를 먹을 생각도 잊어버리고 아가들의 그 모습을 바라보고 있는데, '진순이'도 나와 마찬가지로 아가들을 바라보고 있네요. 진순이도 나와 같은 기분인가봐요.

어느새 자신의 몫을 다 먹어치운 '하얀코'가 '우뚝코'의 밥그릇에 눈을 돌리는군요. '우뚝코'도 '하얀코'와 마찬가지로 옆의 개밥그릇에 고개를 돌렸어요. 사료알갱이 하나 남지 않은 빈 그릇만 보이자 이번에는 눈동자가 '진순이'의 개밥그릇을 향했지요.

'진순이'의 밥그릇에는 사료가 몇 알 남아있는데, 욕심 많은 아가들이 그 남은 사료를 향해 슬금슬금 다가섰어요. 슬슬 눈치를 보다가 '진순이'의 개밥그릇에 입을 갖다 댔고, '진순이'가 살짝 물러서자 두 녀석이 머리를 드밀면서 한 알이라도 더 먹으려 하네요.

"멍!"

"왕!"

금세 그릇을 비우고 이번에는 내 밥그릇을 향해 쳐들어왔어요. 그리고 내 밥그릇의 사료를 한 입 물었다가 서로의 얼굴을 바라보며 앙앙거리는 것이 예전의 나와 '진순이'가 싸우던 모습과 어찌나 닮았는지……. 웃음이 절로 나왔지요.

아가들을 보던 눈을 돌려 '진순이'를 바라보니 '진순이'도 나를 바라보며 웃고 있네요. 실눈을 뜨고 입을 벌린 것이, 나처럼 옛날 생각을 하는 것 같아요. 이제 다 자란 아가들이 대견스러워 안 먹어도 배부르고 행복했어요. 아가들의 모습을 보며 웃고 있는데, 주인마나님의 따스한 손이 내 머리를 쓰다듬어주네요. 마나님도 흐뭇하신 모양이었어요.

"에고……. '복실이'가 새끼를 아주 예뻐하는구나. 그런데, 어떻게 하냐. 딱해서……."

그런데, 딱하다는 말은 무슨 뜻인지 잘 모르겠네요. 뭐가 딱한가요? 내가요? 내 새끼들이 잘 먹는 것을 보고 어미인 내가 예뻐하는데 뭐가 딱한가요? 이리 행복한데…….

 ## 떠날 준비

　　　　　가을걷이가 끝난 '가래골' 다랑이에 일찍부터 철새가 날아들었어요. 멀리 보이는 저수지의 하늘에서 수백수천마리가 아름답게 춤을 추다가 유연하게 내려앉았지요.

　논바닥에 떨어진 낟알을 쪼는 물오리, 저수지와 늪지에서 긴 부리로 물속을 헤집는 왜가리, 떠나는 여름새와 떠나온 겨울새, 나그네새와 길을 잃은 새까지…….

　환경의 변화로 시기가 다른 새들이 한곳에 모이게 된 것일까요?

　내가 나이를 먹는지 세월이 가는 속도가 더 빨라지고 있네요. 개집 안에서 뒹굴며 씨름을 하던 아가들이 이제는 밖으로 나가 뛰어놀았어요. 어디를 그리 쏘다니는지 종일 보이지 않을 때도 있었지요.

　아가들이 제일 많이 가는 곳은 내 동생 '진순이'가 살고 있는 곳이었고, 그때마다 '진순이'가 얼마나 좋아하는지 몰라요. '우뚝코'와 '하얀코'를 나보다 더 좋아했으니까요. 아가들의 머리는 물론 배 그리고 발까지 핥아주고 빨아주고 지극정성이었지요.

　아가들도 나보다 제 이모를 더 따르는 것 같았어요. '진순이'가 배의 털을 핥으면 노란오줌을 질질 쌌어요. 그런데, '진순이'가 그 오줌까지 다 핥아먹는 거 아니겠어요? 도대체 누가 어미인지 모르

겠네요. 아가들의 똥구멍에 약간의 흔적이라도 남아있으면 어찌나 그곳을 깨끗이 핥아대는지, '진순이'는 이제 똥개가 다 되었군요.

나는 출산한지 꽤 오래되어 이제는 젖도 나오지 않았어요. 그래도 아가들은 내 품을 파고들며 젖을 달라고 보챘지요. 젖꼭지를 물릴 때마다 아팠지만 젖을 떼지 못했어요. 힘들게 자란 아이들이라 너무 안쓰러웠거든요.

그렇게 세월을 보내고 있던 어느 날이었어요. 저녁밥을 먹을 시간, 주택 안에서 주인아저씨와 마나님이 하는 소리가 들렸지요.

"여보! 강아지들이 다 컸는데 어쩌지요?"

"글쎄. 죽다 살아난 것들이라 불쌍해서 어떻게 해야 할지……."

"네 마리를 다 기를 수도 없잖아요."

"……."

"'복실이'만큼은 죽을 때까지 우리가 보살펴줘야지요. 저렇게 파란만장한 삶도 없을 텐데……."

주인님들의 대화를 엿듣고 난 내 얼굴은 소금처럼 굳어졌어요. 그러고 보니 나의 아가들은 이미 훌쩍 자란 상태였지요. 그동안 마나님이 나를 보고 딱하다고 중얼거리던 것이 이것이라는 것을 깨달았어요. 주인님들은 내 동생 '진순이'와 나의 아기들을 계속 데리고 있을 여건이 안 된다는 것을…….

나는 일단 이곳에 남을 수 있다는 것이고, '진순이'와 나의 아가들 중에 누군가를 어디론가 보내야겠는데 어떻게 할지 결정을 못한 상태라는 것 아니겠어요?

그렇지만 확신할 수가 없었어요. 주인님이 나와 나의 강아지 그리고 '진순이'를 얼마나 사랑하시는데……. 그리고 우리가 먹는 음식이 얼마나 된다고……. 또, 사료비가 부족하면 우리에게 줄 먹이를 줄이면 되는 것을…….

이렇게 생각하던 나는 고개를 절레절레 흔들었어요. 뒤돌아보면, 주인님께서는 소들을 무척 예뻐하여, 잠에서 깨어나 다시 잠이 들 때까지 소를 위해 열심히 일을 했으나, 어느 시기가 되자 살찐 소는 가차 없이 도살장으로 보냈고, 수송아지는 한 마리도 남김없이 거세를 해버렸잖아요.

그런 것을 보면 주인님은 개나 소를 위해 열심히 일한 것이 아니라, 모두 주인님 자신의 필요에 의해 우리를 사육했을 뿐이었어요. 소는 살을 찌워 고기로 쓰기 위해……. 개는 주인님의 집과 주인님의 재산인 소를 지키도록 하려고…….

소도 몇 마리 남지 않은 이 상황에서 커다란 개를 두 마리나 기를 필요가 없지요. 더구나 아기강아지 두 마리까지 무럭무럭 자라고 있는 상태니 주인님이 어떻게 할 것인가는 빤한 일이었어요.

큰일이네요. 이제까지의 내 삶 중에 지금이 가장 행복한 시기라고 생각했는데……. 인간과 우리 종족간의 오랜 우정이 이런 것이었다니……. 원망스러웠어요. 물론 우리종족은 인간을 위해 일하면서, 그 그늘 아래서 종족의 번영을 누릴 수 있었지만…….

밤새 생각하고 또 생각했어요. 상황이 어떻게 된 것일까. '진순이'와 아가들은 어떻게 될 것인가! 나는 어떻게 해야 하는가…….

고민하는 밤

　　　　　밤하늘에서 내려오는 달빛이 농장을 파랗게
물들이고 있군요. 눈을 감았지만 잠이 오지 않았어요. 아무리 생
각을 해 봐도 당최 이해가 되지 않네요. 이곳에서 오순도순 살고
싶은 우리를 왜 갈라놓으려 하는 것인가요. 개라고 해봐야 기껏 네
마리밖에 되지 않는데…….

　주인님이 소를 기르다가 망한 것도 아니며, 우리가 농장에 해를
끼치거나 사고를 친 것도 아니잖아요. 농장에 개가 소처럼 많은 것
도 아니고, 우리가 먹으면 얼마나 먹는다고…….

　밤새 반성도 했네요. 주인님이 아끼는 미꾸라지를 길고양이로부
터 지키지 못한 일, 쥐새끼가 사료포대를 뜯어놓을 때까지 알지 못
했던 일, 비둘기들이 깃털을 날리며 날아들어도 잡지 못한 잘못,
소를 놀라게 하고, 운동을 게을리 했던 일, 거기다가 '진순이'는
물론 나도 너무 많이 먹었잖아요. 나는 반찬 투정까지 해가며…….

　그러고 보면 그동안 주인님의 마음을 많이 상하게 한 거 같았어
요. '진순이'와 자주 싸웠고, 소를 돌봐야 할 시간에 딴 짓도 꽤
했지요. 가장 큰 잘못은 농장의 화재를 예방하지 못했고 아기강아
지마저 지키지 못했었으니까…….

　한편으로는 다행이라는 생각도 들었어요. 가장 중요한 사항은,
일단 나는 남는 거잖아요. 그러면 나는 이곳에서 죽을 때까지 주인
님들로부터 사랑을 독차지하며 편하게 살 수 있겠지요. 이 얼마나

큰 복인가요.

그러나 곧 그것은 지극히 비겁한 생각이라는 것을 깨달았어요. 그렇게 된다면 나의 아가들과 내 동생 '진순이'가 어떻게 되어도 상관없다는 뜻일 테니까요. 그것은 자존심 하나만큼은 강하다고 자부해 온 내가 절대 할 수 없는 일이었지요.

걱정이 밀려왔어요. 설마 '진순이'와 아가들이 이곳을 떠난 소처럼 도살장에 가서 생을 마치는 것은 아니겠지요? 겁이 왈칵 솟았어요. 저 파릇한 것들을 다 도살장에 보내놓고 나만 좋은 집에서 좋은 음식을 먹고 주인님으로부터 사랑을 받는다?

생각하고 싶지도 않은 일이네요. 고개를 절레절레 흔들어 머릿속을 털어내었어요. 수많은 생각들 중에 문득 떠오른 것이 있었어요. 내 어릴 적 아파트에서 나의 엄마가 어느 날 갑자기 사라진 것, 그리고 아가들의 아비인 여행가가 떠도는 이유, 이런 것들이 모두 우연한 일이 아니란 생각이…….

그리고 결심했지요. 나도 나의 엄마인 '뽀미'처럼, 그리고 아가들의 아비인 떠돌이여행가처럼, 진정한 자유를 찾아 이곳을 떠나기로……. 혹시 모르지요. 나의 엄마 '뽀미'나 아기들의 아빠인 그를 만날 수 있을지도…….

건너편 개집을 바라보니 나의 아가들이 '진순이'의 품에 안겨 잠들어있네요. 가슴이 아려왔어요. 내가 떠난다면 다들 괜찮을 거란 생각이 들었어요. 내가 이곳에 없어도 '진순이'가 아가들을 돌보아 주겠지요.

나는 지금까지의 방식대로 살기 싫었고, 목사리를 두르고 줄에 매어 살기도 싫었으며, 자유로운 상태에서 세상을 여행하면서 세상의 풍광과 온갖 기이한 것들을 경험하고 싶었어요. 또, 그동안 깨우치지 못한 진리도 알고 싶었지요. 그 길이 배고픈 고난의 길일지라도…….

뒷동산에 올라

　　　　　　　잠 못 이루는 밤이 지나고 어느덧 새아침이 밝아왔어요. 눈앞에 아침 사료가 놓였지만 안 먹히네요. 아가들이 자기들의 사료를 다 먹은 후 내 밥그릇에 달려들어 서로 먹겠다고 다투는군요. 나는 그것을 아무 생각 없이 바라보다가 일어섰어요.

천천히 걸어서 뒷동산으로 올라갔어요. 주인님과 운동을 할 때마다 오르던 곳에서 아래를 내려다보니, 눈앞에 펼쳐진 야트막한 산과 들, 그리고 농장이 한눈에 보이네요. 이곳을 떠나려 마음먹으니 지난일이 새록새록 생각나는군요.

농장에 처음 오던 날의 풍경, 농장의 황소와 암소 그리고 거세우들의 모습, '아롱이'와 '초롱이'를 비롯한 송아지들의 표정, 사료부스러기를 훔쳐 먹던 비둘기들, 주인님의 속을 썩이던 쥐새끼와 파리들까지…….

그동안 추억도 많았네요. 주인님들과 나물 캐고, 미꾸라지 잡던 것……. 떠돌이여행가와의 사랑과 나의 분신인 아가들……. 불이 났던 일과 악몽에 시달리던 것, 눈이 쌓인 마당에서 뛰놀던 일, 농장을 지키기 위해 순찰을 돌던 일, 그리고 '진순이'와 아옹다옹하면서 지내던 추억까지…….

예전에는 무심했던 것들이 다 정겹게 느껴지기 시작했어요. 별 생각 없이 바라보던 은행나무와 뽕나무, 호박과 가지 그리고 옥수수, 따뜻한 햇살과 스쳐지나가는 바람은 물론 짙은 소똥냄새까지도…….

산에서 내려오는 내내 불어오는 바람결에 머리털이 흩날리는군요. 지나가는 바람도 내 마음을 아는 것 같았어요. 농장에 들어서서 개집 앞에 다다르자 '진순이'와 아가들이 장난을 치며 놀고 있네요. 아쉬웠어요. 그동안 아가들과 '진순이'에게 더 잘해 주지 못한 것이…….

 ## 결심

기왕 집을 떠나 팔자를 고쳐보기로 마음먹었으니 좋은 점만 생각하기로 했어요. 정들었던 농장을 떠나는 신세라할지라도 긍정적으로 생각하기로 한 것이지요. 우선 농장을 지킬 책임이 없으니 보초 서지 않아도 되고, 더불어 순찰을 돌지 않아도 되며, 무엇보다도 도둑이 들까 불이 나지 않을까 걱정하지 않아도 되니 얼마나 몸과 마음이 편한가요.

그러므로 주인님의 눈치를 안 봐도 되고, 따라서 주인님의 기분이 좋고 나쁨에 따라 내 기분이 좌우될 리도 없지요. 스스로 독립하여 생활하면서 기분대로 살면 얼마나 좋을까! 가슴이 설렜어요. 자존심 강한 내가 지향하는 이상과 딱 들어맞잖아요. 새로운 환경에서 미지의 세상을 여행하는 것이야말로 참된 삶이 아니던가요.

물론 걱정도 되긴 했어요. 먹을 것과 잠잘 곳이 정해지지 않았잖아요. 이제까지는 주인님으로부터 모든 것을 제공받으며 살아왔는데 이제는 그것이 없어지면…….

하지만 크게 염려할 것은 아니네요. 비둘기와 쥐새끼도 다 자유롭게 사는데, 월등한 내가 살지 못할 것이 없잖아요. 예전에 아파트에서 떠나올 때 무척이나 무서웠지만 농장에서의 생활이 얼마나 좋았던가요. 그런 것을 생각하면 농장을 떠나 어디론가 떠나는 것도 마찬가지일 것 아니겠어요?

어느덧 여명이 밝아오는 시간이네요. 정들었던 방석에 얼굴을 대고 그 냄새를 맡아보았어요. 따뜻한 기운이 뺨을 통해 전해지는군요. 맞은편의 개집은 조용한 것이 '진순이'는 물론 아가들도 잠이 들었나봐요. 이제 작별의 시간이 다 되었네요.

 ## 안녕

– 나의 사랑하는 '진순이'!

내 품에 안은 첫 아가요, 커서는 내 동생이었지. 그동안 고마웠어! 너는 진정한 사냥개임에 틀림이 없다. 항상 긴장의 끈을 놓지 않고 굶을 때를 대비하여 뱃속의 똥도 참았다가 먹을 것이 있어야만 배출하는 네 끈기,

남은 뼈다귀를 땅에 묻어놓았다가 먹을 것이 떨어졌을 때 찾아 먹을 줄 아는 준비성, 어떠한 유혹에도 넘어가지 않으며 주인님을 향한 절대적인 충성심은 물론, 경쟁자를 물리치고 서열의 상승을 꿈꾸는 진취성, 목표물을 향해 용맹하게 돌진하는 과감성, 자신의 자리를 지키는 신중함까지, 아참! 겉으로는 냉정한 것 같으면서도 속은 한없이 고운 심성도……

너는 너의 말대로 명문가의 후손임에 틀림이 없단다. 어떠한 일이 앞에 닥쳐도 다 헤쳐 나갈 수 있는 네가 부럽기도 하다.

한때 내가 너를 미워했던 적도 있었지. 그때는 미안했어. 이해하지? 너는 내가 낳지 않았지만 어릴 적부터 품에 안아서 키웠기에 내 아가와 같단다. 네가 내 아가라는 사실이 항상 자랑스러웠다.

진정한 내 동생 진순아, 주인님 잘 모시고 행복하게 살아라!

안녕!

추신 : 꼭 좋은 수캐 만나서 아가 낳아 잘 키워라. 진정한 행복이 거기에 있단다. 그리고 네가 아기를 예뻐하는 거 다 알아! 너는 훌륭한 엄마가 될 거야……

– 나의 분신인 나의 아가들아!

모든 생명체는 생존 그 자체가 곧 생의 목적이란다. 어떤 경우든 자기 자신이 살아남는 것이 우선이라는 이야기지. 그 다음은 자신의 종족을 보전함에 있다. 이것은 역사적 사명이겠지. 언제어디서든 절대로 굶지 말 것이며, 무엇이라도 먹어야 한다. 그래야 자신도 살고 후대를 이어나갈 수 있으니까……. 이 말을 항상 명심해라.

우리가 생명을 유지하고 종족을 보전하려면 인간에게 의지를 하지 않을 수 없구나. 이는 수 만년이나 지속되어 우리의 유전자 깊숙이 뿌리를 내린 것이다. 항상 주인님께 충성하고 사랑을 받아야 한다. 이것이 곧 종족을 위하는 것이니…….

이 어미는 오늘밤 너희를 떠나 새로운 세계를 찾아간다. 지난 세월을 돌아보면 하룻밤의 꿈과 같구나. 내가 꾼 꿈은 참으로 행복했단다. 이는 나에게 너희가 있었기 때문일 것이다. 나는 너희가 태어남에 따라 나의 존재를 느꼈고, 너희로 말미암아 내가 영원히 사는 것이라 생각했으니까…….

아쉬움이 있다면, 여덟의 생명이 태어나 지금 둘만 남은 것이지. 그러나 그것은 하늘의 뜻일 터, 모든 동물들은 태어난 사주와 팔자가 있을 테니까…….

내일의 일을 그 누군가가 알 수 있으랴! 앞으로 너희가 어느 곳에서 무엇을 할지는 아직 모르나, 장래에 무엇을 하든, 어디에 있던, 후회 없는 삶을 살아라. 우리가 비록 인간에 비해 짧은 생을 살지라도, 우리에게 주어진 시간이 결코 작은 것은 아니란다. 열정적으로 살고 뜨겁게 사랑하되 안목을 넓고 길게 보거라.

자랑스러운 아가들아! 너희는 내가 용꿈을 꾸고 태어난 아기들이다. 틀림없이 우리 종족에서 가장 훌륭한 존재로 역사에 남을 거야. 어미의 말을 명심하고 항상 당당하게 살아야 한다. 어미가 어디에 있던지 너희를 위해 기도하마. 어미는 이제 떠날게.

안녕!

– 나의 두 분 주인님!

무엇이라 말해야 할지 차마 입이 떨어지지 않네요. 오래전 이곳에 와 주인님들로부터 분에 넘치는 사랑을 받았는데, 이제 안녕이라는 작별을 고합니다. 주인님들은 내 신앙과도 같은 절대적인 존재였어요. 영원히 잊지 못할 겁니다.

주인님의 일상은 모두 저희를 위해 살아오신 것 잘 알아요. 새벽잠을 설쳐가며 평생을 고생하셨잖아요. 또한 앞으로도 계속해서 농장의 동물들을 위해 사실 테고요.

내가 존경하는 주인님! 내 동생 '진순이'와 아가들을 잘 보살펴 주세요. 여건이 허락되지 않아 그 누군가를 보내야 한다면 주인님의 뜻대로 하세요. '진순이'나 '우뚝코' 그리고 '하얀코' 모두 다 내 가족이고, 주인님도 그들 모두를 사랑하잖아요. 누구를 선택

하든 이해를 한답니다.

금슬이 좋은 주인님! 부디 건강하고 오래오래 행복하게 사셔야 돼요. 따뜻한 마음과 사랑이 있으니 마나님의 병도 쾌차하실 거예요. 제가 어디에서 있던 항상 기도하겠어요.

내가 사랑하는 주인마나님! 이제 '복실이'는 제 길을 찾아가려 합니다. 어느 곳을 떠돌다 언제 죽을지 알 수 없지만, 죽어서 가는 또 다른 세계가 있다면 그때도 주인마나님과 함께 살고 싶어요. 내내 행복하시고, 아침에 나와서 제가 없다고 찾지 말아주세요.

안녕히……

– 소들아!

너희는 거대한 몸집과 엄청난 힘을 가졌으나 겁이 많고 나약하기 그지없구나. 너희보다 힘센 동물이 없는데, 무엇이 두려워 우리에 갇혔는가! 세상엔 온갖 풀이 널렸고 마실 물도 넘치건만 어찌하여 그 틀을 벗어나지 못하느뇨!

너희는 추운 겨울도 잘 견딜 수 있고 마른풀까지 먹을 수 있음에도 어떤 이유로 사육되길 희망하는가. 오직 고기로 팔리기를 기다리니 참으로 안타깝구나! 부디, 타고 난 팔자대로 농장에서나마 잘 먹고 즐겁게 살기를 바란다.

안녕!

 독백

　　　　　나는 누구일까! 우리는 어디에서 왔다가 어디로 가는 것인가.

세상만물에 대한 결정은 인간만이 하는 것인가. 종족보전을 하려면 인간에 의해 사육되는 것이 최선의 길일까. 나는 내 삶에 대한 선택을 할 수 없는 것인가!

나를 낳아주신 어머니는 어느 하늘아래에 살며, 나의 떠돌이여행가는 어디로 사라진 것일까. 나는 그 길을 갈 수 없는 것일까!

그래, 떠나자!

이것은 운명을 스스로 선택할 수 있는 진정한 용기인 동시에 내 자존심의 발로인 것이다.

나 어릴 적, 타의에 의해 추방되었으나 지금 이곳을 떠남은 자의에 의한 출발이다.

나의 어머니가 떠났던 것처럼, 나의 떠돌이여행가가 그랬던 것처럼, 나도 미지의 세계로 나아가자!

구름을 쫓아, 바람을 따라, 흐르는 물과 함께, 알 수 없는 그곳을 향해…….

"멍! 멍!"

끝

작가의 말

소설 《개팔자》는 시골의 한우농장에서 살았던 잡종견의 실제이야기를 쓴 것입니다.

송아지로 태어나서 성장하고 팔려가는 소들의 일생과 함께, 농장 주인부부의 평화로운 전원생활 그리고 애환도 담았습니다.

소설은 주인공인 '복실이'의 시각으로 표현되었고, 주인공 '복실이'의 생각은 작가의 관점이기도 합니다.

'개팔자'든 '사람팔자'든 모두 행복하거나 불행하지는 않을 것이란 생각입니다. 지나온 세월을 돌이켜보면 '항상 행복과 불행이 함께 있었다.'라는 것을 느끼니 말입니다.

작가는 30여 년간 몸담아왔던 경찰생활을 이번에 앞당겨 마무리하게 되었습니다. 이에, 그동안의 소회를 넋두리해봅니다.

나는 수백 번 망치질로 다듬어진 방짜놋수저,

오래전 선택한 길은 달챙이숟가락!

나는 누룽지를 긁거나, 감자 같은 것들의 껍질을 벗기고
썩은 부분을 자르며 독소가 있는 싹을 도려냈다.
끓어오르는 사명감으로……

그러면서 항상 노심초사 염려했다.
너무, 껍질을 두껍게 벗긴 것은 아닐까!
혹여, 성한 살을 잘라버린 것은 아닐까!

다른 숟가락들은 정해진 시간에 안방에서 일했지만 나는 아니었
으니,
다른 숟가락과 달리 무시로 동원되었으며,
안방은 물론 부엌과 마루 그리고 마당에서도 일을 했다.

거칠거나 오염된 것들을 긁어 벗기고 도려내면서,
잘생긴 내 얼굴은 점점 무지렁이가 되었다.

무지렁이는 수없이 패이고 깎여 반달이 되었다가 초승달이 되더
니,
이제는 귀때기 하나만 자루 끝에 매달려 가쁜 숨을 몰아쉰다.

지금의 나는 누룽지를 긁을 수도, 감자는 물론 우엉의 껍질도 벗

길 힘이 없다. 이가 없는 할머니께 드릴 과즙 하나 만들지 못한다.

그래도, 나는 의롭고 공정한 달챙이숟가락이다.
근면하며 깨끗한 방짜유기다.
얼굴이 다 닳아, 자루만 남았을지라도…….

2014년 8월
홍상기의 '나는 달챙이숟가락이다'